Erwin Schlieben

Das Judenschloss

Zweiter Band

Erwin Schlieben

Das Judenschloss
Zweiter Band

ISBN/EAN: 9783743365698

Hergestellt in Europa, USA, Kanada, Australien, Japan

Cover: Foto ©Andreas Hilbeck / pixelio.de

Manufactured and distributed by brebook publishing software (www.brebook.com)

Erwin Schlieben

Das Judenschloss

Das

Judenschloß.

Roman

von

Erwin Schließen.

Zweiter Band.

Pressburg und Leipzig
Verlag von Gustav Heckenast.
1876.

I.

Der Spätherbst durchfröstelte den Park und die
Straßen der norddeutschen Kaiserstadt. Die sonnigen
Tage waren hingegangen, und nasser Nebel verwandelte
den Staub in Koth, der das Straßenpflaster schlüpfrig
wie mit Seife überzog. Die Nässe lag auf den Dächern
und Regenschirmen, auf den Verdecken der Droschken,
den Hüten der Kutscher und auf den schäbigen Kopf=
deckeln des gehirngährenden Pöbels. Aus Gräben und
Gossen, Kellern und Rohbauten quoll jener Duft, in
welchem der bekannte geifernde Witz und die weihelose
Intelligenz gedeihen, und worin Alles, was reiner Luft
zugethan ist, verkümmert.

Spätherbst. Die Gesellschaft sammelt sich, abge=
spült, aus den Wellen der See, und frischgelüftet von
den Berghöhen her; aus Thälern, die mit Blumen=
düften besser denn Weihrauch sühnten und aus Heil=
quellen, bestimmt, die Tempel Gottes, die Behälter

Schlieben, Das Judenschloß. II.   1

seines himmlischen Odems, sauber zu baden. Von
Schützenfesten kommen die Patrioten zurück, wo Begei=
sterung, Bier und Büchse die Seelen mit neuem
Schwunge rüstete, und von Sängerfesten, wo der Odem
des Kupfergrabens in „heiligen Liedern" entströmte.
Von Congressen und Wanderversammlungen kommen sie
wieder, noch mit brausender Lunge und entflammt von
den Reden, die sie, die Täuflinge aus dem Wasser der
Unterspree, selbst gehalten haben. Und alle diese ge=
waschenen, gelüfteten und frischbegeisterten Weltstädter
tauchen in die Straßen und Pfützen, in die Kirchen
und Kasernen, Museen und Schreibstuben, Banken und
Fabriken, Theater und Lusthäuser, in all' das Publicum,
den Lärm und den Koth hinab, der hier unter den
grimmigen Fahnen von Kanalbau und Abfuhr gegen
sich selber streitet, tauchen hinab in diesen Morast von
Laster und Geifer, Judenschaft und Journalismus, wo
die Goldkörner immer tiefer in den Schlamm gerathen,
tauchen — selten in Arbeit, vielmehr in Geschäft unter,
um binnen Jahresfrist hervorzukommen, schlammbedeckt
und schlammerfüllt, wie sie zu Sommers Ende waren.

Auch die Raben flogen zu Schwärmen, und Baron
Abraham kauerte bereits am Kamin seines gespreizten
Landhauses, als neben den Rechenpulten und Geld=
schränken die schwarzen Häupter seiner Enkel erschienen,

und ihre besseren Hälften seidenrauschend die Marmor=
stufen des Palastes hinanschritten.

Marmor, Fabrikmarmor überall, wo die Blicke
der Gaffer haften. Marmor an Pfosten und Simsen,
Marmor auf Stufen und Schwellen, auf dem Boden
des Vorsaales, an den Wänden und auf den Tisch=
platten; und über den gemeinen Stein, der in Deutsch=
land vornehm thun darf, weil er Ausländer ist, klap=
pern die täppischen Seehundstiefel der Herren von
Kaschauer, oder rascheln die Schleppen rundhüftiger
Modedamen.

Und mitten im Marmorgetäfel, unten an der
Haupttreppe steht eine nubische Sclavin, Lumpen um
die Lenden, eine Tochter des Cyklopen und der Actie,
mit einer Fackel hoch in der Hand, ein großes braunes
Bild mit zürnendem Leben in der Bronce. Ein Strom
grellen Gasfeuers schießt aus der Fackel, um den grauen
Tag zu erhellen, und rabenschwarz fallen die Schatten
an die Marmorwand.

Im oberen Stockwerk, erhaben über Geschäftsge=
wölbe, Vorrathsräume, Küchen, Gesindekammern und
Pferdesalons dehnen sich die Prunkgemächer der Barone
von Kaschauer. Denn dieser Palast ist das Haupt=
haus der Adelsfamilie, deren fünfzigjähriger Reichthum
sich hier mit funkelnden Massen breiter macht, als der

1*

fünfhundertjährige in manchem Grafenschloß. Ein greller, gelber Glast verletzt das Auge, das durch Schönheit erzogen ist; Geräth, Wände, Thüren sind von ihm durchwirkt und eingefaßt, und im Ahnensaale die bärtigen Bilder erscheinen mit ihren breiten Rahmen mehr wie goldene Tafeln denn wie Malerwerke.

Das rothe Zimmer, das blaue Zimmer, das weiße Zimmer, der Speisesaal, alle im Geschmack dieses oder jenes Ludwigs. — Es ist ein Labyrinth von Gemächern, zum Theil mit farbigen Fenstern verdüstert, welche auf die Kehrichtwinkel und auf düstre Hofräume geringer Häuser hinabsehen. Gold blickt mit dem stieren, aufbringlichen Schlangenauge überall durch Farbe, Schnitz= werk und Gewebe, wie im Tempel Salomons, und klirrt in die Reden, klirrt in die Musik und das Ge= lächter hinein, wodurch diese Räume geistreich werden. Aber die Vorhänge der Fenster fallen unordentlich. Federlahme Schlösser an kostbaren Thüren und Risse darin, stumme Telegraphenknöpfe, Fetzen von Tapeten hinter den Oefen weisen auf jene Art von Arbeit, die den Schwung der Industrie begleitet.

Durch den Bildersaal schreitet der goldanbetende Frembling, der den Palast Kaschauer mit gleicher Neu= gier wie das Haus des Kaisers besucht. Alles ist groß, bunt, vielgestaltig, in breitem Rahmen, Alles käuflich. Denn so werth ist keinem Kaschauer ein Bild für zehntausend Mark, daß ihm elftausend Mark nicht lieber wären.

Und hinter dem Bilbersaale ein Damenzimmer, mit Gehängen „von Gold, gelber Seide, Scharlach, rosenroth und gezwirnter weißer Seide". Mitten darin aber ein goldener Rahmen von „extra bestellter" Breite, worin das Bild der Baronin Jacob, wie sie einst war, jung, schön und besonders reich, und gekleidet in die Farben des Vorhangs der Stiftshütte.

Die hintere Wand aber dieses Zimmers ist gläsern, und hinter dem Glase ein gläserner Saal mit Palmen, darunter Springbrunnen, Tisch und Bank auf hügligem Rasengrunde. Dort wird zum Kaffee geplaudert, bei einer künstlichen Mondscheibe geflüstert, und die Stimmen der kostbaren Pferde, die darunter wohnen, mischen sich gleichberechtigt in das Schwatzen und Flüstern.

Das ist der Palast Kaschauer, die Residenz Jacobs, des rührigsten der Barone, seiner Baronin und seiner jungen Barone und Baronessen. Denn wie der Alte vom Hause, so hat auch der Sohn Isaac sein Landhaus vor dem Thore, mit etwas Garten und Wiese nach seiner Lieblingsneigung, mit der er, wenn Vater Abraham nicht scharfes Auge bewahrt, das Geschäft zurückgebracht hätte. Ihm war als dem unpraktischen

Landwirthe in der Familie die meiste Muße vergönnt, und man zog ihn nur selten und vorsichtig, besonders in Fragen seines Faches, zu Rathe. Auch begehrte er nach größerer Theilnahme an den Geschäften seines Hauses nicht. Bildung und Redlichkeit entfernten ihn von seinem Vater, und der Ernst des Alters von dem gewissenlosen Nachwuchs.

Uebrigens besaß oder baute jedes selbständige Mit= glied der Familie Kaschauer ein Landhaus oder mehrere in irgend einer vielbesuchten Gegend. Meistens kannten die Bauherren solche Häuser nur ihrer Lage nach, hat= ten etwa den Ort in einem Augenblicke der Laune oder Prahlsucht ausgewählt, den Bau selbst aber kaum jemals gesehen. Was hatten sie also davon? Sie konnten lächelnd, die Hände zierlich in den Taschen hängend, sagen: „Meine neue Villa im Oberlande wird zum Sommer nicht fertig, und wenn ich sie diesen Sommer nicht habe, so werd' ich wohl niemals hinkommen. Hat fünfzigtausend Gulden gekostet und wird leer stehen. Was kann das sein?" — Dann wurde das Haus in den Zeitungen zum Verkauf ausgeboten und ein anderes in Thüringen gebaut.

Das war eine Anzahl von Ansiedelungen aus dem Haupthause, die auf launisch oder geschmacklos aus= gewählten Plätzen, im Dickicht oder auf einsamen Steinen oft Jahre lang öde lagen, etwa nur von einem Gärtner besorgt, der sich ohne zureichende Arbeitskräfte mit weit= läufigen Anlagen abmühte.

Im Haupthause war die Herrschaft getheilt. Das Erdgeschoß, Kassen, Schreibstuben und Pferdeställe, war dem Baron Jacob unterthan. Nur der Uralte, wenn er in seinem Wägelchen auf Minuten erschien, ver= drängte den Enkel von der Oberherrschaft und nahm die Katzenbuckel der Schreiber und Rechner für sein Finanzgenie in Anspruch. Nächst ihm und Baron Ja= cob durften in den bezeichneten Räumen nur die Spröß= linge des Letztern, Buben und Mädchen von vier bis vierzehn, die Herren und Erben spielen, durften mit baumelnden Beinen auf den Tischen sitzen, und den Fuß auf die Kehrseite eines Schreibers gestellt, ihn beim Schwalbenschwanze seines schäbigen Fracks zerren. Papa barst vor Lachen, wenn Sprößling Moritz solche Siegeszeichen erbeutete. Es war das auch wirklich eine löbliche Lebensäußerung des halbwüchsigen Barons, dessen Lieblingsbeschäftigung sonst war, mit gekreuzten Beinen auf einem Fensterbrett zu sitzen, das Gesicht an den Scheiben platt zu drücken, oder über ein Buch hinausblickend, den Vorübergehenden Gesichter zu schnei= den. In dieser Kunst leistete er so Vortreffliches, daß er dadurch der Liebling seines Urgroßvaters wurde.

Derselbe ließ ihn oft nach seinem Landhause abholen, ergetzte sich an seinen Fratzen und zahlte manches Gul= denstück für solche mimischen Vorstellungen.

Was im Haupthause unter und über den Ge= schäftsräumen lag, war der Baronin Rebecca als der Hauskönigin unterworfen. Sie ist eine Dame, die Alles weiß. Sie hat viel gelernt, aber auch ohne das wüßte sie Alles. Denn wer waren die Leute, die ihr „Stunden" gegeben? Unbedeutende, bezahlte Menschen ohne Ansehn und Anspruch, denen man eine Wohlthat erwies, wenn man sie beschäftigte. Die Baronin spricht ein mangelhaftes Deutsch, desto besser französisch, und weiß sich auch auf englisch zu verständigen. Es giebt keine Wissenschaft, von der sie nicht einen Umriß oder Abriß im Kopfe trüge, und nichts Neues, das ihr neu wäre. Wenn ein gelehrter Mann ihr einen Gedanken mittheilt, den er sich erst vor einer Stunde aus dem Hirne gesondert, so erinnert die Baronin sich, einen ähnlichen schon vor einigen Tagen von Herrn Löw, Löwensohn oder Löwenberger gehört zu haben, und wo sie von etwas wirklich Neuem überrascht wird, da hält sie mit ihrer Anerkennung so lange zurück, bis einer ihrer Vettern es bestätigt. Daß sie eine ansehnliche Summe mitgebracht hat, ist selbstverständlich. Es galt unter den Schreibern des Hauses sogar für ausgemacht, daß ihre Verbindung mit Baron Jacob in einer Zeit geschlossen worden, als Haus Kaschauer infolge gewisser landwirthschaftlicher Mißgriffe des Baron Isaac ziemlich unsicher gestanden.

Einer so unterrichteten, einflußreichen, dabei ehedem schönen Dame fiel naturgemäß ein Theil der Herrschaft im Hause zu, und da sie vermöge glänzender Eigenschaften ihres Geistes so hoch über dem Gelde stand wie ihre Beletage über dem Erdgeschoß, so begnügte sie sich mit der ausschließlichen Gewalt in der oberen Hälfte. Hier bewegte sie sich von Morgens zehn Uhr ab in gemessenem Schritt, welcher hohe Hausfrauenwürde andeutete, und in modischem Gewande, das sie viermal des Tages wechselte, und ertheilte leise, kurze, unwidersprechliche Befehle. Sie fühlte sich ihren Kindern gegenüber als Cornelia und empfand es als einen Vorzug, außer diesen Kleinoden noch andre zu besitzen. Sie entschied in ihrem Salon, wo sie jeden Freitag eine Gesellschaft von schwarzen, also auserlesenen Köpfen um sich versammelte, das Schicksal der neuen schöngeistigen Erzeugnisse und verhalf jener Wahrheit zum Durchbruch, daß das jüdische Element in der modernen Cultur das einzig lebendige wäre, jedes andere zur Stagnation führe. Sie trieb so viel Diplomatie, als die Geschäfte des Hauses mit verschuldeten Diplomaten Gelegenheit boten und nahm Liebespaare aus bessern Ständen, die aus kirchlichem Zwiespalt einer Tragödie entgegengingen, unter ihre Beredsamkeit.

Neben den pädagogischen und diplomatischen Bestrebungen der Baronin war der dritte Theil ihrer Thätigkeit der wichtigste und erfolgreichste. Ohne ihre Mitwirkung hat selten ein Cavallerieoffizier der hauptstädtischen Welt den Widerstand ahnenstolzer Eltern gebrochen, um seine Schulden mit dem Gelde einer dunkeläugigen Frau abzubüßen; ohne ihre Vermittelung hat selten ein semitischer Goldsohn sein Verlangen nach einem armen blonden Marienbilde befriedigt. Dabei dauerte es selten länger als eine Saison, bis der Schuldner sammt seinen Gläubigern, die Ehrgeizige, der Liebende, die Versorgungsbedürftige sammt und sonders an das Ziel ihrer Wünsche gelangt waren. Denn tolerant war Baronin Jacob, Toleranz predigte sie, und die Motive jeder Verbindung mußten tolerirt werden, sobald nur Braun und Blond zusammenkam.

Als nun die Baronin von Scheveningen her über Italien in ihrem Salon eintraf und unter Glas und Palmen ausruhte, da gedachte sie sofort der Thätigkeit, die ihr während des Winters oblag. Zu dem einen Paare, das ihr Sorge machte, weil es nach Vollendung einer Saison noch hoffnungslos war, nämlich Benjamin und Christiane, hatten sich zwei andre gefunden, die ihr nicht minder Sorge zu machen drohten: Wolfgang vom Ried mit ihrer Cousine, der Künstlerin, und, wenn sie richtig beobachtet hatte, auch Silvane von Thorneck mit ihrem Vetter Ferdinand. Sie sah eine Reihe von stillen Abenden und geräuschvollen Festlichkeiten vor sich, die allein um Benjamins und Christianens willen zu ver=anstalten waren, und bestätigte sich, was in diplomati=schen Kreisen verlautete, daß Silvanens Vater für den Winter nach Berlin käme, bevor er auf seinen neube=stimmten Posten in der Schweiz abginge, so ward jene Reihe von Festlichkeiten zu einer Doppelreihe.

Was Clara Sonnenburg anbetrifft, so war an diese zwar vorläufig die verdiente Berufung zur könig=lichen Bühne noch nicht ergangen, aber daß sie den entfernten Kunsttempel, wo sie sich vorläufig verehren ließ, eben so oft verlassen werde, wie Wolfgang seine ferne Garnison, wo man ihn nicht minder verehrte, das war beiderseits verabredet und fügte der Thätigkeit der Hauskönigin, die sich noch reisemüde und übellaunig fühlte, ein Uebermaß hinzu.

Als aber der hoffnungsvolle Sohn Moritz sich ihr zeigte, hinter den Ohren sämmtliche Federn, die er den Schreibern hatte entreißen können, und befleckt mit der Tinte, aus der in den Comptoirs all' die schönen

Nullen geschrieben wurden, da hüpfte ihr Mutterherz freudig, und mit dem Genuß der Früchte ihrer pädagogischen Arbeit kehrte auch der Eifer für ihren ehestiftenden Beruf zurück. Sie benutzte den Besuch eines entfernten Verwandten, der ein Vertrauter von Benjamin's Vater war, und lenkte das Gespräch auf jenes unglückselige und hoffnungslose Verhältniß.

Sie erfuhr, daß den Liebenden wenigstens ein Umstand zu Statten käme, nämlich daß sie Beide die einzigen Kinder, also Leibeserben, waren. Die Zärtlichkeit mußte in den Herzen der Väter zuletzt erwachen, mußte durch der Mütter flehende oder vorwurfsvolle Nachtgespräche zur Geltung kommen.

Der Commercienrath ertrug die mangelhafte Geschäftsführung seines Sohnes nur bis zu dem Grade, da sie für dessen Erbschaft hätte gefährlich werden können, und als er wahrnahm, daß Benjamin sogar sein Rittergut vernachlässigte und sich sehr bedrohlichen Zerstreuungen hingab, so suchte auch er einen bequemen Weg zum Einlenken. Lange vergeblich. Ein gewisser Kobold von einem Gedanken schlich sich heran und verschob ihm alle Zahlenreihen. Aber er kam nicht zu Worte; das verhinderte mehr noch die Furcht vor dem Urtheil der Leute, als die Starrheit in religiösen Dingen.

Baronin Jacob gerieth nun auf den Ausweg, daß Christiane sich zunächst heimlich vor ihren Eltern zum Judenthum bekennen möchte, um den Starrsinn des Commercienraths zu besiegen, und als der besuchende Verwandte es für wahrscheinlich hielt, daß Benjamin's Vater dieses Opfer ehren werde, so erwählte die Baronin ihn zum Abgesandten und schärfte ihm ein, dem Commercienrath jenen Ausweg dringend anzurathen.

Dieser Auftrag wurde denn auch schleunigst ausgeführt, und der Commercienrath, der seinen Gedanken von einem Andern ausgesprochen hörte, dann auch erfuhr, daß die Ehre der Erfindung der klugen Baronin gebührte, befreundete sich mit demselben sehr bald. Es vergingen nur noch wenige Tage, bis er seinem Sohne erklärte, wenn das culturräthliche Fräulein wolle zum jüdischen Glauben übertreten, so werde sie ihm ungeachtet ihrer blonden Haare als Schwiegertochter willkommen sein.

„Wie kannst Du glauben, der Rath werde das zugeben!" jammerte Benjamin.

„Was hat der Culturrath zuzugeben? Ist die junge Dame nicht großjährig? Wenn sie Dich lieb hat — versteht sich mit Allem was um und an Dir ist — warum soll sie nicht etwas thun, das nicht mehr un-

gewöhnlich ist, und die Zustimmung ihrer Eltern nach=
holen, wenn Alles ist vorbei? Gerechter Gott! Warum
soll man nicht aus Liebe die arme Religion vertauschen
mit der reichen?"

„Was würdest Du sagen, wenn man es mir oder
Dir vorschlagen wollte?"

„Wär der Cultusrath Jud', und wir Christen,
gleich thät' ich's."

Benjamin schöpfte für einige Augenblicke Hoff=
nung. Nach langer Zeit erschien er wieder einmal
an der Pforte seines Paradieses und wurde abge=
wiesen.

Aber auch der Ministerialrath ertrug die zuneh=
mende Blässe seiner Tochter nur bis zu jener gelb=
lichen Abschattung, die ihre Schönheit in Frage stellte.
Dann lenkte er ein und erklärte an einem überaus
regnichten und trübseligen Tage, er sehe nur einen
glücklichen Ausgang der frevelhaften Liebesgeschichte,
nämlich daß Benjamin sich zum Christenthum bekehrte.

„Das wird sein Vater nie zugeben!" So ver=
verzweifelte Christiane, und der Cultusrath, erregt von
der Vorstellung, daß ein junger Israelit es verschmähen
könne, sich, zumal von einem so schönen Magnet, zum
allein beglückenden Glauben hinüberziehen zu lassen,
brach mit harten Worten ab und erklärte die Sache

zum zweiten Male für erledigt. Er erschien von diesem Tage an gegen die Leiden seines Kindes unempfindlicher und stumpfte so dessen Liebe und die Rücksicht auf seinen Willen bedenklich ab. Mehr als das. Durch die Forderung, die er an den jungen Kaschauer stellte, ohne den umgekehrten Fall in Betracht zu ziehen, wurde dem Mädchen ein gewisser Gedanke in die Seele geworfen, der an Gewalt zunahm, als ihr Vater den Mann ihrer Wahl und Qual von seiner Schwelle weisen ließ.

Benjamin unterdessen versuchte sein Glück mit einem Briefe. Den fing der Cultusrath auf, theilte ihn jedoch seiner Gemahlin mit, so daß Christiane den Inhalt erfuhr. Da reifte der Gedanke, mit dem sie sich befreundet, zum Entschlusse, und einige geheime Unterredungen mit Baronin Jacob bestärkten sie darin, wenn sie auch scheinbar widerstrebte.

Von ihrem Vater empfing Benjamin ein Ant= wortschreiben, worin sich Höflichkeit mit Nachdruck vereinigte: Er verkenne nicht die Ehre, die seiner Tochter zugedacht wäre. Da er sich jedoch zu den modernen Ansichten über die Ehe nicht zu bekehren ver= möge, so könne er nicht zugeben, daß eine solche bei seinem eheleiblichen Kinde mit der Vernichtung der Persönlichkeit beginne, die seiner Ansicht nach mit der

Abwendung von der christlichen Glaubenslehre gleich=
bedeutend wäre.

Aus diesem Schreiben ersah Benjamin, daß er
allein für die Erfüllung seiner Hoffnungen, wenn solche
noch vorhanden wären, einzutreten habe.

———

II.

Die Herren von Hohenried und Eschenheim hatten den See- und Brunnensommer für die Zwecke verwandt, die ihnen vorzugsweise am Herzen lagen. Hohenried hatte seine Quellen und Verbindungen gesammelt und den goldenen Traum von einem Bankgeschäfte mit beginnendem Herbste verwirklicht. Dasselbe war in der süddeutschen Kaiserstadt unter dem Namen „Süddeutscher Bankverein", der mit übermäßig großen Goldbuchstaben über dem Hauptportal prangte, ins Leben getreten.

Das palastartige Gebäude war das Abbild eines längst geträumten merkantilischen Traumes. Merkure mit Flügelhüten und Flügelstäben stützten das Gebälk, und hinter den drei Reihen großer Spiegelscheiben zeigten sich die Köpfe der Rechner und Schreiber, mit denen es vom Erdgeschoß bis unter das Dach angefüllt war. Im ersten Stockwerk wohnte der erste Rechner der Bank, unter dem Namen eines Präsidenten, zu welcher be-

deutsamen Würde Achilles Edler vom Ried erkoren war.
Ihm untergeben standen verschiedene Directoren für die
verschiedenen Felder des Wirkungskreises, den die Bank
sich gezogen, meistens verabschiedete oder auf Nebenerwerb
gerichtete Beamte höheren Ranges. Nur einer der Directoren war Kaufmann ohne Beimischung, ein ent-
fernter Verwandter des Hauses Kaschauer, und von
diesem als hochkundiger Geschäftsmann empfohlen.

Indessen erschien den Edlen von Hohenried der
Wirkungskreis ihrer Bank noch nicht umfassend genug.
Bald nach Eröffnung des Geschäftes wurde ein Ableger
derselben nach Berlin verpflanzt, wo das Geld auf der
Gasse lag. So viel Schmutz ihm von diesem Lager
auch anhaftete, es schien verlockend, und der leitende
Agent, einer der besten Schüler des Hauses Kaschauer,
stürzte sich theils auf eigene theils auf Rechnung seiner
Bank in die hohe Flut von Börsen- und Baugeschäften,
so daß er die Hochachtung heimlicher Beobachter in
hohem Grade gewann.

Die blonde Linie, durch die verheißungsvollen Geschäfte der schwarzen zum Wetteifer gespornt, vermochte
es ihr wenigstens darin gleich zu thun, daß sie gleichfalls einen Agenten für Berlin stellte, während die
Hauptarbeit in Wien geschah. Nach eifrigen, nicht
erfolglosen Anstrengungen an verschiedenen Spieltischen,

die damals bereits dem scheinbaren Untergange bestimmt waren, nahm der General Winterquartier in Wien, während der Oberst mit Roß und Wagen nach Berlin ging, um das Glück mit der ergiebigsten sogenannten Arbeit herauszufordern. Er wurde im Palast Kaschauer ein angesehener Gast; aber so oft er die Marmortreppe hinanstieg, fesselte ihn der traurige Ausdruck im Antlitz der Fackelträgerin, und war er vorher noch so champagnerlaunig gewesen, er fühlte sich mißbehaglich, so oft er oben eintrat. Neid war es, brennender Neid über die Mittel, die er dort ungeschickt angewandt, über die Pracht, die er geschmacklos entfaltet sah, und wach- sende Begier, sich und seinem Hause zu ähnlichem Glanze, wennschon nicht gleichen Mitteln zu verhelfen.

Ungeachtet seiner unzufriedenen Miene sah man die bedeutende Gestalt in den Sälen des Palastes gerne, wie denn besonders die Damen auch dieses großen Handelshauses, sobald nur ihrer Prunkliebe, Putzsucht und Genußgier durch die Thätigkeit ihrer engherzigen, verkümmerten Männer genügt war, sich mit Vorliebe dem Stattlichen, Ritterlichen, Idealen zuwandten und glücklich waren, wenn sie es in der ihnen zugänglichen Welt antrafen.

An der Börse und sonst an geschäftlichen Orten fiel der alte graubärtige Soldat durch seine Straffheit

2*

gleichfalls auf, und er gelangte in der Börsenwelt zu
einiger Berühmtheit. Die Geschäfte, die sich ihm
boten, waren zahlreich, und wenn ihm die vortheil=
haftesten entgingen, so tröstete er sich mit seiner noblen
Unerfahrenheit in der hohen Finanz und bisweilen mit
dem stolzen Gedanken, daß die goldene Glorie des
Erfolges, wie solche manches schwarze Haupt umgab,
gegen seine Adelskrone nicht in Betracht käme. Uebri=
gens behielt er in den meisten Geschäften Fühlung mit
dem General, und der Draht wirkte fleißig zu ihrem
Zusammenspiel. Der Bankverein, die gewerblichen
Unternehmungen im Bezirk Riedheim, der Bau einer
orientalischen Eisenbahn, eine Lieferung von Gewehr=
theilen für eine außereuropäische Großmacht und eine
Reihe ähnlicher Geschäfte neben dem Börsenspiel erhielt
die beiden Soldatenbrüder stark in Athem.

Auch die Strecke Riedheim = Kohlenwinkel, für
welche die Feder des Doctor Judassohn alle Silber=
quellen der Umgegend zusammenlockte, verhieß ein sehr
belangreiches Geschäft. Denn bei dem Ansehn, das in
jener etwas entlegenen Gegend alles gedruckte Papier
noch genoß, bei der vertrauenerweckenden Rührigkeit
der Unterhändler, endlich bei den sichtbaren Erfolgen
manches Geschäftes, das von dem Hause Kaschauer
ausging, konnte es nicht fehlen, daß auch das kleine

Capital sich aus sicherer Anlage löste, um der
scheinbar vortheilhaften zuzueilen, und daß die kleinsten,
die nur in verschlossener Lade sicher schienen, in den
Händen schmeichelnder Wucherer zusammenflossen, um
auf diesem Umwege in die großen Behälter zu gelangen.
So kamen denn Mittel genug zusammen, um den Bau
der Strecke schon während des Herbstes in Angriff zu
nehmen. ——

Erich, der nach kurzem Aufenthalte in Wien mit
seiner Mutter nach Eschenheim zurückkehrte und sich
hier in der herbstlichen Einsamkeit behaglicher fühlte
als während des geselligen Sommers, er beobachtete
die wirthschaftliche Bewegung, die durch den Bau jener
Zweigbahn veranlaßt wurde, nicht ohne Besorgniß.
Er erfuhr von mehr als Einem, der seine vollen Er-
sparnisse zu den Zahltischen des Judenschlosses trug,
um dafür kaum mehr als Hoffnungen einzutauschen.
Seine leidenschaftliche Natur fühlte sich anfangs zur
Gegenwirkung getrieben; doch mit einiger Unsicherheit,
da ein unglücklicher Ausgang des Geschäftes sich eben
so wenig wie beim Spiele voraussagen ließ, die
sittliche Betrachtung aber des Erwerbes ohne Arbeit
oder durch Scheinarbeit den Betheiligten ferne lag:
Er schrieb einen Artikel in diesem Sinne und erlangte
gegen Bezahlung die Aufnahme desselben in dem Ried-

heimer Boten. Allein in den nächsten Nummern er=
schienen Widerlegungen aus der Feder des Doctor Ju=
dassohn, welche Erich klar machten, in welche Gesell=
schaft er sich gewagt; denn sie waren offenbar darauf
berechnet, den anständigen Mann durch Unsauberkeit
abzuschrecken. Seitdem begnügte sich Erich, seinen Rath
nur auf vertrauliches Befragen zu ertheilen und be=
schränkte seine Aufmerksamkeit auf die Verwaltung von
Eschenheim.

Auch hier traf er auf Sorge und Verdruß. Der
betagte Verwaltungsdirector, ein alter Forstmann, be=
gegnete ihm in geschäftlichen Dingen mit einer Zurück=
haltung, die an Mißtrauen grenzte, und da er dem
jungen Edelmanne seit seiner Kindheit zugethan ge=
wesen und außerhalb der Geschäfte auch jetzt freundliche
Gesinnung und Offenheit bewies, so wurde es Erich
nicht schwer zu errathen, daß derselbe nach Vorschrift
handelte. Später, als die Sorge dem alten Manne
die Lippen löste, gestand er denn auch zu, daß der
Oberst ihm untersagt, seinem Sohne völlige Einsicht
oder gar Einspruch in die Verwaltung zu gestatten,
weil derselbe ein Gelehrter wäre und keine Vorstellung
von praktischer Verwerthung der vorhandenen Hilfs=
mittel habe. Der Alte aber war seit einem halben
Jahrhundert gewohnt, seinem Herrn zu gehorchen und

vermochte aus seiner Theilnahme für Erich keinen Grund zur Unfolgsamkeit zu entnehmen.

Aber Oberst und General brauchten seit dem Vertrage von Hohenried mehr Geld denn je vorher. Die für den Betrieb von Eschenheim bestimmten Summen waren von beiden Seiten in verschiedenen Beträgen, stets aber mit Zustimmung des Obersten, für andre Zwecke in Anspruch genommen worden, und der Umstand, daß kein Geld zufloß, ließ befürchten, daß namhafte Summen verloren oder doch länger als zweckmäßig in Unternehmungen von schwacher Verheißung festgehalten wurden. Endlich kam sogar Befehl, gewisse kostspielige Erwerbungen, die früher für unentbehrlich gegolten hatten, darunter das Gestüt, zu veräußern, und diese Maßregel bewies, daß bereits Geldmangel sich wieder fühlbar machte, und daß man sich scheute, die Verwaltungskasse noch mehr zu entkräften.

Da der Verkauf der Zuchtrosse der Aufmerksamkeit Erichs nicht entgehen konnte, so entstand daraus Veranlassung für den Director, seinem Herzen Luft zu machen. Er verrieth an Erich alle Mißgriffe und Vergeudungen, zu denen er seither ungeachtet einbringlicher Vorstellungen und drohender Berichte gezwungen worden war, und schloß mit der Befürchtung, daß eine Finanzklemme das Gut nicht blos in den früheren mangelhaften Zustand zurückwerfen, sondern es der Familie entreißen werde.

Erich war bestürzt. Bei allen Besorgnissen, die sich ihm bei den verschwenderischen Neigungen und dem großartigen Streben seines Vaters aufgedrängt hatten, war er doch unkundig des gewaltigen Schwunges neuester Finanzbewegung, die auch den Starken oft zum Schwanken bringt und schwache Rechner, unzureichendes Capital oder bedenkliches Gewissen rücksichtslos und unversehens niederwirft. Er hatte die Mittel Eschenheims, ihre Ergiebigkeit oder doch Widerstandsfähigkeit zu hoch berechnet, und im äußersten und unglücklichsten Falle eine Katastrophe wenigstens für so entfernt gehalten, daß der unterdessen verbesserte Grundbesitz sie aushalten werde. Diese Berechnung erwies sich nun als irrig. Der erfahrene Verwalter rechnete ihm vor, wie Capital und Grundbesitz in dem jüdischen Strudel verschwinden möchten, ohne daß auch nur zum Besinnen Zeit wäre.

Die erste Zuflucht, die Erich in seiner Bestürzung suchte, war seine Mutter. Ihr ruhiger Blick, ihr ergebenes Lächeln, so sehr es ihm seine Fassung wiedergab, befremdete ihn doch. Aber die Edelfrau nahm das Wort:

„Mein lieber Sohn, Du warst jung, als Du Deine Reise antratest, und Deine Wanderschaft hat lange gedauert. Nur daraus ist zu erklären, daß Du Deinen Vater nicht vollkommen kennst, sonst würdest Du an die Summen, für welche er sein und Dein Recht hingab, keine Hoffnungen geknüpft haben. Mir waren solche fern, und ich wundere mich nur über die Langsamkeit, mit der das Verhängniß heranschleicht. Seit Jahren fürchtete ich von Tage zu Tage, und aus jedem mißvergnügten Zuge auf Deines Vaters Angesicht las ich, daß es mit uns und Eschenheim auf der Neige war, und ich weiß, es hat ihm bittere Kämpfe gekostet, uns vor dem Aeußersten zu bewahren. Das zweite Jahr Deiner Abwesenheit brachte mir einen schlimmen Winter. Zu allen Mißständen trat ein fast völliger Ausfall der Ernte. Ich wußte, daß der Vater von manchen Seiten bedrängt wurde, und so oft er die Lippen öffnete, besorgte ich, er werde einen Theil meines Vermögens, vielleicht das ganze begehren, das ich mit seiner Zustimmung vor allen Geschäften sicher gestellt habe. Er hat es mir nicht abverlangt, und da ich zufällig erfahren habe, wie bitter damals seine Verlegenheit war, so wirst Du erkennen, wie werth er mir auch durch dieses schweigsame Dulden und Ueberwinden geworden

ist. Zwar schreiben sich aus dieser bösen Zeit eine
Menge von Verbindlichkeiten gegen jenes Haus her,
dessen Namen ich nicht gerne ausspreche; aber die
größten Schwierigkeiten wurden durch einen glücklichen
Wurf beseitigt, den der General an der Börse that.
Ich kam wieder zur Ruhe, so wenig mich diese Wen=
dung im Grunde befriedigte. Die braunen Herren
sollen sich darüber sehr unzufrieden geäußert haben;
denn Baron Jacob glaubte Eschenheim bereits in die
Tasche zu stecken. Aber ich wußte, daß man sich nur
über einen Aufschub zu beruhigen hatte. Die Schäden,
die im Gefolge des ungeheuren Forstfrevels auch an
unsrem Eschenheim hafteten, waren nur durch ein un=
verhältnißmäßig hohes Betriebscapital zu beseitigen,
und da dieses fehlte, so mußte Eschenheim nach einigen
Jahren der Qual dem gewerblichen Betriebe eben so
sicher anheimfallen, wie das Hauptgut Hohenried, und
damit war es für uns verloren. Hinzu kam die durch
einen Erfolg erhitzte Neigung Deines Vaters für das
Börsenspiel, dem er von da an verfallen schien, ohne
sich durch Mißerfolge abschrecken zu lassen. — So ist
zu erklären, warum die nach dem Vertrage von Hohen=
ried plötzlich zufließenden Summen, auf welche Dein
Vater und der General ungemessene Hoffnungen setzten,
mir keine Freude machten. Ich war vielmehr ganz

Deiner Ansicht, lieber Sohn, daß es uns besser gewesen wäre, ein Recht, wenn auch nur der Ehre
halber, fest zu halten, als es um zweifelhaften Vortheil zu veräußern. Ich sah noch drüber hinaus. Die
Gewinnsucht, die Krankheit unsrer Zeit, die auch
Deinen Vater ergriffen hat, erhielt durch den Zufluß
jener verderblichen Summen wiederum Antrieb und
Hoffnung, und da Dein Vater mit dem Gelde nur
als Cavalier umzugehen weiß, so ist das Ende mir
nicht zweifelhaft. Die Summen, die das unselige Haus
hergab, fallen ihm zum großen Theile wieder zu, und
für den Rest wird es Eschenheim und die Ehre der
Familie, vielleicht unser Verderben gekauft haben."

„Nicht unser Verderben!" rief Erich und umarmte
seine Mutter. „Wie sollte es dazu kommen! Der Vater
hat gezeigt, daß er nicht Willens ist, Dein Vermögen
anzutasten, und dieses reicht hin, um Dich und die
Deinen vor dem Aeußersten zu bewahren. Dazu rechne
die Kraft Deiner Söhne; wie sollten wir verderben?"

„Noch hast Du Recht, lieber Erich," antwortete
die edle Frau. „Aber setze den Fall, Dein Vater tritt
jetzt heran und offenbart uns, daß seine Geschäfte fehlgeschlagen sind und ihm einen Ausfall von dem Be-
trage meines Vermögens, vielleicht mehr, eingebracht
haben. Wirst Du mir rathen, ich sollte ihn aus

einem solchen Handel hervorgehen lassen wie einen Kaufmann?"

Erich wandte sich ab.

"Nicht wahr, Du würdest mir das nicht zutrauen?"

"Ich sehe, wir sind überall im Nachtheil," erwiederte der Sohn. "Wer noch Adel im Herzen hat, sollte kein Geld in die Hand nehmen, um damit zu wuchern. Wer nicht fähig ist, seinem Verlust auf Schleichwegen zu entgehen und seinen Vortheil mit List zu erhaschen, der darf sich nicht in die endlose Reihe Derer stellen, die nach dem Gelde wettlaufen. Seine anständige Gesinnung bringt ihn sicher zu Falle. Er wird dem Elenden, der ihm durch Gemeinheit überlegen ist, den hohnlachenden Triumph überlassen und untergehen."

"Siehst Du, Erich, das ist die Gefahr dessen, der in den Anschauungen des ächten Adels erzogen ist und sie über der allgemeinen Jagd nach dem goldenen Glücke nicht einbüßt. Ich höre von manchem edlen Hause, das seine Ehre in Geld verwandelt hat, und es ist sehr übel, daß wir mit einem solchen nicht in's Gericht gehen dürfen. Aber ist die Standesehre uns schon gemindert, so hoffe ich, wir werden an gemeiner bürgerlicher Ehre unangetastet bleiben. Ich bin mit dem Gedanken vertraut, unser liebes Eschenheim, wo Du, mein Erich, und Deine Geschwister geboren sind, mit leichtem Bündel, aber an der Hand meiner Söhne zu verlassen. Ich weiß, daß ich dann nur vergängliche Güter zurücklasse. Die Kraft und Liebe meiner Söhne wird mich für den Rest meiner Tage aufrecht halten, und ich werde für das Verlorene Unverlierbares eintauschen."

„Mutter! Meine geliebte Mutter! Ich danke Dir für Dein Vertrauen, das ich bisher kaum zu verdienen bemüht war!"

Mehr sagte Erich nicht. Er nahm die Worte seiner Mutter eher für eine Mahnung als ein Lob und war bedacht, für sein' und der Seinigen Wohl aus eigner Kraft und ohne Rechnung auf Erbe und Eigenthum Grund zu legen.

Ein Plan, den er Tag und Nacht in Gedanken trug, wies ihm fern von der Heimat ein Feld der Arbeit.

III.

Erich hatte bisher von der Wissenschaft nur seinen Beruf, seine menschliche Vereblung und die Mitarbeit mit guten Genossen beansprucht. Nun sollte sie für sein Glück wirken, für ein bescheidenes Glück, wenn darunter nur ein ehrenvoller Unterhalt der Seinigen zu verstehen war. Noch vor Kurzem, auf der Versammlung der Naturforscher, hatte er ein Anerbieten, das ihm große Vortheile verhieß, von der Hand gewiesen, glücklicher= weise nicht ohne Vorbehalt künftiger Entscheidung.

Die Mittheilungen nämlich, die er den versam= melten Forschern mehr zur Prüfung denn als fertiges Ergebniß vorgelegt, bezogen sich auf eine merkwürdige Pflanze, die er im Cordillerengebiet von Südamerika in großer Menge gefunden hatte, und die nach dem Urtheil von Sachverständigen ein vorzügliches Gespinnst zu liefern versprach. Ernte und Verschiffung der Pflanze unterlagen keiner abschreckenden Schwierigkeit, ihr An=

bau in Europa schien verheißungsvoll, und da Preis
und Eigenschaften das Gespinnst in gleicher Entfernung
von der Dürftigkeit wie vom Luxus hielten, so versprach
es einen wirksamen Wetteifer mit den gebräuchlichsten
Webestoffen.

Während die Mehrheit der Versammlung ihre
Aufmerksamkeit vorzüglich der botanischen Seite der
Mittheilung zuwandte, kam der gedruckte Bericht einem
Berliner Seidenweber vor Augen, der sich auf der
Durchreise in Wien befand. Derselbe machte durch ein
ihm befreundetes Mitglied der Versammlung Erichs
Bekanntschaft, und da er an dessen Person ebensoviel
Wohlgefallen wie für dessen Entdeckung Theilnahme
fand, so suchte er ihn für einen Plan zu gewinnen, der
zunächst Einfuhr und Verarbeitung, später auch Ein=
bürgerung und Anbau der neu entdeckten Gewebepflanze
beabsichtigte. Herr Bonhard, der Fabrikant, erbot sich,
eine Gesellschaft anständiger Männer zu versammeln,
die Herrn Erich vom Ried reiche Mittel zur Verfügung
stellen und seine überseeischen Verbindungen durch ihre
eigenen unterstützen sollten, um die Entdeckung auszu=
nutzen, und das neue Product baldigst auf den Markt
zu werfen. Als Führer des Unternehmens sollte Erich
ein namhaftes Gehalt beziehen und an dem Gewinne
nach Maßgabe seines Verdienstes betheiligt werden.

So ehrenvoll also das Anerbieten war, Erich glaubte doch selbst dann noch ablehnen zu müssen, als Herr Bonhard ihm einige Tage nach der erften Unterredung die Lifte der Theilnehmer und ihrer Beiträge einfandte, die einen thatkräftigen Anfang ermöglichten. Er erwiderte dem Fabrikanten, daß feine gefellschaftliche Stellung ihm die Pflicht auferlege, sich der Wiffenschaft in voller Reinheit und ohne Gewinnfucht hinzugeben, während ja tüchtige Männer vollauf vorhanden wären, denen ein felbftfüchtiges Verhältniß zur Wiffenschaft durch natürliche Anlagen erwünfcht, oder durch Bedürfniß geboten wäre. Um indeffen der menfchlichen Gefellfchaft den Vortheil, der aus feiner Entdeckung ihr möglicherweife entftehen könnte, nicht vorzuenthalten, wäre er erbötig, feine Mittheilungen zu vervollftändigen, einen Plan zur Verwerthung auszuarbeiten und feine Verbindungen, foweit sie von Belang wären, zur Verfügung zu ftellen.

Indeffen war Herr Bonhard nicht gefonnen, die ablige Gefinnung des Mannes zu feinem Vortheil ohne Entfchädigung auszubeuten, und begnügte sich mit Erich's Erlaubniß, ihm fein Anerbieten binnen Jahresfrift erneuern zu dürfen.

Damals lag dem Edelmann der Gedanke fern, daß er den redlichen Gefchäftsmann fchon nach Verlauf

weniger Monate beim Worte nehmen werde. Jetzt
aber, nach der Unterredung mit seiner Mutter, genügte
die Gedankenqual einer Nacht, um ihn zum Entschlusse
zu treiben. Ohne der Mutter Genaues über sein
Vorhaben mitzutheilen, nur mit der Versicherung,
daß sein bisheriges Streben ihm auch Grund und
Boden verschaffen werde, um darauf Brot zu bauen,
riß er sich von ihr los und bestieg die Bahn nach
Berlin.

Er fürchtete nur, der Eifer des Fabrikanten möchte
längst abgekühlt sein, und je näher er dem Ziele kam,
desto mehr erblaßten die Bilder seiner Hoffnungen.
Dafür tauchte in lebhafteren Farben ein anderes auf,
das im Gewölk der Sorge ihm beinahe entschwunden
war, und in dem Vorsatze, das lebenswarme Urbild
aufzusuchen, fand er beinahe Trost für die sinkenden
Hoffnungen. —

Aber seiner Angelegenheit war ein besserer Fort=
gang vorbehalten, als er erwartet. Nicht nur hatte
Herr Bonhard der Person wie der Sache seine Theil=
nahme bewahrt, sondern er ersparte dem stolzen Manne
auch das Geständniß, daß er durch Wandlung seiner
Verhältnisse gezwungen wäre, die Verhandlungen seiner=
seits schon so bald aufzunehmen. Der Fabrikant nahm
den Besuch für eine Aufmerksamkeit, die dem Geschäfte

fern läge und brachte dieses aus freiem Antriebe zur
Sprache. Da er Erich nunmehr geneigter fand, ging
er mit vollen Segeln auf sein Ziel, und nach einer
Stunde der Unterredung verließen die beiden Männer
das Arbeitszimmer des Fabrikanten, um in dessen
Familienkreise jener Geschäftsverbindung die Weihe zu
geben.

„Ich wußte ja," sagte Herr Bonhard, „daß Ver=
nunft und Vortheil Sie der Thätigkeit zuführen wür=
den, die sich Ihnen bot, und zu welcher Sie sich die
Grundsteine über's Meer geholt haben, weil Sie solche
diesseits des großen Wassers nicht fanden. Ich begreife,
Herr vom Ried, daß ein junger Mann von feiner Ge=
sinnung oder auch nur von starkem Ehrgefühl Bedenken
trägt, sich auf eines der üblichen Geschäfte zu verlegen;
denn diese sind, und zwar die ergiebigsten am meisten,
durch unsaubere Hände widerwärtig, durch gewissenlose
Rechner zum Schwindel geworden, und je mehr Ver=
dienst, desto weniger Ehre ist dabei zu erlangen. Die
schönen Namen, die in Beziehung zu faulen Geschäften
genannt werden, gewinnen dadurch wahrlich nicht an
gutem Klange, und so wenig ich die Ansicht Derer
theile, die dem Adel ehrenhafte Gewerbsthätigkeit ver=
sagen, so sehr bezweifle ich, daß die Art der heutigen Er=
werbsthätigkeit und die übliche Geschäftsführung mit

den vortrefflichen und dem Volke unentbehrlichen Eigen=
schaften des Adels zu vereinbaren wären. Deshalb,
Herr vom Rieb, war ich weit entfernt, Ihre erste Wei=
gerung geschäftsmäßig übel zu nehmen; vielmehr mußte
ich, inwieweit ich derselben beizupflichten hatte. Aber
ich sah auch voraus, Sie würden sich mit Ihren Be=
denken durch die Betrachtung abfinden, daß Sie mit
Ihrer Thätigkeit ein unentweihtes Gebiet betreten, und
daß Sie durch Ihren Entschluß, der die Ueberwindung
eines Vorurtheils, also ein Opfer, fordert, das allge=
meine Beste fördern. Ich will nicht sagen, daß Ihre
Mitwirkung zu dem geplanten Unternehmen unentbehr=
lich wäre. Niemand ist unentbehrlich. Aber durch den
Entschluß, den Sie noch bei guter Zeit gefaßt haben,
sichern Sie einem Bunde von wohlgesinnten Männern
den Anbeginn einer wichtigen wirthschaftlichen Bewegung,
und damit freilich auch den Vortheil des planenden,
des wagenden, des durchführenden Unternehmers. Nach
Jahresfrist wäre das Geschäft in andre Hände gerathen;
denn Ihre Entdeckung gehört der Oeffentlichkeit und be=
schäftigt bereits manchen schwarzen Kopf. Wer will
entscheiden, ob andre Köpfe und Hände als die unsrigen
das Unternehmen in eine Bahn gelenkt hätten, an deren
Ziel das Wohl der Gesellschaft vor dem Vortheil der
Unternehmer steht! — Nun muß ich Ihnen bekennen,

3 *

ich habe bisher den Rohstoff genommen, wie die Natur
und der Handel ihn mir boten, und habe ihn so gut
ich einsah und vermochte verarbeiten lassen. Ich gebe
Hunderten von Leuten ihr Brot, und vielleicht thu' ich
noch etwas mehr. Ich weiß es nicht; vielleicht ist mehr
guter Wille als Erfolg dabei. Aber Eines blieb mir
aus: Das Selbstgefühl, in die wirthschaftliche Bewegung
zum Besten der Allgemeinheit einzugreifen und sie zu
lenken, statt sich zum Sclaven der Concurrenz und Con-
junctur zu machen. Als ich nun jenen Bericht aus der
Versammlung der Naturforscher las, fuhr es mir wie
ein Blitz durch das Gehirn. Hier liegt was du willst!
Und eine vorahnende Gewißheit, daß ich und kein Anderer die Hand anlegen würde, war so stark, daß mich
Ihre Ablehnung kaum verstimmte. Ich wußte, wir würden zusammenkommen, ich zu Ihnen oder Sie zu mir,
und das war für die Sache gleichgiltig. Nun ist es
so geworden wie ich hoffte, und das ist gut, und darauf
trinken wir und erlauben den Frauen, die nichts davon verstehen, mitzutrinken."

Da erhob sich Frau Bonhard mit der schönen
Haube, die fast ganz aus den schwersten und breitesten
Bändern „eigener Fabrik" bestand, und nach ihrem Bei-
spiel das rosige Fräulein Rosa, die fast ganz in eine
rosafarbige Schärpe eigener Fabrik gewickelt war, und

sagten, wenn sie auch nichts vom Geschäft verstünden, von dem Rheinwein verstünden sie doch soviel, daß er gut wäre, und daß sie ihn niemals lieber einem Gaste gebracht hätten, als dem gegenwärtigen Herrn, der den gestrengen Herrn Gatten und Vater zu einem so glück= lichen und liebenswürdigen gemacht habe.

Diese Frauen waren jene hübschen, rothen, rund= lichen mit modischem Kopfputz und Berlinischer Aus= sprache, ohne viel höhere Ansprüche, als den Besuch des Opernhauses, einiger Bälle im Winter und eines Bades im Sommer, Frauen, wie man sie in den wohlhabenden und — zur Unterscheidung gesagt — christlichen Handels= häusern der norddeutschen Kaiserstadt vielfältig antrifft; selbst ohne jenes Maß von Schulkenntnissen, das junge Mädchen jüdischer Familie sich aus Ehrgeiz frühe ge= nug anlernen, bevor das Bewußtsein der Reize und der sie erhöhenden Toilette erwacht. Ja, im Verhältniß zu Erichs Anforderungen waren Madame Bonhard und Fräulein Rosa nichts als Frauen gewöhnlichsten Schla= ges, und wenn die erste durch Herrscherblicke über zwei halbwüchsige Knaben und drei kindliche Mädchen, die außer Fräulein Rosa vorläufig zu ihrer Familie ge= hörten, als eine vortreffliche Mutter erschien, Fräulein Rosa dagegen durch Aufmerksamkeit für die Wünsche des stattlichen Gastes ihr Talent zur Hausfrau verrieth,

so schien das ihrer Frauenwürde wenig hinzuzufügen;
denn es fehlte eben jene mütterliche und hausfrauliche
Anmuth, die in Deutschland fast ausschließlich in den
christlichen Familien der gehobenen Stände zu finden
ist, und für welche der durchgebildete deutsche Mann so
viel Verständniß und Bedürfniß mitbringt. Auch hier
erklang, wie meistens in gewöhnlichen Familien großer
Städte, gegen Kinder und Dienstboten jener laute Ton,
der von Jugend auf durch das nothwendige Ueberschreien
des Gassenlärms zur Gewohnheit wird, und da beson=
ders die Erziehung der Berliner Kinder viel Nachdruck
erfordert, so fehlte es an rauhen und schrillen Accenten
aus dem Munde der Hausfrau nicht. Auch Fräulein
Rosa vergaß sich einmal zu dem heftigen Ausrufe: „Karl,
das ist nicht dein Glas!" Aber dann sah sie Erich er=
schrocken an, erröthete und verstummte. —

Erich befand sich also nicht unter Leuten, wie sein Ge=
müth sie nach dem Bilde seiner vornehmen Mutter ver=
langte, und wie er sie in seiner Gesellschaft wenigstens
der Form nach häufig antraf. Es war hier zu viel
derbe Unbefangenheit, zu viel rücksichtsloses Selbstge=
nügen, und wenn sie auch an dieser Stelle nicht mit
Aufgeblasenheit und Geldstolz vereinigt waren, so er=
schienen sie doch zu deutlich als ein Ergebniß kaufherr=
licher Unabhängigkeit. Es war dies nicht die schönste

Form der Unabhängigkeit, wohl überhaupt keine schöne,
vielmehr eine verletzende, und doch wirkte sie lange nicht
so widerwärtig, wie das verhohlene und geschliffene Geld=
bewußtsein im Hause Kaschauer. Ja es drang bei dem
Verkehr mit der Familie des Fabrikanten durch das Un=
behagen ein Gefühl der Befriedigung, das Erich nicht
schnell genug erklären konnte, das aber, weil es sich auf
Aeußerlichkeiten nicht gründete, nur einen sittlichen Ur=
sprung haben konnte. Bei wiederholten Besuchen ge=
dieh ihm diese Empfindung zur Klarheit: Dem Reich=
thume des Seidenwirkers lag ein tüchtiges Stück Arbeit
zu Grunde, ein Vierteljahrhundert unablässigen Eifers
für die Verbesserung seiner Waare, die sich an den Bei=
fall und die Freude der Mitmenschen wandte und ihren
Werth nur aus jenen herleitete. Diese Arbeit und mit
ihr das Bewußtsein sittlicher Begründung und Recht=
fertigung mangelte dem Hause Kaschauer. Das vor=
sichtige Rechnen, das schlaue Kopfzerbrechen, die umschau=
ende Speculation, die Pein des Wagnisses — diese ge=
sammte geistige Thätigkeit nannten die Herrn von Ka=
schauer mit einem beschönigenden Ausdrucke zwar ihre
Arbeit, ohne jedoch angesichts der Arbeit von Kaiser und
Kanzler, von Minister und Rath, von Bauer und Bür=
ger, von Meister, Gesell und Handlanger selbst daran
zu glauben. Das Bewußtsein, nichts zu verdienen, son=

dern ihren Reichthum lediglich der wissenschaftlichen,
bürgerlichen, diplomatischen und kriegerischen Arbeit zu
verdanken, dieses Bewußtsein demüthigte sie vor sich
selbst und trieb sie, in einem Adel Ersatz zu suchen,
der als verzerrte Geberde von dem wahrhaften Adel und
selbst von den fürstlichen Verkäufern belächelt wird.
Erich erkannte denn auch, daß dieser Kaschaueradel nur
aus dem Geldbedürfniß oder der Geldverehrung der
Großen entstanden wäre, die mit dem Juden, bevor er
ihnen etwas angenähert war, nicht so offen und vertraut
verkehren durften, wie das Geldgeschäft erfordert. Da=
her bei den großen Herren eine mehr oder minder un=
verhohlene Geringschätzung, bei dem Geldadel Ueber=
hebung, und mehr oder minder verbissener Ingrimm. Da=
her innerhalb der Judenschaft das nasrümpfende Grin=
sen über wahren Adel, nämlich über geschichtliche An=
schauung und Beharrlichkeit, über edle Form und Schön=
heit, über ideale Richtung und geistigen Schwung, da=
her auch die Schadenfreude, wenn Adel, Schönheit und
Ideal im Schlamme untergehen, oder der Aufschwung
in Plattheit endigt. Es ist dies eine Schadenfreude,
die das Gute vernichtet wähnt, wenn sein Widerspiel
für den Augenblick siegt, die Gott als verabschiedet an=
sieht, wenn er sich von der Welt eine Zeitlang abwen=
det und den Teufel schalten läßt. Sie stellt sich wie

Dämon wider Genius gegen jenes tiefe, christliche Leid über den faulen Kern, den das Beste im Augenblicke seiner Vollendung und Reife, ja im Augenblicke seines Entstehens und selbst in seinem Keime birgt, gegen jenen Heilandskummer über den Einsturz, der im Gefüge der Bausteine jeder heiligen Ilios oder Zion lauert. —

Das waren die Gedanken, mit denen Erich das zwanglose und zum Theil inhaltleere Gespräch durchwob, das der Fabrikant und seine Frau ihm nach vollendetem Geschäfte zu bieten hatten. Als er Abschied nahm und sich durch das Zimmer des Hausherrn zurückzog, versicherte dieser, daß das Unternehmen bereits in Vorbereitung wäre, weil es seine Gedanken seit der ersten Zusammenkunft mit Erich beschäftigt habe. Die Geschäftsräume könnten in der Frist von heute zu morgen beschafft werden, und Erich sein Amt zu jeder Stunde antreten, sobald mit den Theilhabern ein endgiltiges Abkommen getroffen wäre. —

Im Wohnzimmer aber waren Frau Bonhard und Fräulein Rosa zurückgeblieben.

„Vater hat Recht," erklärte Mama. „Als er von Wien kam, war er gar zu entzückt von seiner neuen Bekanntschaft, von dem guten Aussehen, dem feinen Benehmen und den Erwartungen, die sich auf ihn bauen ließen. Ich antwortete ihm, er möchte mich mit dem

Herrn Von lieber nur nicht bekannt machen, weil ich
die gute Vorstellung, die er mir beigebracht hatte, auch
behalten wollte. Er aber sagte: „Du wirst sehen," und
er hat wirklich Recht. Der Mann gefällt mir. Von
seinen Talenten weiß ich nichts, aber er sieht gut aus
und ist noch nicht verlobt. Die Herren vom Ried sollen
nicht viel in die Milch zu brocken haben, besonders nicht
der Zweig, auf welchem der junge Mann gewachsen ist.
Solche Herren verstehen sich nicht auf's Geschäft, und
es ist auch von Keinem zu verlangen, daß er sich so gut
darauf verstehen soll wie der Vater. Was sagst Du,
Rosa?"

„Was sagst Du, Rosa?" wiederholte Frau Bonhard in schärferem Ton, als keine Antwort erfolgte.

„Ja, Mutter," sagte Rosa, und die Hände über
den Riegel des Fensters, auf die Hände aber das kluge,
großzöpfige Köpfchen gestützt, sah sie wohl eine Viertelstunde lang in die gährenden Schwärme der Gasse
hinunter.

Die Mutter fragte nicht weiter. —

IV.

Der berühmteste Mann der Familie Kaschauer, auf den selbst die Barone hinwiesen, wenn es galt, neben ihrer Geldmacht auch geistigen Einfluß zu beweisen, – Herr Ferdinand Kaschauer, war von einer apostolischen Rundreise zurückgekehrt. Er hatte in verschiedenen Hauptstädten die unzufriedenen Arbeiter, besonders an Samstagabenden, wenn jene nach empfangener Löhnung am unzufriedensten waren, um seine Rednerbühne versammelt und sie belehrt, wie sie auch ohne Bändigung ihrer Natur, ohne die Vorbereitung eines halben Jahrhunderts, ohne die Bildung eines besseren Menschenalters, ohne Sparsamkeit — und einige von den rußigen Gesellen setzten stillschweigend hinzu: ohne Arbeit — ihre werthen Persönlichkeiten glücklich machen könnten, und daß sie zu diesem Zwecke nur der Hilfe des Staates bedürften, der nöthigenfalls dazu gezwungen werden müßte.

Dieſer bedeutende Mann, auch ein Meſſias in Ermangelung eines beſſeren, hatte die Genugthuung, zahlreiche Schüler, und eine große, unter gewiſſen denkbaren Umſtänden furchtbare Partei zu gewinnen. Denn die Hand- und Magenmenſchen, an die er ſich wandte, fanden nichts natürlicher, als daß der Staat für ihre erhöhten Bedürfniſſe nach Branntwein und Bildung Rath ſchaffen müſſe. Sie, die des Staates Aufgabe nicht kannten, im Volke das Element und im Einzelnen die Natur, das iſt die Beſtie, zu bändigen, konnten einen eifrigen Redner wohl dahin mißverſtehen, daß der Staat berufen ſei, jedem Einzelnen zur unbeſchränkten Anwendung ſeiner Kräfte, alſo dem Volke im Großen vorzugsweiſe zur Anwendung ſeiner elementaren Gewalt zu verhelfen. Da der große Volksfreund zugleich Kraftredner und Kunſtſchreiber war, ſo brachte er auch beſſere Leute in ſein Ge= folge, die ſeine Gegner geworden wären, wenn ſie ſich hätten die Mühe ſelbſtſtändigen Denkens geben wollen.

Unter den Unbefangenen fanden ſich Einzelne, denen es zuerſt auffiel, daß Ferdinand Kaſchauer, der Volksfreund und Arbeiterapoſtel, ſeine ſemitiſche Geſtalt zu ariſtokratiſcher Haltung umbrechſelte. Da ihm in jungen Jahren gute Geſellſchaft verſchloſſen war, so hatte er seine Muster auf der Bühne gesucht und war so zu jenem großartigen Auftreten gelangt, das der feingeschliffene Schauspieler außerhalb der Bühne so wenig wie jeder andre fein geschliffene Mann blicken läßt. Sein Erscheinen unter den Thürgehängen der Salons, sein Auftreten, sein Gruß, seine Abgänge waren theatralisch, sein Vortrag über einfache Dinge declamatorisch, seine Aussprache kunstgerecht disciplinirt, und jeder Beinsatz, jede Bewegung des Hutes oder Handschuhs so peinlich überwacht und in schönen Wellen= linien geleitet, daß der Zwang des Benehmens jedem auffiel, der die Schönheit weniger sieht als empfindet. Gleichwohl hatte Ferdinand Kaschauer das Recht, sich auch in Bezug auf sein Benehmen für einen vollendeten Gentleman zu halten; denn wo er auftrat und sprach, wurden die Blicke wie von einem Bühnenauftritt ge= fesselt.

Offenbar hatte Ferdinand Kaschauer die Absicht, seinen Geist, den er für einen Edelstein hielt, in seine körperliche Erscheinung wie in Gold zu fassen, ohne zu bedenken, daß zu diesem Zwecke nur wenig gestattet ist. Er wollte sich so schön als möglich hinstellen, und da dieses Bestreben aus dem bewußten oder unbewußten Mangel an innerer Schönheit hervorgeht, als welche die äußere auch ohne Absicht, ja trotz äußerlicher Ge=

brechen, zu Staube bringt, so gelangte er nur zur
Nachahmung abliger Geberde. Wer diese mit dem
Benehmen eines Vollbürtigen verglich, erkannte, wie sie
der Person widersprach, und stimmte dem Urtheil jenes
Witzlings bei, der auch dem feinsten Juden nur ange=
setzte Gliedmaßen zuerkennen wollte.

Dieses geflissentlich ablige Gebahren, und der Eifer,
mit dem Ferdinand Kaschauer besonders die gehobene
Gesellschaft aufsuchte, stimmte nicht zu der Volksführer=
schaft des vielgenannten Mannes, und wer den Redner
beobachtete, wie er mit schauspielerischem Pathos die
struppigen Köpfe seiner Zuhörer erhitzte, und dann mit
jenem Hohnlächeln, das in jedem Judenauge lauert,
über den tobenden Pöbel hinwegsah, der erkannte, daß
auch seine volkswühlende Thätigkeit und Rhetorik nur
Blendwerk war. Er erkannte darin ein Mittel, Auf=
sehen zu machen, und da jener ein solches nach Judenart
mit der Berühmtheit für gleichbedeutend hielt, so war
auch der Unfug ihm nur was das Marktgeschrei dem
Tröbler. Er gewann damit die Massen, vor deren
Urtheil die Grenzen großen Skandals und großen Ruhmes
in einander fließen.

Da es aber die Eigenschaft eines modernen Unfugs
ist, daß er binnen drei Tagen über einem neuen ver=
gessen wird, so sorgte Ferdinand Kaschauer auch für

ein nachhaltigeres Gedächtniß beim Volke. Sein Name wurde seit Jahren häufig in Verbindung mit Familien= ränken, Entwendungen von Urkunden, gerichtlichen Unter= suchungen genannt, seine Reden und Schriften lieferten den Behörden oft Veranlassung zur Verfolgung, und besonders während eines fünfjährigen Ehrverlustes, einer Folge mehrjähriger Haft, sorgte er dafür, daß seine Reden und Pamphlete mit der Kraft des Skan= dals wirkten. Genug, er machte von sich reden, und da viele Zeitungen in Deutschland dasselbe Gepräge tragen wie der Geist des Ferdinand Kaschauer, so konnte es nicht fehlen, daß ihm der Skandal zum Ruhme, seine Strafen zum Martyrium gestempelt wurden.

Bei seiner Rückkehr nach Berlin empfand der berühmte Mann abermals das Bedürfniß, durch einen Unfug Löwe der Jahreszeit zu werden, seinen Ruhm also für den bevorstehenden Winter zu verlängern. Auch war ihm während seiner Sommer= und Rundreise fühlbar geworden, daß sein väterliches Erbtheil stark zusammenschmolz, und daß schöne Frauen und schöne Kleider ihm mehr kosteten als er verdiente. Er zeitigte daher den Gedanken, die Arbeiter der Hauptstadt zu einem großartigen Vereine zu sammeln und sich zu dessen Vorsitz gegen eine angemessene Entschädigung

berufen zu laſſen. Letztere war alſo aus den ſauer
erworbenen Groſchen aufzubringen, die der unzufriedene
Arbeiter ſich von ſeinem Sonntagsbranntwein ab=
ſparte.

In dieſem doppelten Bedürfniſſe, des Skandals
und der vergrößerten Einnahme, berief der große
Wühler eine Volksverſammlung, zu der natürlich die
Vertreter der Preſſe eingeladen waren, und hielt eine
ſeiner geiſtſprudelnden Reden, in denen er die ſtehenden
Heere als das Unglück des Volkes darſtellte, und nach=
wies, daß die Arbeit deſſelben nicht allein mit den
Koſten für den Unterhalt der bewaffneten Macht zu
kämpfen habe, ſondern auch mit der Unredlichkeit der
Militairverwaltung, durch welche jene Koſten noch er=
höht würden. Er ſuchte dieſe Behauptung durch That=
ſachen aus dem letzten erfolgreichen Kriege, die ihm
auf weiten Umwegen hinterbracht waren, zu ſtützen,
und veranlaßte dadurch unter ſeinen Zuhörern einen
Ausbruch der Entrüſtung, bei den Behörden zugleich
amtliche Aufmerkſamkeit. Die Unterſuchung gegen den
Redner wurde eingeleitet, und einige Beamte der
Militairverwaltung, die ſich durch Ferdinands Aeuße=
rungen mit oder ohne Grund verletzt fühlten, ſuchten
Genugthuung.

Der Skandal ſtand in Scene. Die freie Preſſe

bemächtigte sich der Angelegenheit, und der Ruhm des geistvollen Wühlers war für ein Semester verlängert. Die Arbeiter überschrien mit seinem Lobe den Lärm ihrer Hämmer und Feilen, und die Aussicht auf einen großen Verein unter Ferdinands Vorsitz war geschaffen. —

So befriedigend war die Lage des hervorragenden Mannes zu der Zeit, als bei vorgerücktem Winter auch Silvane mit ihren Eltern in der Hauptstadt eintraf. Die Erinnerung an den Goldfuchs war in dem Jovis-Haupte des Arbeiterapostels stark verblaßt; denn der Mädchenbilder sind viele, die seit dem Olympier solch' ein Haupt in schnellem Wechsel durchziehen.

Anders bei Silvane. Sie hatte nicht so bald das Pflaster Berlins berührt, als der Wunsch, den merkwürdigen Menschen wiederzusehen, ihr unter den Füßen brannte. Sie hoffte ihn in Theatern, Bilder-sammlungen, Musiksälen zu finden, während Ferdinand seine Zeit und Thätigkeit in Arbeiterversammlungen und in den Empfangszimmern freisinniger Damen fast gänzlich erschöpfte.

Silvane mußte wohl, daß er im Salon der Baronin Jacob am sichersten zu treffen wäre; allein ihre Eltern dachten nicht daran, dort einzutreten, und Silvane hatte nicht den Muth, sie zu veranlassen. Sie

war nicht mehr unbefangen, und hätte sie eine gewisse
Frage auch noch in voller Wahrhaftigkeit verneinen
dürfen, so fürchtete sie doch Mißdeutung, wenn sie Fer=
dinands Namen auch nur erwähnte.

In der That wäre es eine fragwürdige Erschei=
nung gewesen, hätte das feingewohnte, auch wahrhaft
adlig gesonnene Mädchen sich dem Manne, den ihr
Vater als berüchtigt schilderte, und von dem sie selbst
zwar viel Außergewöhnliches, doch nicht eben Löbliches
in Erfahrung gebracht, vorschnell und rücksichtslos ge=
nähert. Nein, ihre Gesinnungen gegen den jüdischen
Gelehrten waren eines Edelfräuleins würdig. Sie
gedachte seiner als des ersten Mannes, der ihrer Person
einige Bedeutung zugestanden. Sein beifälliges Urtheil
war immerhin das eines hervorragenden Geistes, also
nicht ohne Werth. Er huldigte ihren Talenten, so
schien es, nicht minder als ihrer Schönheit, von der
Jedermann bezaubert war, und hatten zwar die hoch=
adligen Spötter Recht, die den Juden an den Füßen
erkannten, so war der Jude an Geist ohne Zweifel
jenen überlegen. Er hatte einen Namen und einen
Wirkungskreis, dessen Weite auch den Tadel, den Neid,
die Verleumdung einschließen mußte; den Werth dieses
Namens, das Heil dieses Wirkungskreises vermochte
Silvane nicht abzuschätzen. Ferdinand glühte von

leidenschaftlichem Eifer und schien wie fortgerissen im Sturme rastloser Thätigkeit; das schöne Kind vermochte die Selbstsucht dieser Rastlosigkeit nicht zu erkennen. Sie hielt für menschenfreundliche Arbeit, was in seiner Verwirklichung der Menschheit zum Schaden ausschlagen mußte, und bemerkte auch hier einen Vorzug vor den Cavalieren ihrer Bekanntschaft, die nur dem Genusse lebten und sich etwas damit wußten, daß sie sich im Schlachtfelde einmal oder manchmal dem blinden Kriegs= tode ausgesetzt hatten.

Ja leider mußte Silvane wohl Ferdinand für den bedeutendsten Mann aus ihrer Bekannschaft halten; denn ihrem Vetter Erich fehlte zur vollen Bedeutsamkeit ein unerläßliches Merkmal: Die Verehrung für Sil= vanens Geist und Schönheit. Diese war sich bewußt, Eigenschaften und Fähigkeiten nicht nur zu besitzen, sondern zu meistern, die den besten Mann hätten ge= winnen müssen. Noch mehr! Sie hatte ihre Eigen= schaften, da es vor einem nahen Verwandten ohne Ge= fahr der Mißdeutung möglich war, glänzen lassen, und Erich war gegen deren Glanz blind gewesen. Sie hatte ihn allerdings, als er von seiner Weltreise nach Eschen= heim zurückkehrte, für den stattlichsten und gescheidesten aller Männer gehalten, bevor Ferdinand Kaschauer kam und Erich so wenig eifersüchtig machte. Es war eine

4*

Schmach, daß ein Edelmann und Verwandter weniger
Verständniß für sie zeigte, als der Mann von fremdem
Stamme; aber dieser hatte darin um so größeres Ver-
dienst, als seine Abstammung ihn zum natürlichen
Feinde des Adels machte. Solche Unparteilichkeit, solche
Unabhängigkeit der Gesinnung verdiente Anerkennung.
Erich ärgerte sich darüber, das war ungeachtet seiner an-
scheinenden Gleichgiltigkeit gewiß. Es m u ß t e ihn ärgern,
wenn ein Edelfräulein, und gar eines aus seiner Fa-
milie, sich so leicht von ihm wandte, um einem jüdi-
schen Manne zu gefallen. Mochte er sich ärgern!
Vielleicht half ihm das zur Erkenntniß von Silvanens
Vorzügen. Denn Ernst war es ja Silvanen nicht.
Sie neigte lächelnd ihr Ohr, wenn der geistreiche Jude
flüsterte; aber Ernst konnte ja das niemals werden! —

Die Eltern warnten das verzogene Kind im Scherz,
und gleichfalls in der Ueberzeugung, es könnte kein
Ernst werden. Aber wozu war denn Silvane ein ver-
zogenes Kind und hatte eigenen Willen? Es gesellte
sich etwas Widerspruch zu dem Gemisch leichtfertiger
Empfindungen, und Gründe, ein Wiedersehen des merkwürdigen Mannes herbeizuführen, waren mehr als
genug.

Die Theilnahme für Ferdinand zeigte dem Mädchen dessen Auftreten, das in der guten Gesellschaft

mitunter hart beurtheilt wurde, in milderem Lichte.
Es war doch immer ein bedeutender Mann. An dieser
Thatsache vermochte niemand zu rütteln, und die neuesten
Nachrichten, die Silvane aus den Zeitungen entnahm
und in ihrem Sinne zurechtlegte, bewiesen, daß er die
eingeschlagene Bahn thatkräftig und siegsgewiß verfolgte.
Die Herren von der Armee konnten Gesinnungen, wie
Ferdinand sie über eine unentbehrliche und volksrettende
Einrichtung verlautbarte, nicht hart genug verurtheilen;
aber Silvane war einmal im Widerspruch verhärtet
und fühlte sich bald als die begeisterte Parteigängerin
des Agitators. Sie wünschte sehnlich, ihm solches, wo
möglich in Erichs Gegenwart, zu gestehen; denn dieser
kränkte sie auch gar zu sehr. Hatte er sie doch bei
seinem ersten Besuche in Berlin mit einem kühlen „Auch
hier, Cousine?" abgefertigt und ihr kaum die Hand
gereicht! Sie mußte ihn strafen.

Das war einige Tage lang unabläßig ihr Ge=
danke gewesen, als sie auf einer Fahrt durch den Thier=
garten unvermuthet den Mann erblickte, mit dem ihre
Erinnerung sich so viel beschäftigte.

Ferdinand war zu Fuß. Er sah niedergeschlagen
aus; doch sein Auge, gewohnt, unter den vorüber=
ziehenden Schönheiten zu wählen, fand auch den Gold=
fuchs heraus und erinnerte sich desselben sehr wohl.

Er legte in die Bewegung seines Hutes den mimischen Wunsch, Silvane anzureden, und diese gab, bevor die begleitende Mutter es verhinderte, dem Kutscher die Weisung, aus dem Wagengewühl in einen Seitenweg zu biegen.

Flugs war Ferdinand Kaschauer da und bestürmte die Damen mit seinen Grüßen, Fragen, Ausrufen und Erzählungen. Die Damen kannten, davon war er mit Recht überzeugt, seine Bestrebungen für das Wohl der arbeitenden Klasse und mit ihr der Menschheit. Christliche Bestrebungen konnte er sie nennen, weil eigentlich jeder Christ sie als seine Pflicht erkennen sollte. Die Damen kannten ohne Zweifel auch sein neuestes Auftreten in derselben Sache, sowie die Verfolgungen, denen er seitens des Staates, dessen Macht er doch zu erweitern beabsichtigte, ausgesetzt wäre.

„Freilich, Sie sind angeklagt," erwiederte Frau von Thorneck.

„Aber mir ist nicht bange," setzte Silvane hinzu. „Sie werden sich durchkämpfen."

„Darin liegt keine Gefahr!" rief Ferdinand. „Aber was werden Sie sagen, meine Damen, wenn Sie hören, daß man aus meinen Bestrebungen, welche den Staat, die Menschheit zum Gegenstand haben, Veranlassung zu persönlicher Rache entnehmen will?"

„Wie ist das zu verstehen?" fragte Silvane.

„Gewisse Herren nehmen sich heraus, mich wegen gewisser Aeußerungen zur persönlichen Verantwortung zu ziehen."

„Das heißt, man hat Sie herausgefordert?"

„Allerdings, gnädigste Baronesse," antwortete Ferdinand, nicht ohne Stolz, zu ritterlichem Waffenspiel aufgerufen zu sein, und der lebhaften Theilnahme wohl kundig, die ein unerfahrenes Mädchen einem solchen Kämpfer entgegen bringt. „Zwei Herren, die ich niemals die Ehre gehabt habe zu kennen, wollen ihre Theilnahme für die Entwickelung meiner Ideen mit dem Pistol beweisen."

„Und Sie werden den Zweikampf annehmen?" fragte Silvane besorgt.

„Was soll ich thun, Fräulein von Thorneck? In der Annahme liegt die Verleugnung der gesunden Vernunft, vielleicht die Vernichtung der Idee, deren Träger und Vorkämpfer ich bin, in der Ablehnung die Gefahr der Geringschätzung von Personen, an deren Urtheil mir gelegen wäre, vielleicht von Ihnen selbst, gnädigste Baronesse."

„O nein!" rief Silvane lebhaft.

„Entscheiden Sie, Fräulein von Thorneck. Was soll ich thun?" fragte Ferdinand feierlich zugleich und

so scherzhaft, als wäre ihm sein Leben so viel werth
wie der Handschuh, der ihm eben entfiel.

„Ich soll Ihnen rathen? In einer solchen An=
gelegenheit? — Sie finden wohl selbst das Richtige;
aber mein Rath wäre: Nein!" —

Silvane rief ihm diese Worte unter Abschiedsgrüßen
zu; denn der Kutscher lenkte die ungebuldigen Pferde
wegen eines plötzlichen Anbranges von Wagen nach der
Hauptstraße zu. —

Zwei Tage verstrichen. Am dritten gewahrte
Silvane, gleichfalls auf einer ihrer täglichen Fahrten,
wiederum Ferdinand, der diese Begegnung gesucht hatte.
Als er sie eben erspähte und an den Hut griff, näherten
sich ihm, anscheinend bedrohlich, zwei Militairbeamte
und traten mit ihm unter lebhaftem Gespräche aus dem
Hauptwege hinter das entlaubte Gebüsch.

Silvane vermochte darüber fort zu sehen. Noch
ein Paar eindringliche Fragen der Militairbeamten,
und von Seiten Ferdinands ablehnende Bewe=
gungen. — Da hob sich die Faust des Einen, des
Zweiten, und beide Fäuste fielen, für Silvane fast
hörbar, auf das Haupt des berühmten Mannes, daß
der Hut ihm entfiel.

Silvane rief dem Kutscher zu, sprang vom Wagen. Aber die Schwärme, die sich unterdessen zum Genusse des seltenen Schauspiels eingefunden, verlegten ihr den Weg, und die handelnden Personen verschwanden schnell. —

V.

Sobald Erich seinen Vertrag mit Bonhard und
Genossen unterzeichnet und seiner Mutter davon Mittheilung gemacht hatte, gab er sich, bevor seine Thätigkeit völlig in Anspruch genommen wurde, dem Studium der Kaiserstadt hin, die er in ihrem neuesten,
anspruchsvollem Putz und vermehrtem Reichthum noch
nicht gesehen hatte. Aus der Unsauberkeit sah er
einen Mammon wachsen, dem unten noch Lumpen an-
haften, während er sie oben mit einem guten Rocke
vertauscht hat. Gemeinnützige Unternehmungen sah er
knickerig in's Werk gesetzt und ein emporgekommenes
Gemeinwesen von Emporkömmlingen mißverwaltet. Er
sah Einen, der früher Hausknecht war, in der Carosse,
und einen fortgejagten Fähnrich an der Spitze einer
Zeitung. Er, in anständigen Verhältnissen erzogen,
durch seine Reisen mit dem Großartigen bekannt, beobachtete nun den Aufschwung, den die Hauptstadt seit

dem glücklichen Kriege nahm: Militärische Denkmäler,
hochstrebende Banken, einzelne bedeutsame Unterneh=
mungen; im Ganzen aber die alte Beschränktheit, die
Selbstsucht und schlechte Gewohnheit des Spießbürgers,
der Kleinsinn des reichgewordenen Krämers, der Bettel=
sinn jenes Hirtenjungen, der auch als König seine
Schweine zu Rosse hüten will. Er sah die greulichen
Märkte, wo der Koth als Waare erscheint, die schmutzi=
gen Kellner vor den Bierhäusern und die schmutzigen
Schreiber in den Redactionen der Zeitungen. Er las aus
den Spalten der Tageblätter dieselbe Kleinlichkeit, wie
er sie in Handel und Wandel fand, dies Behagen im
Uebelduft, jenen Skandal, der als die Lebenslust der
ganzen Stadt erschien. In den Theatern fand er,
nachdem die Kriegstragödie vergessen war, die Posse,
jenes ächte Judenkind, zur Königin erhoben, und außer=
dem nur noch jene seltsame Vermischung von Kunst
und Laster, mit der ein so gutes Geschäft gemacht wird,
oder auch das Laster ohne die Kunst. Auf den Gassen
Hast, Unordnung, Lärm, Unsicherheit, Gemeinheit, und
die Behörden unfähig, dem zu steuern. Die Ordnung
war nur selten und nur durch soldatische Rohheit
durchzusetzen, und der Geifer des Publicums, unter
dem Namen des berühmten „Berliner Witzes“, ergoß
sich über die geringen Anstrengungen, Ordnung und

Anstand zu bewahren. Nirgend Schönheit, nirgend
Edelsinn, nirgend Weihe, als in den stillen Stuben
einzelner Beamten, Gelehrten und Künstler, die Erich
aufsuchte, und die sich von dem weihelosen Publikum,
das die Stadt beherrscht, zurückzogen.

Erich verglich die norddeutsche Kaiserstadt mit der
süddeutschen. Es schien, als wäre die goldene Kriegs=
beute dieser, nicht jener zugefallen, oder als wäre der
Blutstropfen, der an jedem Franken klebte, sein Fluch.
Zwar schien Unsauberkeit und Unsitte in beiden Haupt=
städten gleich; doch traten sie an der Spree roher,
schamloser und dabei mit einem Selbstbewußtsein auf,
als wären sie die Berechtigten, während sie an der
Wien mehr auf ihrer Hut waren, sich aus der Oeffent=
lichkeit zurückzogen oder sich hinter geschliffene Formen
verbargen und dadurch ihre Rechtlosigkeit eingestanden.

Und noch ein Andres lag in der Berliner Luft
und erfüllte Erich mit einem Widerwillen, der ein reines
Wohlgefallen selbst am Guten verhinderte und zur Be=
mängelung antrieb. Dieser Widerwille verwandelte sich
später in Wehmuth, als er bemerkte, daß jenes peinliche
Gemisch von Intelligenz, Geifer und Laster, das den
Berliner Geist ausmacht, kein deutsches Erzeugniß wäre,
und daß eine deutsche Bevölkerung ohne fremden Ein=
fluß nie so verkommen könnte, wie die von Berlin.

Bei einem Besuche des Opernhauses, dessen Glanz sich an einem gewissen Abende durch eine überwiegend schwarze Gesellschaft verdunkelte, wurde ihm klar, was er später auf Schritt und Tritt bestätigt fand: Diese grundinnerliche Unsauberkeit, dieser geifernde Hohn, dieser Profansinn, dieses lächelnde Behagen in der Sittenlosigkeit, diese Leichtfertigkeit, die das Höchste und Wichtigste in Geschäft und Vergnügen wandelt, war das Judenthum in seiner Entstellung, und das Deutsche mit seiner Einfachheit, Treuherzigkeit, Innerlichkeit, seinem Ordnungssinn und seinem Gemüth, das im Süden selbst noch aus tiefer Verderbniß hervorschimmert, schien hier im Norden bis auf Begriff und Namen verloren. Durch die plunderhafte Pracht der Schaufenster, durch das stinkende Marktgewühl, durch das großbrotige Treiben in Theater, Park und Thiergarten stach das Gesicht des emancipirten Hebräers hervor, der durch versteckten Raub, gesetzmäßigen Wucher, geschäftliche Pfiffigkeit emporgekommen, dennoch die Anschauungen und Ge= wohnheiten des vergangenen Lumpenthums in seine gegenwärtige Behäbigkeit mitbringt, und ohne sich in derselben zurechtfinden zu können, der mühsamen Arbeit, der einfachen Gediegenheit, der erfolglosen Ehrlichkeit zähnefletschenden Hohn und prahlende Genußsucht ent= gegenstellt. Eine Fratze war es, die überall durch das

Berliner Leben hindurchgrinste, eine Teufelsfratze wie jene unter dem Fuße des Erzengels auf Guido Reni's Bilde. Es war das Gesicht des verjüngten Abraham, des ewigen Juden, des Herrn Abraham von Kaschauer. Er schien der König von Berlin, wie Satan König der Hölle. Er schien das personificirte Judengold, der Mammon, dem Volk und Stadt verfallen war. Erich's Sehnen spannten sich bei dem Gedanken, ihm, wie in jenem Bilde Michael, den Fuß auf den Hals zu setzen.

Und doch, durch alle Entrüstung gegen den hebräischen Geist, der den deutschen verfälscht, durch allen Widerwillen gegen die Erscheinungen, unter denen er auftritt, schimmerte ihm ein versöhnendes Licht von einer Gestalt, der er seine Erinnerung angelobt hatte. Sie vermochte ihn, das empfand er, mit ihrem Stamme zu versöhnen, ihn milderes Urtheil zu lehren und neben dem anstößigen Volkscharakter die anziehenden Eigenschaften der Einzelnen zu bemerken. Thora war die sühnende Unschuld, die vor Erich alle Schuld der Abrahamiden hätte tilgen können, wäre sie gegenwärtig, wäre ihr Einfluß andauernd gewesen.

Erich fühlte sich wohl in dem Andenken an Thora, die er gerne wiedergesehen hätte. Aber seine Abneigung gegen das Haus Kaschauer versagte ihm den leichtesten Weg, sie bei ihren Eltern aufzusuchen, und sein Ge=

wissen erinnerte ihn, daß er Thora's Wiedersehen höch=
stens einer glücklichen Fügung überlassen, doch bei der
Unmöglichkeit eines ehrbaren Bundes es nimmermehr
aufsuchen dürfte. Seine Gedanken freilich weilten häufig
bei ihr, und bald stellte sich neben jeden der unange=
nehmen hebräischen Eindrücke Thora's Bild, so daß die
peinlichen Empfindungen durch wohlthuende abgelöst
wurden.

Denn seine Gedanken an das Mädchen waren
ernst, ehrbar und innig, und sträubte er sich auch, seiner
Empfindung für sie den Namen zu geben, der ihm
heilig war, den er aber ringsum entweiht sah, so ge=
stand er sich doch, daß er eine mehr beglückende nie
gekannt. Bisher hatte er selbst seiner Mutter keinen
Einblick in diese Gefühlswelt gestattet, und die Ueber=
zeugung, daß niemand eine Ahnung davon habe, erhöhte
sein verschwiegenes Glück. Es sollte auch, das nahm
er sich vor, niemals anders werden. Denn er hätte es nie
über sich vermocht, das Leben des werthen Mädchens
mit den Kümmernissen anzufüllen, die aus seiner eignen
Abneigung gegen ihren Stamm und ihre Familie her=
vorgehen mußten.

Aber besonders in Stunden der Einsamkeit war
sein Wunsch, Thora wiederzusehen, so lebhaft, daß er
seinem Vorsatz zuwider Pläne machte. Er hätte nur

am Sabbath vor der Synagoge warten dürfen, wahr=
scheinlich hätte er sie angetroffen. Aber die Beobach=
tung, daß jeder muthwillige Lieutenant seine Sonntags=
puppe im Dome aufsucht, und die Ehrfurcht selbst vor
dem Hause eines Halbgottes, zwangen ihn, auch diesen
Gedanken abzuwehren.

Da erwies ihm eines Tages Herr Bonhard die
Aufmerksamkeit, eine Karte zur ersten Aufführung einer
Oper zuzuschicken. Er saß neben Fräulein Rosa auf
einer der hintersten Bänke im Parquet und bemerkte
schon vor Beginn der Musik, daß ganze Logen sich mit
Kaschauerköpfen füllten. Während des ersten Zwischen=
aktes hielt er Umschau nach Thora; aber die Gestalt,
die für Thora gelten konnte, saß im Schatten und
wurde während des ganzen Abends nicht völlig sichtbar.
Auch war genaue Beobachtung verwehrt; denn schon
wandten die Herren von Kaschauer ihre ungeheuren
Gläser von den Hof= und Adelslogen, die sie bis dahin
mit hartnäckiger Aufbringlichkeit beäugelt, ab und senkten
sie für einen Augenblick gegen die hervorragende Gestalt
des Herrn vom Ried.

Erich's Unmuth machte sich in seinem Gespräche
mit den Damen bemerkbar, und Fräulein Rosa besaß
genug frauenhaftes Ahnungsvermögen, um in einem
unbelauschten Augenblicke den Grund jenes Unmuths

an der Stelle zu suchen, die ihrem Nachbar merkwürdig
schien. Sie sah nichts als schwarze Köpfe und lächer=
liche Staffirungen und warf Erich einen schalkhaften
Blick zu. —

Als Erich gegen Abend des folgenden Tages nach
anstrengender Arbeit zu Hause ankam, brachte ihm seine
Zimmerwirthin die Mittheilung, daß am Vormittage
ein Herr von jüdischem Aussehen nach ihm gefragt und
dann gebeten habe, Herr vom Ried möchte sich, wenn
möglich, Abends zu Hause halten, weil er einen weiten
Weg nicht scheuen wolle, um seinen Besuch zu wieder=
holen.

Erich glaubte anfangs, einer der Herren von Ka=
schauer wollte ihm die Ehre erweisen, und hatte Lust
fortzugehen. Genauere Mittheilungen der Wirthin aber
bestimmten ihn, den Fremden zu erwarten.

Ein schlanker jüdischer Mann trat zu ihm ein.
Er war nicht von jenem Rabenschwarz und zeigte im
blassen Gesichte nicht jene Züge, die oft bei aller Regel=
mäßigkeit so unangenehm wirken, und die Erich nur
mit Widerwillen betrachten konnte. Es war das Antlitz
eines Gelehrten. Die lockigen Haare und der weiche,
zwar dunkle, doch etwas in's Blonde spielende Bart
widersprachen diesem Eindrucke nicht. Die Kleidung war
bis auf den überlangen Rock die übliche und von einer

faſt peinlichen Sauberkeit, als wäre ſie für dieſen Fall
erhöht worden.   Das Auftreten war nicht von der Ge=
ſelligkeit gemodelt, doch offenbar durch Bildung veredelt.
Der Mann ſtand im kräftigſten Alter.   Erich rieth auf
einen Rabbiner oder doch ſonſt einen Gelehrten jüdi=
ſchen Glaubens.   Er empfing ihn mit höflichem Schwei=
gen und wartete auf ſein erſtes Wort.

„Ich komme nicht in einem gewöhnlichen Geſchäft,“
begann der Fremde etwas ſchüchtern, während er Erich's
Antlitz aufmerkſam betrachtete.   „Meine Veranlaſſung
zu dieſem Beſuch, Herr Baron, iſt rein Gemüthsſache,
und erſcheint Ihnen vielleicht ſo gering, daß Sie mich
nicht willkommen heißen werden.“

„Sagen Sie mir, was Sie herführt.“

„Ich habe gehört, daß Sie ſich noch eines jungen
jüdiſchen Menſchen erinnern, mit dem Sie vor zwölf
Jahren, als Sie noch Student waren, eine Nacht hin=
durch gereiſt ſind.“

Erich unterdrückte kaum ſeine Ueberraſchung; denn
nun wußte er, der Fremde kam von Thora.   Auch
ſeinerſeits betrachtete er nun die Geſichtszüge, die ihm
einſt im Morgenlichte jugendlichen Frühlings ſo ehr=
würdig erſchienen waren, und jene merkwürdige Geſtalt
tauchte ganz aus den Nebeln der Vergangenheit.   Mit
herzgewinnender Gaſtlichkeit, die Erich's Weſen erfüllt,

wo er nicht abgestoßen wird, hieß er den Ankömmling,
der ihm ein Fremder war, willkommen, und ruhte nicht,
bis der Schüchterne den Platz inne hatte, der für den
behaglichsten in Erich's Zimmer gelten konnte. Ein
glückliches Lächeln flog über das Gesicht des Priesters,
sein Auge schien feucht, seine Sprache nahm einen
weichen Klang an und erschien als die Aeußerung einer
edlen Seele, die in Gegenwart eines guten Menschen
ihre Unbefangenheit und das Bewußtsein wiedergewinnt,
daß sie mitten in der Uebermacht der gemeinen Welt
Berechtigung habe.

Es war schwer für Erich, auf den Gegenstand des
Gespräches einzugehen, ohne der Baronesse Kaschauer
zu gedenken, die zu diesem Besuche ohne Zweifel An=
regung gegeben hatte. Doch blieb er seinem Vorsatze
treu, das vortreffliche Mädchen mit keinem Worte, mit
keinem Zeichen seiner Theilnahme auf eine Bahn zu
lenken, die sie zur Betrübniß führen könnte. Er be=
gnügte sich, nach den ersten Formeln des Willkommens
zu erwidern: „Ihnen war also jene Stunde gleichfalls
wichtig genug, um sich ihrer gerne zu erinnern?"

„Es war eine der wichtigen Stunden meines Le=
bens, deren Erinnerung mir wie der Rundreim eines
Liedes zurückkehrte, so oft ich eine Strophe meines Da=
seins abgesungen."

5*

„Wenn Sie Ihr Leben mit einem Liede vergleichen dürfen, so preise ich Sie glücklich."

„Es war ein bescheidenes Leben, gleich anfangs in vorbestimmten Grenzen abgesperrt, daher ohne jene äußeren Aufregungen und Stürme, die nach dem Urtheil vieler Menschen das Leben erst bilden und werthvoll machen. Als Sie mich beten sahen in Gegenwart des göttlichen Antlitzes, da war ich ein unerfahrener Mensch, und ich glaube, daß sich seither außer einer Reihe von Jahren nichts dazu gefunden hat. Ich kam aus einer kleinen polnischen Stadt, wo mein Vater der Rabbiner der jüdischen Gemeinde war, und ging auf das Seminar zu Breslau, um mich gleichfalls für das Rabbinat zu bilden. Ich fand vortreffliche Lehrer und beendigte meine Studien zu ihrer Zufriedenheit. Dann ging ich hierher nach Berlin und lernte die Reform kennen. Ich erkannte, daß es, außer in der Wissenschaft, kein Judenthum mehr giebt, weil seine Grundlehren von einem großen Theile des Volkes aufgegeben sind, das Sectenwesen aber den Begriff des Judenthums aufhebt. So verlor ich die Lust in einer Gemeinde zu wirken. Im Genusse eines kleinen Vermögens, das mein Vater dem einzigen Sohne hinterließ, lebte ich hier in der Hauptstadt zuerst mit meiner alten Mutter, dann im Anschluß an eine befreundete Familie, die ich als Lehrer unsrer heiligen Sprache und Religion kennen gelernt hatte. In diesem Hause erschien mir vor wenigen Jahren ein Wesen, wie Gott es wohl mitunter für unsre Welt bestimmen mag, um daran zu erinnern, daß Alles sehr gut war, als er seine Schöpfung ansah —"

„Aber Rabbi, Sie sind kein Jude mehr!" unterbrach Erich ihn lebhaft, um ein Gespräch über Thora zu verhindern. „Oder vielmehr, Sie stehen auf einer Höhe, wo dieser Name gleichgiltig wird. Sobald Sie das Uebel als das Gewöhnliche ansehen und das Gute als die Ausnahme, werden Sie den Gedanken, daß der Welt noch kein Messias erschienen wäre, nicht ertragen können."

„Das weiß ich nicht," so wich der Gast aus. „Wenn er wirklich erschienen ist, so ist sein Erscheinen doch nicht so wirksam gewesen, daß es nicht eines zweiten bedürfte. Auch hat das Judenthum keine andere als die schwierige Mission, die Idee eines höchst vollkommenen Gottes festzuhalten. — Aber ich komme nicht, mit Ihnen über Dinge zu reden, über die wir uneinig sind, sondern über solche, die uns vereinigen. Ich bitte Sie, nicht zu überhören, daß ich den Namen der Baronesse Goldine Kaschauer genannt habe, und kein Bedenken zu tragen, mit mir von diesem vortrefflichen Mädchen zu reden. Denn sie ist es, die mir geschrieben

hat von Ihnen an dem Tage, da sie den Herrn Baron
vom Nied kennen lernte, und dann gesprochen hat von
Ihnen als einem Feinde der Bösen unter uns, der aber
ein Freund sein könne der Guten."

„Darin hat das Fräulein Recht."

„Und nun rede ich mit Ihnen, Herr Baron, wie
wir zu reden gewohnt sind in der kleinen Gemeinde,
die wir bilden in dem Hause, davon ich Ihnen sprach,
nämlich wie Menschen reden müssen, die das Mensch=
liche und das Göttliche an einander kennen, und jenes
nicht verbergen, noch mit diesem groß thun, sondern
offen sind gegen einander und meiden die Lüge, und
ihre Fehler entschuldigen um ihres Guten willen. Und
so soll denn auch keine Unwahrheit noch Versteckspiel
sein zwischen Ihnen und den Menschen, die Sie, wenn
Sie wollen, sehen werden; denn Goldine, Thora ge=
nannt, sagt: Im Gegensatze zu dem Truge und der List,
die Sie kennen gelernt haben an unsern Leuten, sollen
Sie an ihr und ihren Freunden die Treue und Ehr=
lichkeit kennen lernen, damit Sie das Judenthum suchen
in den wenigen Guten."

„Das werde ich von Thora und ihrem Lehrer leicht
lernen, da ich dem Grundsatze bereits huldige."

„Wohl denn, so will ich für heute nur den Auf=
trag ausrichten, der mir geworden ist, nämlich, wenn

Sie begehren das Fräulein wiederzusehen, so wird es
geschehen können in der Familie ihrer Freundin Anna
Wobianer, gewöhnlich am Freitag, nach dem Schlusse
der Synagoge, und es wird nicht verleugnet werden vor
Einem, der das Recht hat darnach zu fragen, aber ver=
theidigt werden gegen Jeden, der es mit Unrecht verhin=
dern wollte. Und nun habe ich um Bescheid zu bitten,
ob wir den Herrn Baron sehen werden am nächsten
Freitage in der Gesellschaft, die ihn als einen guten
Gast erwartet."

Erich ließ den jüdischen Mann fortreden, ohne ihn
zu unterbrechen. Denn Klang und Rede thaten ihm
wohl aus einem Munde, der vielleicht niemals durch
Lüge entweiht war. Es war dunkel geworden; aber
das Gesicht des priesterlichen Menschen schien ihm durch
Erinnerung wieder wie in jenem Morgenlichte, dessen
Strahlen es ehedem geröthet.

„Für solche Sender und für solchen Boten giebt
es nur einen Bescheid: Ich werde kommen."

Er bot dem Gaste, der sich zum Abschied erhoben
hatte, die Hand. „Und ihr Name?" fragte er.

„Emanuel Oswald, wenn Ihnen daran gelegen ist."

VI.

Erich sah seinen Vater selten. Beim ersten Wieder=
finden in Berlin hatte jener abgelehnt, mit seinem
Sohne zusammen zu wohnen und in dem Mangel an
Raum hinreichenden Grund gefunden, ihn fern zu
halten. Auch daß Erich den Zweck seiner Anwesenheit
in Berlin geheim hielt und erst, wenn sein Vorhaben
gelungen wäre, Auskunft versprach, ließ den alten
Herrn gleichgiltig. Gewinn, müheloser, schneller, großer
Gewinn, und in Verbindung damit Pracht, Genuß,
feine Speisen, edle Weine, schöne Pferde und Paläste
— das, und nur das allein schien seine Gedanken zu
beschäftigen, und seit Haus Kaschauer ihn zum Mit=
genusse seiner Herrlichkeiten eingeladen, dringender denn
jemals.

Daß sein Vater sich im Gegensatze zu den ein=
fachen Eschenheimer Gewohnheiten einem üppigen Leben
hingab, dies zu bemerken hatte Erich schon in den

erſten Tagen Gelegenheit, als der Oberſt ihn zu einem
koſtſpieligen Eſſen einlud, deſſen Herrlichkeiten er zu
rühmen nicht müde wurde. Erich hatte an dieſem
Tage eine wichtige Berathung mit der Geſellſchaft
Bonhard und Genoſſen gehabt und verſtimmte den
Vater durch Ablehnung.

„Nun ſo geh mir aus den Augen, Junge," zürnte
der Oberſt. „Die Bücher und der elende Gelehrten=
kram haben Dich zum Duckmäuſer gemacht, für den der
Herrgott die guten Dinge nicht geſchaffen hat. Men=
ſchen wie Du möchten die Welt in ein Arbeitshaus
oder eine Univerſität verwandeln, wo Jedermann lebt
wie ein Handlanger oder Privatdocent. Ich ſehe kom=
men, daß Du auch ſo Einer wirſt, der ſich kaum
Kräfte genug anfüttert, um das Katheder zu be=
ſteigen."

Erich ließ ſich nicht irre machen. Die ſchlimmſte
Möglichkeit und die Beſorgniſſe ſeiner Mutter im Sinne,
ruhte er nicht, bis er an der Hand eines gewiſſen=
haften Anwalts die Bedingungen, unter denen er ſein
Amt übernahm, ſo verheißend wie möglich geſtaltet und
nicht nur für eine kurze Zeit Unterkunft, ſondern einen
lohnenden Beruf für's Leben gefunden hatte.

Als die Sache nun abgeſchloſſen, die Geſchäfts=
räume beſchafft, die erſten Briefe geſchrieben, die Ver=

bindungen drüben angeknüpft, die ersten Vorschüsse geleistet waren, da hielt er es für seine Pflicht, auch seinem Vater die versprochene Auskunft zu geben, ohne daran zu denken, daß dessen Verbindung mit dem Hause Kaschauer geschäftliche Zurückhaltung anrieth. Er be= suchte den Alten, traf ihn verstört, unempfindlich, ohne Verständniß für die wichtige Mittheilung, und mußte zu seinem Kummer bemerken, daß seinem Vater auch die Fähigkeit mangelte, Arbeit und Strebsamkeit zu würdigen oder neben Börsenspiel und Geldwirthschaft auch nur als gleichberechtigt anzuerkennen. Zugleich fand Erich bei ihm starres Vertrauen auf sein Glück, so daß es ihm klar wurde, wie der alte Mann, oft getäuscht, sich an seine letzten Hoffnungen klammerte.

Der Oberst mußte in Geschäften ausgehen, und als die Börsenstunde nahe war, so errieth Erich, wo= hin es ging. Er begleitete den Vater, um einen flüch= tigen Blick auf sein Treiben zu werfen; aber als die Beiden an eine Stelle kamen, wo man nach der Börse abbiegen mußte, verließ der Oberst seinen Sohn plötz= lich und heftig, so daß ihm dieser nur von ferne folgen durfte.

Hinter den Säulen verschwand die Gestalt des alten Soldaten, und als Erich vorüberging, erspähte er ihn nicht mehr. Dagegen ward er eines Andren

gewahr, den er hier nicht vermuthet hatte: Joseph
Sternberger stand dort, an eine Säule gelehnt, mit
einer großen Schreibtafel, für die er, wie es schien,
ausschließliche Aufmerksamkeit hatte. Erich eilte auf
ihn zu und begrüßte ihn; der alte Jude aber, so
freudig seine Ueberraschung war, benahm sich scheu und
gezwungen, als schämte er sich des Ortes und seiner
Beschäftigung. Erich empfand das und verließ ihn
mit dem Wunsche, ihn zu·besserer Zeit wiederzusehen.

Zu Hause angelangt, fand er einen Brief von
seiner Mutter. Sie war die Erste gewesen, der er
das Gelingen seines Vorhabens mitgetheilt, und im
Gegensatze zur Gleichgiltigkeit des Vaters erkannte er
hier die volle Beseligung eines Mutterherzens, welches
empfindet, daß der Sohn aus eigenem Verdienst und
eigner Kraft etwas zu leisten und die Sicherheit des
Lebens auch für die Seinen herzustellen vermöchte. Sie
erwartete nun den Einsturz ihres häuslichen Glückes
ruhiger. Ausbleiben, erklärte sie, könne es nicht, dafür
hätten sich neuerdings die Anzeichen gemehrt. Denn
nicht nur der Oberst, auch der General hätten stür=
mische Anforderungen an die Verwaltungskasse gestellt,
welchen dieselbe nur mit äußerster Anstrengung und
mit Vernachläßigung dringender Verpflichtungen nach=
gekommen wäre. In demselben Verhältnisse wie die

Verlegenheiten der Eschenheimer, schrieb seine Mutter,
schienen auch die Fehlschläge bei den Vettern von Hohen=
ried zuzunehmen. Es war bekannt geworden, daß ge=
wisse Zahlungen nur mit Aufschub geleistet wurden,
und aus den Andeutungen jener schwarzen Herren,
jener Aufseher, Verwalter, Buchhalter und Abschreiber
unter den Schornsteinen und hinter den Rechenpulten
von Riedheim war zu entnehmen, daß sich Keiner einen
glücklichen Fortgang der Bank versprach. Uebrigens
schilderte die feine Frau den Uebermuth und die Unart
der genannten Herren als beispiellos. „Dieselben
gehen," so schrieb sie, „weit über die Grenzen selbst
desjenigen hinaus, was man den fremden Leuten zu
verzeihen gewohnt ist. Sie halten es fast sämmtlich
mit den Chasibäern, wenn auch nicht Alle zu deren
lästerlichem Gottesdienste, und verbreiten mit Hilfe ihres
Goldes die Genußsucht, und damit Elend und Unsitt=
lichkeit immer weiter im Thale. Dabei haben sie nur
höhnisches Gesichterschneiden für Alles, was sich ihrem
Umgang und Einfluß entzieht, und sogar wenn ich,
Deine Mutter, vorübergehe, stehen sie breit in den
Thüren und verunstalten ihre Gesichter durch jenes
Lächeln, das uns Deutschen so widerwärtig ist, und
das in anscheinenden Zerrbildern oft so naturgetreu
dargestellt wird. Die Ehrbarkeit der Frauen wird mit

zunehmendem Fabrikleend in erschreckender Steigerung
bedroht; auch die Nachstellungen gegen Erika, Dein
Pathenkind, haben wieder begonnen, besonders seit
einem Besuche des Baron Jacob auf dem Judenschlosse,
und man ist so weit gegangen, einen von jenen
Gensd'armen ins Complot zu ziehen, die während
ihrer Dienstzeit rücksichtslos und gierig geworden, jede
Gelegenheit benutzen, um sich die Mittel für ihre grobe
Genußsucht außeramtlich, und doch durch ihr Amt zu
verschaffen. Dieser Gensd'arm nun hat den Vater
Erika's wegen der von ihm begangenen Veruntreuung,
die bereits vergessen schien, neuerdings bedroht, und
um der Gefahr zu entgehen, auch den Nachstellungen
gegen sein Kind ein Ende zu machen, hat der alte
Christian auf Erika's Zureden beschlossen, Riedheim
mit seinem Kinde zu verlassen. Die Beiden sind zu
mir gekommen, haben mir ihren Entschluß und dessen
Gründe mitgetheilt, und um Rath und Hilfe gebeten.
Sie erhielten die Mittel nach Berlin zu gehen, wohin
sie bereits abgereist sind, und hoffen durch Deine Vermittelung Arbeit zu finden. Ich brauche meinen guten
Sohn an die Pflicht, die er durch sein Pathenamt
übernommen hat, nicht zu erinnern. Ich hoffe, Vater
und Tochter werden in der aufblühenden Hauptstadt
außer ihrer Sicherheit so viel Verdienst haben, um die

fleißige Mutter, die für ihre jüngeren Kinder kaum
Atzung genug ins Nest bringen kann, so weit zu unter=
stützen, daß sie Almosen bald wird entbehren können."

Am folgenden Tage trafen die beiden Verfolgten
denn auch ein und wiederholten die Bitten, die sie
bereits an die Mutter Erichs gerichtet hatten. Dieser
war glücklich, dem treuen Diener, der seine beste Habe,
Ehrlichkeit und guten Namen, durch das Judengold
eingebüßt hatte, Aussicht auf eine lohnende Stellung
zu machen. Das Amt eines Thürstehers und Haus=
dieners in seinen Geschäftsräumen war noch zu be=
setzen, und Erich war in der Lage, den Ankömmlingen,
fast ehe sie zur Besinnung gekommen waren, eine kleine
Wohnung einzurichten. Er verhehlte dem alten Diener
nicht, daß dessen Ehrlichkeit sich aufs Neue bewähren
müßte, und empfahl dem Mädchen die Sorge für die
Sauberkeit der Räume. Auch erinnerte er sich eines
Versprechens, das er ihr bald nach dem ersten Wie=
derfinden in Riedheim gegeben, dessen Erfüllung ihr
aber dort wenig genützt hätte: Er schaffte für Erika
eine Nähmaschine und verhieß, sich um Kundschaft zu
bemühen.

Die Freude der beiden Menschen war groß. Der
Vater zeigte von dem Augenblicke, da Erich ihm seine
Aussichten eröffnete, eine Rührigkeit, als wäre er von

neuem Leben durchdrungen worden. Dagegen schien
das Mädchen fast betäubt von einem Glücke, auf das
sie, so bescheiden es war, nicht den Muth gehabt hatte
zu hoffen. Sie hatte kein Wort des Dankes und be=
nahm sich gegen Erich mit einer Bescheidenheit, die an
Ehrfurcht grenzte. Sie hielt seine Zimmer wie ein
Heiligthum, lernte auch die Papiere, die Erich aus
schlechter Gewohnheit vernachlässigte, zweckmäßig ord=
nen und bewahren, und versteckte manchen Veilchen=
strauß, der mit seinem Dufte den Raum erfüllte,
ohne jemals vor geschäftsmäßigen Augen zu er=
scheinen.

Es wurde Erich recht wohl zu Muthe, als er so
viele Freunde in seiner Nähe sah. Eine Ahnung sagte
ihm, daß es die guten Engel wären, die sich um ihn
sammelten, um böse Gewalten, die den guten stets
auf die Fersen treten, abzuwehren. Mit Behagen er=
wartete er den Freitag und klopfte fröhlich an die
Thür, die Emanuel Oswald ihm bezeichnet hatte.

Die Familie Wohlaner besaß kein Haus für sich,
sondern bewohnte in einer belebten Straße das zweite
Stockwerk eines alten, behäbigen Hauses. Schon
diese Aeußerlichkeiten deuteten auf Beschränkung, und
Erich gedachte, daß die Söhne Abrahams desto erträg=
licher, je spärlicher, bis zu einer gewissen Grenze

natürlich, ihre Mittel würden. Er stellte den armen
Jahrmarktsjuden, der zwar auch nicht arbeitet, aber
im Ertragen, im Entbehren, in der Gebuld Seines=
gleichen sucht und selbst bei nagendem Hunger sich einen
kargen Bissen nur gönnt, wenn er ein Geschäftchen
gemacht hat, ihn stellte er höher als einen der Barone
mit vergoldeten Fingern, die alle Entbehrung, alles
Dulden von sich entfernt haben. Ja selbst der in
Elend verkommende polnische Landjude, der siech von
Geblüt, kaum die Kraft hat, den Lumpensack oder den
Hausirkasten zu tragen, stand seiner Menschlichkeit
näher, als jene, versammelt um die Höhen, von
denen die fürstlichen Olympier verächtlich auf sie nieder=
sehen. Denn jener erregte sein christliches Mitleid,
diese schienen von ihren Nebenmenschen nur Neid zu
begehren.

In der Häuslichkeit, die Erich aufnahm, fand er
so viel Stille und Weihe, daß er nur die Umgebung
seiner Mutter damit vergleichen konnte. Ueberall ge=
biegener Hausrath, nirgend Prunk und Schaustellung,
und wenn das deutsche Behagen fehlte, das unter
dem Namen der Gemüthlichkeit nicht immer ein Vorzug
ist, so gedachte Erich, daß der redliche Jude aus einer
rastlosen, wettergepeitschten Jugend selten den Sinn
für jene gepolsterten Fenstereckchen und warmen Ofen=

winkel mitbringt, in denen sich der Deutsche mit
Kaffee, Pfeife und Gemüth so gerne zurecht nestelt.

Emanuel Oswald empfing den Gast, sobald dieser
ins Vorzimmer trat. Er entschuldigte die Abwesenheit
des Hausherrn, der von der Synagoge noch nicht
zurück, und der Hausfrau, welche noch mit den Vorbereitungen zum Sabbath beschäftigt war. Doch fand
Erich im Wohnzimmer die Tochter vom Hause, die
Emanuel ihm als die Freundin der Baronesse Kaschauer
bezeichnete.

Anna Wodianer war ein Mädchen von schlicht
orientalischer Gesichtsbildung und jenen kräftigen, runden
Formen, wie sie den Töchtern ihres Stammes eigen-
thümlich sind. Auge, Sprache und Handbewegung
verleugneten die Jüdin durchaus nicht, bemühten sich
auch nicht darum, sondern gaben sich in ihrer Eigenthümlichkeit doch so angenehm, wie überall, wo sie
Organe edlen Seelenlebens sind. Sie kam dem Gaste
einige Schritte entgegen, und nach einem Augenblicke
des Anschauens, das sich wie ein Erkennen ausnahm,
sagte sie, wie zu einem Bekannten: „Wir freuen uns
Alle, daß Sie kommen."

Erich fühlte sich mit Behagen aller Empfangs-
förmlichkeiten und Redeschnörkel überhoben. „Und ich

freue mich," erwiederte er, „daß ich in diesem Kreise
schon bekannt bin."

Anna Wobianer verstand ihn sogleich. „Wir
wissen, daß die Menge Ihnen nicht gefällt, und daß
äußere Zeichen bei Ihnen nicht gelten. Bei uns hier
ist das ebenso, und meine Freundin — wir nennen
sie nur unsre Thora — versichert, daß es Ihnen bei
uns gefallen wird."

Sie verbarg den Schalk in ihrem Auge nicht.
Erich, dem es peinlich war, von Thora zu sprechen,
antwortete kurz: „Ich erkenne schon jetzt, daß sie Recht
hat," und lenkte das Gespräch auf jene erste Begeg=
nung mit Emanuel Oswald und dessen Erlebnisse seit=
dem. Anna Wobianer lauschte dem Gespräche der
Männer schweigend, doch, wie ihre wandernden Blicke
verriethen, mit lebhaftem Antheil und völligem Ver=
ständniß.

Emanuel erwies sich als einen Mann von wahr=
haftiger Bildung und bedeutendem Wissen, in theolo=
gischen und damit verknüpften geschichtlichen Fragen, wie
natürlich, mehr unterrichtet, als der Naturforscher. Er
war, ungeachtet seiner Erklärungen gegen die erstarrten
Formen, den durch Alter und Ueberlieferung geheiligten
Gebräuchen zugethan. Er eiferte gegen den Ausspruch
des Vacherot, den er nach Jahrgang und Monatsheft

einer französischen Zeitschrift anzuführen wußte: Daß
das Christenthum die Centralsonne wäre, um welche
sich die großen versteinerten Religionen drehten, und
hielt das Judenthum für eine durchaus lebendige Religion, wenn auch er persönlich und Seinesgleichen mit
den dreizehn Artikeln Maimuni's auszukommen ver-
möchten. Gegen das Christenthum verhielt er sich ab-
lehnend, und erkannte nur zwei Völkern das Verdienst
zu, das Menschengeschlecht vor Verfall bewahrt zu haben,
den Griechen durch ihre Philosophie, den Juden durch
ihre Propheten. „Diese haben," sagte er, „in die Welt
des Westens den Gedanken von der Gleichheit der Menschen und der Emancipation der Armen hineingeworfen.
Rief doch auch Pater Hyacinth bei einer Predigt in
Notredame aus: Volk Gottes! Du hast der Welt den
bis dahin unbekannten Gedanken der Brüderlichkeit, der
Gleichheit und Barmherzigkeit offenbart!"

„Doch versteht die Mehrzahl jene Emancipation
der Armen in der Praxis ein wenig zu stofflich," unterbrach Erich lebhaft.

„Sehr richtig," gab Emanuel zu. „Aber die Sie
meinen, sind aus dem Judenthume geschieden. Dieses
besteht aus Erinnerungen und Hoffnungen; wie könnten
sich also die praktischen Leute damit befreunden! Die
Herrschenden und die Ueppigen unsres Stammes sondern

sich von dem Volke Gottes, das, wie es ist, zwar seine
äußerlichen Mißbildungen, aber auch seine besten Eigen=
schaften und seine Religion dem Drucke, dem Elende,
der Verfolgung und Verbannung dankt. So darf denn
von den Formen und Gebräuchen, die aus den Zeit=
altern des Unglücks stammen, von der glücklicheren
Gegenwart nichts verworfen werden; denn die bösen
Tage können für Israel leicht wiederkommen, und dann
brauchen wir Religion und Ritus bis auf das Kleinste.
Daher erscheint mir auch das moderne Judenthum der
David Friedländer und Jacobsohn mit seinem ästhetisi=
renden Gottesdienste statt religiöser Weihe ganz unjüdisch,
und gar verwerflich jenes Goldheim'sche Judenthum,
welches Alles, was unbequem erscheint, als beschränkt,
als national=politisch aussondern will: Den Sabbath,
die jüdischen Ehegesetze, die hebräische Sprache, die
Messiashoffnung, das Gebet um Rückkehr nach Jerusalem.
Dann soll die Religion noch dem Staate untergeordnet
werden — und was ist vom Judenthum übrig? Nein,
unsre Religion ist eine volksthümliche wie jede; ihr
Untergang ist da, wenn sie sich mit Philosophie und
Aesthetik vermengt, und die Wirkung, die sie selbst noch
in versteinerten Gebräuchen auf das Volk üben kann,
wird hinfällig. Darum lobe ich mir mein altes, ächtes,
sei es auch etwas starres Judenthum. Denn ich habe

wohl das Recht, in stillen Stunden zu denken und zu
deuten, nicht aber, was seit Jahrtausenden unter Blut
und Thränen meiner Vorfahren geworden und gewachsen
ist, eigenmächtig für mich und eine kleine Zahl von
Anhängern zu verwerfen."

Erich gab dem eifrigen Vertheidiger seiner Religion
von Herzen Recht. „Wahre ein Jeder so seine Heilig=
thümer!" rief er, „und es wird um alle Völker und
ihre Religionen wohl bestellt sein! In dieser Zeit, da
die sittlichen Grundbegriffe schwanken, bedürfen wir
wiederum einer Satzung, die, durch ihr Alter unantastbar,
und ehrwürdiger als die streiterregenden Philosopheme,
selbst als das in beständiger Umbildung begriffene Recht,
für Alle, die Einfältigen wie die Weisen, gleich ver=
bindlich wäre. Die liberalen Umgestaltungen unsrer
Religionen haben ihre Zeit gehabt, haben in der Zeit
zunehmender Verfinsterung ihren Zweck erfüllt. Heute
aber, da vor ausschweifendem Denken und übersetztem
Scharfsinn auch die sittlichen Normen, die aus der
Religion erwachsen, zu schwinden drohen, heute bedürfen
wir der Wiederherstellung dieser Religionen, die solchem
Zwecke gegenüber doch nur eine einzige bilden; und der
Strenggläubige genügt der Zeit. Die Woge des Geistes
senkt sich wieder zum Glauben, um sich in einem künf=
tigen Zeitalter abermals zur Aufklärung emporzuwölben,

bis ihr Kamm nach großartiger Ueberhebung auch dann
zerschäumt!"

Emanuel wiegte im Nachdenken beistimmend das
Haupt. Da trat, unbefangen und heiter, wie Erich sie
noch nicht gesehen, Thora herein. Hier, im Kreise vertrauter Freunde, schien sie sicheren Boden zu fühlen.
Sie trat der Erscheinung Erichs freimüthig gegenüber,
und indem sie ihm entschlossen die Hand reichte, dankte
sie ihm, daß er gekommen.

VII.

Die Familie Wodianer fand sich bald zusammen: Der behäbige Vater, ein Graubart, der mehr wie ein pommer'scher Landwirth, denn wie ein Berliner Eisenhändler aussah; die etwas welke, aber feueräugige und schnell= züngige Hausfrau in schwerer schwarzer Seide, zwei Söhne, der eine Schüler, der andere Handlungsdiener, deren Bedeutung nicht hervortrat, und ein Schulmädchen von zwölf Jahren.

Man erwies dem Gast Ehre ohne Förmlichkeit, wie einem alten Freunde, und sprach über Gegenstände, die mit den persönlichen Empfindungen der Hauptper= sonen nicht in Berührung kamen. Die beiden Freun= dinnen sahen oft nach Thür und Uhr, als ob sie noch jemand erwarteten, und zuletzt erschien Joseph Stern= berger. Aus dem Willkommen, der ihm wurde, ließ sich erkennen, daß er mit der Familie längst befreundet war. Er schien Erich anfangs nicht zu bemerken und wartete dessen Anrede ab, bevor er sich ehrerbietig verneigte.

„Ja, es ist gut in heutiger Zeit," antwortete er auf
Erichs treuherzigen Gruß, „daß man sich wiederfinden
kann so bald, und daß die Gerechten eben so gut können
zusammen arbeiten wie die Schlimmen." Dann nahm
er in Erichs Nähe Platz und neigte sich während
des allgemeinen Gesprächs bisweilen schweigend zu
ihm hin, als suchte er eine Unterredung mit ihm
allein.

Thora beobachtete die Beiden mit bedeutsamen,
fast ängstlichen Blicken und fesselte im Verein mit ihrer
Freundin die übrige Gesellschaft durch lebhafte Erzäh=
lung und neckischen Streit. Sternberger erfaßte einen
Augenblick, da das Gespräch am lebhaftesten war und
flüsterte: „Herr Baron, es ist gut, daß Sie hergekommen
sind; denn ich habe Ihnen etwas zu sagen von mei=
netwegen, und von Jemand, der auch in dieser Gesell=
schaft ist."

„Von Baronesse Kaschauer?"

„Wenn Sie den Namen nennen wollen — ja.
Sie will dem Herrn Baron wissen lassen, daß ihre
Verwandten, die Herren Barone von Kaschauer, auch
ihr Vater selbst, gesprochen haben in ihrer Gegenwart
allerlei sonderbare Reden, als hätten sie sich verschworen
zu Grunde zu richten den Herrn Baron und sein Haus,

weil er ist strenge gewesen gegen den Herrn Baron, welcher ist der Alte vom Hause."

„Lieber Joseph Sternberger," erwiderte Erich, „bei dieser Nachricht ist mir zu Muthe, als hörte ich nichts Neues. Aber daß sie von der Baronesse kommt, macht sie mir wichtig."

„Herr Baron, legen Sie jetzt darauf keinen Werth, sondern legen Sie Werth darauf, daß die Nachricht wahr ist, und nicht blos eine Vermuthung, wie der Herr Baron sie auch selbst haben. Das Vorhaben von den Herren von Kaschauer ist gekommen zum Worte, und sie haben es ausgesprochen vor denen, die nicht gehören zum Geschäft. Sie sprechen aber so ein Wort nicht vor den Frauen, sondern heimlich im Comptoir, wenn das Geschäft nicht fertig ist, und keiner kann etwas dagegen thun. Und von meinetwegen kann ich Ihnen sagen, daß der Herr Daniel Cohn, welcher ist ein Agent des Hauses Kaschauer, auf der Börse hat gerathen dem Herrn Oberst vom Ried zu einem Ge= schäft, woran der Herr Oberst verlieren müssen binnen acht Tagen fünfzigtausend Gulden und mehr, und ich hab's angehört, weil die beiden Herren den Joseph Sternberger nicht gekannt haben."

„Mein bester Herr," seufzte Erich nach einigem Sinnen, „was beginn' ich zuletzt mit dieser beängstigen=

den Nachricht? Mir bringt sie unfruchtbare Sorge; denn meine Stimme ist in häuslichen Angelegenheiten schwach. Die Herren Vettern von Hohenried werden sich selbst helfen müssen, und für die Meinigen hab' ich gesorgt. Ich zweifle nicht, daß die Herren Barone guten Willen haben, mir und meinem Hause zu schaden; aber ich sehe den Unfällen, die es ihnen gelingen wird uns zu bereiten, mit Fassung entgegen. Ich kann um so weniger etwas zur Abwehr thun, als ich nichts vom Geschäft verstehe, und als die Meinigen an dem drohenden Unglück nicht ohne Schuld sein werden."

„Oft kommt ein Unglück aus der Versuchung," sagte Joseph Sternberger, „und oft wird die Schuld vermehrt durch die Bosheit eines Andren. Wenn der Herr Baron selbst nichts können thun, weil Sie nichts verstehen vom Geschäft, nun so sind Andre da, und es ist Gebrauch unter den Leuten, daß sie ihre Geschäfte übertragen Einer dem Andern nach ihrem Verständniß von dem Geschäft. Wenn ich nun von meinetwegen dem Herrn Baron sage, daß die Herren von Kaschauer ver= leitet haben den Herrn Oberst vom Ried und auch in Wien den Herrn General und die große Bank" — hier lächelte Joseph Sternberger als ein kundiger Ge= schäftsmann — „sich zu betheiligen mit viel Geld an den großen amerikanischen Bahnen und an vielen andren

faulen Geschäften, von denen ich nichts Genaues weiß,
so können der Herr Baron vielleicht seinem Herrn Vater
sagen, daß das Geschäft ist von den faulsten das aller-
faulste, und die Herren von Kaschauer wissen das recht
gut, und wenn sie sich selbst haben betheiligt an den
amerikanischen Eisenbahnen mit viel Geld, so ist das
nur zum Schein, um zu locken die großen Capitalien,
welche liegen in den Arnheim'schen Schränken, und die
kleinen Nothgroschen, welche liegen in dem Bettstroh
von den bedürftigen Leuten, oder sind getragen in die
Sparkassen von den armen Dienstboten und den armen
Frauen, welche schwer müssen arbeiten, um einen Gulden zu verdienen, und zehn schwere Tage, um einen
Gulden zu ersparen. Hab' ich das gesehen, Herr Baron, hier in Berlin, und hab' ich mir gerauft das Haar
und gesagt: Gott Gerechter, was ist geworden aus
deinem Volke!"

Joseph Sternberger sprach laut in seinem Jammer,
die Gesellschaft brach ihr Gespräch ab und sah betroffen
auf den befreundeten Mann. Nach einer Pause aber
nahmen die beiden Mädchen das Gespräch wieder auf,
und Joseph Sternberger konnte weiter reden.

„Nun können ja der Herr Baron von meinen
Reden Gebrauch machen wie Sie wollen," fuhr er leise
fort. „Mir ist leichter, weil ich ausgerichtet habe den

Auftrag von Jemand der hier ist, und weil ich gesagt habe was ich weiß, und was ich kann, wenn es Noth thut, beweisen."

„Wenn es Ihnen wohlthut, Joseph Sternberger, so versichere ich, daß Ihr Wink nicht unbenutzt bleiben soll —"

„Wenn Sie mir das sagen," unterbrach der Andre freudig, „so nehme ich mir heraus, noch etwas Andres zu sagen."

„Ich höre Alles was Sie sagen gern."

„Der Herr Baron sind ein reicher Mann und tragen Ihren Reichthum im Kopfe, wo keiner etwas herausnehmen kann oder um das Geringste betrügen. Und der Herr Baron sind anhänglich im Herzen an das Gut, das er soll erben, von seinem Vater, und sind kein Geschäftsmann, wie er heute sein muß, um zu behalten ein Gut, das nicht ohne Lasten ist. Darum sind der Herr Baron sich schuldig, und ein Anderer wird sich finden, der's gerne übernimmt, wenn Sie ihm wollen auftragen wahrzunehmen sein Geschäft, das er nicht selbst wahrnehmen kann, weil Sie sind zu gerecht zum Geschäft und haben keine Zeit Geld zu machen. Ein Anderer hat Zeit und ist gut dafür, und hat keine Lust am Gelde, ohne daß er ein Geschäft macht für Andere, weil er keine liebe Kinder mehr hat, und wenn

er ein Geschäft macht für einen Anderen, so gelingt es
ihm besser, als das er macht für sich selbst —"

Erich ließ den wackern Juden 'ausreden und sah
ihn nur so fest an, daß jener, etwas verwirrt, sich kaum
klar genug ausdrücken konnte. Als ihm die Worte zu=
letzt schwanden, lächelte Erich. „Sie sind ein Versucher,"
sagte er. „Ich kenne den guten Mann, der sich zur
Führung meiner Geschäfte finden würde, und ich bin
sicher, es ließe sich mit seiner Hilfe etwas gewinnen.
Er käme nach einigen Tagen zu mir und sagte: So
und so viel haben Sie mit dem und dem Papier ge=
macht, und wie das gekommen, davon verstehen Sie
nichts. Auf diese Weise hätte ich noch weniger Mühe
als die Herren Barone, und ich glaube fast, nicht ein=
mal Gefahr. Nein, mein lieber Sternberger, von solchen
Geschäften verstehe ich denn doch genug, um mich davor
zu hüten."

„Ich meinte nur . . ." stotterte Joseph Sternber=
ger. Aber Erich erhob sich. Denn als einer von den
Söhnen die Thür öffnete, bemerkte er ein strahlendes
Gemach und gedachte der achtzinkigen Lampe des Sabbath,
die dort warten mochte. Man nahm freundlichen Ab=
schied. Hausherr und Hausfrau sprachen die Hoffnung
aus, ihn wiederzusehen, und Thora stand mit Joseph
Sternberger in ängstlichem Wortwechsel nahe der Thür.

Jener zuckte die Achseln, und Thora schien erregt, als Erich mit seinem Abschiede sich auch an die Beiden wandte.

„Werde ich Sie hier mitunter finden, Fräulein von Kaschauer?" fragte er.

„An jedem Sabbath," antwortete Thora mit ge= preßter Stimme, „und sonst so oft Sie diesem Freunde den Wunsch mittheilen." ·

Dieser Freund verneigte sich, und die Hände der beiden Scheidenden legten sich fester zusammen.

„Ich danke Ihnen," flüsterte Erich, und diese Worte mochten Thora wohl neu zum Glücke gestimmt haben; denn sie saß mit ruhigem Lächeln und schim= mernden Augen neben der Freundin, die ihre Hand streichelte. —

Erich aber versäumte nicht, seinen Vater am fol= genden Tage aufzusuchen. Nicht daß er sich Erfolg von seinen Mittheilungen versprochen hätte, sondern er wollte sein Versprechen halten. Er traf seinen Vater nicht zu Hause; doch hatte derselbe in Erwartung wichtiger De= peschen den Gasthof genannt, wo er speisen wollte. Hier fand ihn Erich leider in guter Weinlaune mit einigen Kameraden in Uniform und Civil, die Erich zwar als Sohn des Obersten willkommen hießen, als Gelehrten aber zum Besten hatten. Er durfte die Höflichkeit nicht

so weit verletzen, um sich diesen lustigen, für einige
Stunden sorgenfreien Herren zu entziehen. Als man
auseinanderging, versuchte er zwar, seinem Vater die
Mittheilung eindringlich zu machen, bewirkte aber nur
ein überlegenes Lächeln, und am folgenden Morgen, als
er gewissenhafter Weise eine ernsthafte Stimmung zu
benutzen meinte, erhielt er den ungeduldigen Rath, sich
um seine gelehrten und sonstigen Angelegenheiten zu
kümmern, Dinge aber, von denen er nichts verstünde,
Anderen zu überlassen.

Indessen blieb die Mittheilung doch nicht ohne
Wirkung, wenn der Oberst einer solchen auch keinen
Ausdruck gönnte. Er schien zerstreut, während Erich
seinen Bericht abgab. Bald hörte er zu, bald trug er
Gleichgiltigkeit zur Schau. Jetzt verlegte er seine Cra=
vatte, dann setzte er seinen Hut auf, bevor er den
Schlafrock abgeworfen. Der Sohn begnügte sich mit
der Aussicht, daß er seinen Vater wenigstens Argwohn
gelehrt und ihn nach der Richtung hingewiesen
hatte, woher ihm Gefahr drohte. War noch etwas
zu retten, so konnten die Enthüllungen sich als nütz=
lich erweisen; doch zweifelte Erich mit Recht an
dieser Möglichkeit. Hätte der Argwohn auch vor den
guten Mahlzeiten und vortrefflichen Weinen der Herren
von Kaschauer fester wurzeln können, so standen doch

die Angelegenheiten der Eschenheimer bereits zu bedenk=
lich, um sie durch einen Bruch mit dem mächtigen Bank=
hause zu bessern.

Denn den beiden Soldaten waren die Mittel zu
ihrer Goldmacherei bereits aus den Händen fortge=
schmolzen. Beide waren sie schlechte Rechner und Plan=
macher. Sie verachteten das Geld und die Knechte des
Geldes. Aber weil ihre gesteigerte Genußsucht dessen
mehr als früher bedurfte, und weil der Prunk der
großen Judenhäuser ihren Wetteifer herausforderte, auch
ihr Stand großen Aufwand zur Pflicht machte, so ge=
langten sie noch in dem Alter, da der Besitz den gewöhn=
lichen Naturen über Alles lieb wird, zu jenem Heiß=
hunger nach Gold, den sie mit Benutzung der Zeitver=
hältnisse und nach dem Vorgange so vieler Glücklichen
schnell zu befriedigen hofften. Weil sie dabei als Ca=
valiere, das heißt arglos und ohne peinliche Prüfung,
gewissermaßen verächtlich zu Werke gingen, so forderten
sie die Schlauheit und Habsucht der Börsenleute von
Beruf heraus, die ihnen schon durch Werthhaltung des
Geldes überlegen waren und die Geringschätzung dessen,
was ihnen das Erstrebenswertheste schien, als persönliche
Beleidigung empfanden. Diese hartgesottenen Börsen=
leute, Kaschauer's Agenten voran, zogen den Oberst in
Berlin, den General in Wien so ganz in den Strudel

bedenklicher Geschäfte, daß sie nicht mehr zur Besinnung kamen. Jedes Geschäft, das einmal glücklich ausschlug, erhöhte das Vertrauen auf unzuverlässige Rathgeber, auf bestrickende Börsenschliche und auf die bestochenen Federn der großen Blätter, ein Vertrauen, das durch zehn Fehlschläge kaum erschüttert werden konnte. Immer hastiger verwandelten diese beiden militärischen Herren ihre Werthe in Schwindelwaare, um durch verheißenen Gewinn den erlittenen Schaden zu ersetzen. Nebenher gingen kostspielige Wetten auf die Rennpferde aller Länder, ging das Spiel im Club, gingen die Rechnungen für adlige Lustbarkeiten und Genüsse, und so wurden die Papiere verzettelt, rollte das Gold hin, versiegte das Silber.

Bankhäuptlinge, die ihren Wucher nur für verblendete Augen hinter großen Firmaschildern bargen, waren mit ansehnlichen Summen zur Hand, um den Cavalieren aus den Verlegenheiten des Augenblicks zu helfen. Solche Verlegenheiten mußten ja schnell vorübergehen; denn der Kurs gewisser Papiere, worin beträchtliche Summen angelegt waren, stieg, stieg, stieg — Nur noch drei Tage, und man wollte mit beträchtlichem Gewinne verkaufen. Man wollte einmal klug sein, sich beherrschen. Auch der Agent des Hauses Kaschauer,

das insgeheim längst verkauft hatte, und dem man ver=
trauen durfte, schärfte ein, nicht bis zum letzten Augen=
blicke zu zögern — und schon am folgenden Tage sank
der Werth, und wenn man nun verkaufen wollte, ver=
zerrten sich die Gesichter der Börsenleute mit höhnischem
Grinsen.   Der Aerger, auch der Vorsatz, jenen Elenden
zuletzt doch noch zuvorzukommen, riß zu neuen Glücks=
versuchen fort — und wo war ein Ende? —

Sobald das flüssige Geld fehlte, mußten die schö=
nen Pferde, die prächtigen Wagen, endlich die neuen
Maschinen, die man für Eschenheim gekauft hatte, wie=
der zu Gelde werden.   Zuletzt erging die überflüssige,
weil selbstverständliche, Weisung, die Verbesserungsar=
beiten aufzuschieben.   Was hier aus dem Verlust ge=
rettet wurde, floß den neuen Verlusten zu, und mit den
Mitteln, also dem Widerstande gegen das Mißlingen,
schwand die Aussicht auf Wiedergewinn, wuchs aber die
Hoffnung. —

Aehnlich wie den Eschenheimern erging es anfangs
Denen von Hohenried, nur daß auf dieser Seite größeres
Talent und bessere Geschäftskenntniß standen, mithin
neben den Verlusten eine größere Anzahl von Glücks=
fällen zu verzeichnen war.   Da viel Adel bei der Bank
betheiligt war, so ging es auch hier nach Cavalierweise

zu, und die Geschäfte blieben weit hinter den Erwar=
tungen zurück. Das Einverständniß mit dem Hause
Kaschauer, ohnehin nur scheinbar, war durch die Ab=
neigung der Damen von Hohenried gegen das Ehe=
bündniß des künftigen Erben mit der schwarzen Künst=
lerin noch mehr gelockert, und das Bankhaus hatte bei
eintretenden Verlegenheiten mehr als e i n e n geschäft=
lichen Grund, mit seinem Beistande zurückzuhalten. Zum
Ueberflusse saß im Vorstande ein heimlicher Macher
des großen Bankhauses, der von diesem bei wichtigen
Geschäften Parole annahm. Die Folge war, daß die
Gesichter der Herren von Hohenried sich verlängerten,
daß der alte Herr Rudolf seine Hand öfter als je=
mals auf den kahlen Scheitel legte, sein Sohn Achill
versicherte, es wäre eine Zeit um den Verstand zu ver=
lieren, und Wolfgang ebenso wie sein Bruder Adolf
häufiger als jemals auf Sparsamkeit angewiesen
wurden. —

Ritter Wolfgang hatte in letzter Zeit kaum noch
Freude an seinen schönen Rossen, an dem hohen
Waffenhandwerk, an den edlen Kameraden und mehr
als einem nachgemachten Burgfräulein, das bei den
spärlichen und mit mehreren Schwestern zu theilenden
Einkünften ihres Vaters sich glücklich geschätzt hätte,
„Jüdin“ zu werden. Das war der bittere Ausbruch,

mit welchem die Klatschsucht junge Damen bestrafte, die bei irgend einer passenden Gelegenheit hatten merken lassen, daß sie an dem Necknamen Derer vom Ried nicht zu stark Anstoß nahmen. Schon dieser wenig zutreffende Spott bezeichnete den Widerwillen edler Geschlechter, ihre Schloßfräulein an die Fremden zu geben.

„Auf Ehre!" sagte Freiher von Boltenstern, als eine seiner Töchter mit Wolfgang vom Ried im Gerede war. „Es ist schon eine Schmach, wenn ein braver Junge, bloß weil er in der Geldklemme ist, so ein schwarzes Weib nimmt. Es ist Schmach, aber man darf nicht von Jedermann verlangen, daß er ein Held sei, oder daß er sich lieber eine Kugel vor den Kopf schießen soll. Wenn aber ein abliges Fräulein, das doch Vorbild aller Sauberkeit und Sittsamkeit sein soll, einem Menschen nachäugelt, der auch nur den Spottnamen eines Juden trägt und wie ein Jude aussieht, so kann sie nur gleich einen Ladendiener nehmen. Der wird ja auch leicht Commerzienrath, wenn er eine ablige Frau hat."

Wenn man dem Freiherrn von Boltenstern zuflüsterte, daß die Tochter seines Freundes von Thorneck einem wirklichen und wahrhaftigen Juden, und dazu noch einen blutrothen Volksmühler, nicht blos nachäugelte, so sagte er kurzweg: „Unsinn!" Denn an eine solche Möglichkeit wollte er, ungeachtet einiger, freilich abschreckender, Beispiele vom Gegentheil, schwer glauben. —

VIII

Als Erich seine Freundin wieder auffuchte, traf er sie mit Oswald allein. Sie hatte den Hut nicht abgelegt, war also nicht Willens zu verweilen.

„Sie kommen zu einem lebhaften Meinungswechfel," so begann Oswald.

„Und darf mit eintreten?"

„Ich habe meinen Lehrer sogar auf Ihr unparteiisches Urtheil verwiesen," so unterbrach Thora und erröthete leicht, da sie verrieth, wie lebhaft sie sich mit dem Erwarteten beschäftigt hatte.

„Wir besprachen den Fall," erklärte Oswald, „daß ein christliches Fräulein sich zur Aufnahme in die Synagoge gemeldet hat —"

„Keine bloße Voraussetzung," setzte Thora hinzu. „Sie kennen Fräulein Christiane?"

„So? Die junge Dame, die an einem gewissen

dramaturgischen Abende die kleine Rolle der Neubrunn
zu schweigen hatte?"

„Eben die. Sie wissen wohl kaum, daß sie sich
wider Willen ihres Vaters mit einem meiner entfernten
Verwandten verlobt hat, dessen Vater nicht weniger
dagegen ist. Ich glaube, beide Liebende meinen es
aufrichtig. Es ist über ein Jahr her, daß sie sich er=
klärt haben, und die Schwierigkeiten, die sich ihnen
entgegenstellten, haben sie nicht abzuschrecken vermocht.
Vielmehr ist die Sache sehr ernst geworden und der
Entscheidung nahe. Das christliche Mädchen ist diesmal
zu dem größeren Opfer entschlossen."

„Die Sache soll als Geheimniß bewahrt werden,"
ergänzte Oswald, „und die Baronesse weiß nur deshalb
davon, weil sie zu dem Kreise der vertrauten Damen
gehört und, wie sie zugesteht, sogar sich rühmt, an dem
Entschlusse des Fräuleins Antheil hat."

„Wie?" rief Erich lächelnd, „Sie machen uns
eine so schöne blonde germanische Jungfrau abwendig?"

„Ich habe sie nicht überredet," versicherte Thora
mit Nachdruck. „Aber ihren fertigen Entschluß habe ich
mit Freuden aufgenommen. Ich habe Christianen um=
armt und allerdings Einiges gethan, daß ein Entschluß,
der aus wahrhafter Neigung gefaßt war, nicht in's
Schwanken gerieth."

„Und das Alles, um Ihrer Gesellschaft den Triumph zu verschaffen, daß aus den sogenannten bessern Stän=den jemand zu Ihnen übertrat?"

„Ich glaube nicht," erwiderte hier Oswald statt seiner Schülerin. „Baroneß Goldine weiß sehr wohl, daß das Judenthum keine Proselyten machen darf —"

„Um Vergebung," fiel Erich ein, „vielleicht stammt diese Eigenthümlichkeit aus einer Zeit, als die Bedräng=nisse der Judenschaft den Uebertritt zu ihr Wenigen verlockend machten, und im Falle eines solchen der Ver=dacht nahe lag, daß großer Vortheil im Spiele war. Denn die Geschichte der Juden weist doch nach, daß sie sogar mit dem Schwerte Proselyten gemacht haben."

„Denken Sie doch immer daran," bat Oswald, „daß ich das Judenthum meine, wie es seinem Geiste und seinen Vorschriften nach auftreten soll, nicht wie es im Laufe seiner Geschichte leider aufgetreten ist. Auch stammt die Vorschrift allerdings erst aus der tal=mudischen Phase unsrer Religion. Das Judenthum macht nicht Proselyten. Wer bei uns eintreten will, dem muß vorgestellt werden, daß das Judenthum schwere Verantwortungen auferlegt, daß sich vielfache Entbeh=rungen und herbe Erfahrungen mit ihm verbinden. Nur wer dann noch bei seinem Entschlusse beharrt und

sich Form und Geist des Judenthums angeeignet hat,
dem ist der Eintritt zu eröffnen."

„Es wäre zu wünschen," erwiderte Erich mit einiger
Bitterkeit, „daß man überall und in jedem Falle nach
diesem Grundsatze zu Werke ginge. Ich habe indessen
Grund zu vermuthen, daß man auf beiden Seiten bei
dem Uebertritt mit sträflichem Leichtsinn verfährt und
den Glaubenswechsel in vielen, vielleicht den meisten
Fällen zur Geschäftsfrage macht. Denn wenn ich lese,
daß in einem der letzten Jahre innerhalb der östreichi=
schen Staaten sechsundsiebzig Katholiken zum Judenthum
übergetreten sind, zum Protestantismus dagegen nur
fünfundvierzig, so bin ich geneigt, zu glauben, daß die
erste Ziffer vorwiegend vom Geschäft, die letztere vor=
wiegend durch kirchliche Gründe bewirkt ist."

„Daß die Männer doch von einem vorliegenden
Falle sich so leicht in's Allgemeine verlieren!" rief Thora.

„Da es Herrn Oswald wohl peinlich sein mag, die
traurige Thatsache zuzugeben, die Herr vom Ried mit=
theilt, so will ich nur bestätigen, daß ich sehr viele
Fälle kenne, in denen der Uebertritt lediglich aus ge=
schäftlichen, oder doch aus Gründen erfolgt ist, die dem
Geschäft ähnlich sehen. Es handelt sich dabei meistens
um Heiratsgeschäfte. Nun aber sprechen wir von einem
wahrhaften Herzensbündnisse. Denn wie Sie ja die

Verhältnisse wohl selbst ungefähr übersehen, mischen sich hier niedre Vortheile durchaus nicht ein. Hätte ich solche vermuthet, ich hätte kein Wort dazu reden mögen. Ich darf überzeugt sein, daß nur ächte Neigung Christianen zu dem Opfer bestimmt hat, das sie von ihrem Vater vielleicht für immer trennen wird. Als Sie eintraten, Herr vom Ried, waren wir uneinig, ob Christiane, wie mein Lehrer will, mit allen Mitteln fern, oder, wie ich will, aus allen Kräften fest zu halten wäre. Dem ersten Verfahren stehen die talmudischen Vorschriften zur Seite, dem andern die Rechte jedes gereiften Menschen, erstlich die Religion nach den Bedürfnissen seines Herzens und Verstandes zu ändern, wie ja alle Denker und Zweifler es innerlich thun, dann aber um seines Lebensglückes willen solche Aenderung auch äußerlich kundzugeben.“

„Ich würde es einem christlichen Mädchen in jedem Falle widerrathen,“ antwortete Erich, nicht ohne Bewußtsein, daß Thora aus seinen Worten auch eine Richtschnur für sich entnehmen werde. „Denn wie sie erzogen ist —“

„In der strengsten Kirchlichkeit,“ warf Emanuel Oswald ein.

„Eben darum!“ rief Erich. „Das religiöse Bedürfniß, bei Frauen mächtiger als bei Männern, wird

wiederkehren, sobald mit verrauschten Liebesfreuden die
Besinnung, vielleicht das Unglück kommt, oder, was bei
Frauen oft gleich dem Unglück ist, das Alter. Vermag
aber eine Religion Trost zu gewähren, so ist es nur
die, in welcher wir erzogen wurden, die durch den
Märchenglauben und die festlichen Erinnerungen der
Kindheit in uns befestigt worden ist. Denn allein in
dem wehmüthigen Rückblick auf jenen unbeirrten Kinder=
glauben besteht, glaube ich, der Trost, den wir in rei=
feren Jahren aus unfrer Religion empfangen. Aber
jenes Mädchen, wird es sich durch solch ein Andenken
mit seinem Kummer, vielleicht seinen Selbstvorwürfen
versöhnen können?"

„Dazu gehört das Bewußtsein einer ungestörten
Gemeinschaft innerhalb unsres Volkes. Vielleicht wäre
eine solche durch die innigste, Seelengemeinschaft mit
ihrem Gatten zu gewinnen, durch deren Vermittlung
sie der sühnenden Gemeinschaft des jüdischen Volkes
zugeführt würde. Aber das Judenthum ist in Herrn
Benjamin Kaschauer erloschen, und eine Seele zu einem
solchen Judenthum herüberzuziehen, kann Aufgabe der
Synagoge nicht sein. Es ist ein Hohn auf die sühnende
Kraft der jüdischen Gemeinschaft."

„Wie?" fragte Erich verwundert: „Gewährt die
jüdische Gemeinschaft eine Erlösung von der Sünde,

wie das Christenthum sie durch den Glauben in Aus=
sicht stellt, und wie sie von einem trostbedürftigen Her=
zen erstrebt wird?"

„Nicht in Ihrem Sinne," antwortete Oswald. „Es
ist kein Einzelner, an den Sie erst glauben müssen,
damit er Ihre Sünden auf sich nehme, sondern die
Erlösung liegt in dem Volke selbst und ist unter alle
seine Glieder vertheilt. Die Juden haben, nach einer
Stelle im Buche Joschua, an den Bergen Gerisim und
Ebal, als ihnen der Fluch und der Segen verkündet
wurden, sich gegenseitig zu Bürgen gemacht für das
Leben in Gott. Daher kann ein wahrhafter Jude gar
nicht sündigen, ohne in Gemeinschaft mit Allen, und
Keiner, der als Jude geboren ist, kann sich diesem gött=
lichen Berufe seines Volkes entziehen. Es ist auch dies
kein eigentliches Dogma, keine eigentliche Lehre, sondern
eine Wahrheit für die Menschenwelt, allerdings inner=
halb des jüdischen Volkes begrenzt. Jude sein und
sündigen, ist eine gräßliche Ironie. Mit einer Sünde,
welche durch die gemeinschaftliche Mitschuld des Volkes
unsühnbar wäre, verwirkt der Jude das Recht Jude zu
sein: Sündigen hebt das Recht des Daseins für das
Judenthum auf. Aber das sind eben die Anschauungen
aus dem ächten Judenthume."

. „Welche die Judenschaft auf ein Zehntel zusam=

menschmelzen ließe, wenn man sie genau nähme, ebenso
wie es wenig Christen gäbe, wollte man nur die gelten
lassen, in denen sich die Lehren des Christenthums ver=
körpern. Gleichwohl habe ich bei der herrlichen Idee,
die Sie mir eröffnen, und die der jüdischen Religion
eine Berechtigung verleiht wie irgend einer andern,
Eins zu erinnern. Ich fürchte, Sie nennen Sünde
nur die sichtbare Uebertretung der Gebote Gottes, die=
jenigen etwa, denen Gott seinen Fluch ertheilt. Aber
die tausend Umgehungen, Widerrechtlichkeiten oder gar
Gedankensünden, denen im Verkehr wie im Seelenleben
der Mensch verfallen ist, ich glaube, diese begreifen Sie
nicht unter dem Namen der Sünde?"

„Nein," antwortete Oswald. „Gedankensünden
sind keine. Führen Sie aber zur thatsächlichen Sünde,
so ist diese zu beurtheilen etwa wie im Recht. Was
Sie Umgehungen und Widerrechtlichkeiten nannten,
unterliegt zu verschiedener Beurtheilung, um die Be=
zeichnung als Sünde unwidersprechlich zu verdienen,
auch ist es für die einfachen, der Noth und dem Nutzen
unterworfenen Geister zu schwer erkenntlich. Hier ge=
nügt zur Sühne das Gesetz, die Abwehr, die Vorsicht,
die Entschädigung. Nur wo handgreiflich und nach=
wirkend gegen die Gebote Gottes verstoßen wurde und
dem Geschädigten keine ausreichende Vorsicht oder Ab=

mehr zu Gebote stand, da ist Sünde. Sie werden aus Erfahrung zugeben, daß die sogenannten groben, ich will lieber sagen die gewaltthätigen Verbrechen selten von Juden verübt werden. Jedem Juden ist mehr oder minder klar, welche Verantwortung er seinem gesammten Volke durch eine verbrecherische Gewaltthat auferlegen würde; daher die Scheu davor."

„Ein erhabenes Motiv! Wodurch aber sühnt das Volk jene Sünden, die aus der Menschennatur, aus mangelnder Erkenntniß hervorgehn?"

„Durch seine Leiden, die der Christ auf einen leibhaftigen Gott zurückwälzt, also auf den, der durch die Schöpfung des Menschen auch dessen Fehler verschuldet hat. Umgekehrt löst unser Volk sich in seine Einzelnen auf, um Jeden an der großen Bürde der Sünde mittragen zu lassen. Da ist Keiner ausgenommen, da sind Alle gleich. Daß auch die wahren Söhne Israels verfolgt werden und leiden mußten, ist Beweis der göttlichen Liebe nicht blos gegen Israel, sondern gegen die Welt. Die Geduld und Standhaftigkeit der Juden machte den Sieg des Bösen zur Niederlage und brachte der Welt die Nichtigkeit der Verfolgungen zum Bewußtsein."

„Sie hoffen also auf Fortdauer des Judenthums

selbst angesichts der reformirenden und zwiespältigen Thätigkeit innerhalb desselben?"

„Zuversichtlich. Das Judenthum kann nicht unter= gehen. Sein Untergang würde den Untergang der Welt bedeuten. Israel ist bestimmt, in der Wahrheit und Freiheit zu leben und der Welt diese Wahrheit und Freiheit zu bringen. Die Völker werden zuletzt ein= sehen, daß sie Israel, dem gepeinigten, aber geduldig leidenden, eine große Erfahrung zu verdanken haben, die nämlich, daß das Böse, wenn es auch mit aller Macht ausgerüstet ist, wenn es auch Fürsten und Kö= nige, Kirche und Staat in seinen Sold genommen, und mag es auftreten unter dem Deckmantel der Liebe oder des Hasses, des Feuereifers oder des verzehrend schlei= chenden, süßlich schmeckenden Giftes, daß es sich dennoch auflöst in Nichtigkeit. Die Völker werden in Zion den irdischen Mittelpunkt des gemeinschaftlichen Heiles er= blicken und sich in Zion einen gemeinschaftlichen König setzen."

„Wohl, dieser König hat seinen Namen: Er heißt Christus. Er wird vielleicht nach Jahrhunderten anders heißen. Aber wenn die Zeit gekommen ist, die Sie an= deuten, dann wird er König über alle Völker sein. Ich finde, daß wir nur die Ideen und Grundsätze, die Sie auf das Judenthum beschränken, auf die Menschheit

auszudehnen haben, so ist das Judenthum zum Christen=
thum erweitert, und wenn Ihnen diese Bezeichnung an=
stößig ist, wenn Ihnen unter der Fahne des Christen=
thums viel Unrecht geschehen ist, so geben Sie ihm einen
andern Namen, unter dem Sie die Hoffnung, Vervoll=
kommnung, Vollendung und Erlösung der Menschheit
begreifen können. So viel haben wir aus unsrer Unter=
redung gewonnen: Das Judenthum könnte sich unter
guten Menschen leicht zum Christenthume erweitern.
Ich möchte mich am liebsten kurz ausdrücken: Das
Judenthum unter guten Menschen ist Christenthum. Ein
Satz, der sich umkehren ließe. Aber das Judenthum
ist durch seine Geschichte stolz geworden, und seine Lei=
den noch mehr als sein Stolz haben es zur Abge=
schlossenheit gegen andre Völker gezwungen. Doch was
nach Ihrer Erklärung den Namen Jude verdient, das
dürfte getrost unter Christen erscheinen, und Verschie=
denheit würde sich zwar in scharfsinniger Wechselrede,
nicht aber in der That und in den Empfindungen gegen
die Mitmenschen zeigen. Aus allen Völkern die Guten,
sie bilden erst die Gemeinde, die eine Religion hat, und
alle Uebrigen, mögen sie auf Christus, Brahma, Moses
oder Muhamed schwören, es ist für sie und ihre Mit=
brüder gleichviel." —

Die Wangen der Drei, die hier zusammen waren,

glühten. Sie standen auf. Emanuel sagte nichts mehr. Er bot dem Freunde nur die Hand und sagte feierlich leise: „So mein' ich's ungefähr. Ueberall wo der Christ mich im Verständniß meines Glaubens zu sich ruft, da reiche ich ihm zum Bunde die Hand und weiß von der Verschiedenheit der Bekenntnisse nichts mehr. So stehen wir einander gegenüber. Rufen wir im Geiste die Wenigen herbei, die gleich uns denken und deren Namen wir nicht kennen, und hoffen wir, daß diese geistige Gemeinde einst zur sichtbaren Zion möge werden.“

Thora stand dabei. „Das ist Jerusalem,“ sagte sie fast unbewußt. Ihre Augen flammten, ihre Lippen bewegten sich. Ihre Hand zuckte mehrmals nach der verbündeten der beiden Männer, als zöge es sie, auch ihre hinein zu flechten. Aber sie bezwang sich.

„Und was ergiebt sich nun für Benjamin, für Christiane?“ fragte sie zögernd.

„Ich habe kein Urtheil mehr,“ sagte Emanuel.

„Es ist gleichgiltig was sie thun,“ warf Erich hin. „Weder Ihr Vetter noch das christliche Fräulein gehören zu Jenen, auf deren Religion oder Handlungsweise gegenüber der Menschheit und ihrer Religion im mindesten Werth zu legen wäre. Sie mögen thun, wozu der Wille sie treibt; es ist der Beachtung nicht werth.“

„Und die Welt? Und die Satzungen? Und die Freunde, welche urtheilen, rathen, helfen sollen?"

„Mögen nach ihrem Sinne urtheilen, rathen und helfen. Am besten lassen sie dem Willen jedes einzelnen Gleichgiltigen freien Lauf. Jenes Paar verlangt keine Rechtfertigung. Es will vereinigt sein; einer Weihe be= darf eine solche Ehe nicht."

„Wie aber," fragte Thora zögernd, „wenn sie Beide zu jener Gemeinde gehörten, von der Zwei gegenwärtig sind?"

„Dann brächten sie selber die Weihe zu ihrer Vermählung, und jede Form könnte nur dazu dienen, sich mit der Welt abzufinden." —

So schloß Erich. Denn Freundin Anna Wodianer kam heim und fragte, ob man sich wohl unterhalten habe. Ihr Eintritt erinnerte Thora, daß sie für heute fort müsse, und Anna zeigte sich verwundert, daß sie diesmal nicht über den Sabbath bleiben wollte.

Erich hatte sich erhoben und wurde Thora's Be= gleiter. Sie gingen anfangs schweigend auf der nebel= feuchten Straße, unter den trüben Gaslichtern fort, durch die Schwärme der Leute, vor denen sie sich oftmals trennten, bis sie Arm in Arm an einander festhielten.

„Ein vortrefflicher Mann, Ihr Lehrer Emanuel Oswald," so begann Erich.

„Ein vortrefflicher Mann," gab Thora verlegen
zurück. „Aber von ihm ist jetzt nicht die Rede. Ich habe
Ihnen etwas Andres zu sagen, und ich muß mich rasch
entschließen; denn unser Weg mit einander ist kurz. Ich
habe es so eingerichtet, daß Sie mich begleiten mußten;
denn ich wollte Sie sprechen und durfte niemand beauf=
tragen."

Das Benehmen des Mädchens erregte Erich's Be=
sorgniß. Sie sprach mit Widerstreben, doch schienen
Ueberzeugung und Sorge sie gleich stark zu bewegen.

„Was giebt es denn so Bedrohliches?" fragte Erich,
„das meiner Freundin so viel Sorge macht?"

„Es droht Ihnen ein Unglück, Herr vom Ried.
Ich sage es Ihnen wahr und wahrhaftig, ein großes
Unglück droht Ihnen. Halten Sie mich nicht für thö=
richt oder leichtfertig. Ich habe meine wichtigen Gründe,
es Ihnen zu sagen und Sie zu warnen. — Aber frei=
lich," fuhr sie fort, und dem Zuhörenden schien es, als
hielte sie Thränen zurück, „selbst gewarnt, vermögen Sie
es kaum abzuwehren, und ich sehe nicht, wie es werden
soll —"

Sie beherrschte die Thränen nicht mehr. Sie stand
mit dem Geliebten auf einsamem Platze, wo die Büsche
wie schwarzgemäntelt im Nebel standen, und kein Gas=
auge sah. Thora blieb stehen, sie löste ihren Arm, sie

trocknete ihre Thränen, weinte auf's Neue und hielt sich schmerzensmüde an seiner Schulter.

Erich stand stumm und wagte nicht zu thun was sein Herz verlangte. Er ließ das edle Mädchen ruhen wo es ihr so wohl war, und in ihren Thränen zu dem Bewußtsein kommen, daß sie eine Heimat, eine gute, feste Heimat habe, sobald sie von der angestammten ausgestoßen werde.

Endlich erhob Thora ihre Stirn. Sie gingen weiter. „Wollten Sie sich nicht erklären, Thora?“ fragte Erich zuletzt, als der Palast Kaschauer nahe war.

„Ist es wie ich fürchte, so schreibe ich Ihnen morgen,“ sagte Thora, „denn ich kann es jetzt nicht aussprechen.“ Sie neigte zum Abschiede traurig das Haupt.

„Ich werde warten,“ sagte Erich und sah ihr nach. Thora ging nicht nach der Treppe zum Hauptportal, sondern bog um eine Ecke und verschwand hinter den Säulen des Hofthores.

Im Salon der Baronin Jacob galt die Verbin=
dung Benjamins mit Christiane für vollendet. Man
schickte sich an, sobald die Sache öffentlich geworden,
acht Tage lang bei den angesehensten christlichen Be=
kannten vorzufahren, mit triumphirender Miene zu
schweigen und demnächst die Hand nach einem andern
Proselyten auszustrecken. Niemand aber sprach die Be=
obachtung aus, daß die Proselytenmacherei von der Sy=
nagoge auf den Salon übergegangen wäre.

Christianens Uebertritt war sorgfältig geheim ge=
halten, was den Eltern gegenüber, die aus Frömmig=
keit eingezogen lebten, nicht schwer war. Der Ober=
rabbiner war der Meinung der Frau Baronin, daß
Christiane als großjähriges Fräulein keinem Andern als
sich selbst verantwortlich wäre. Und Benjamin! Welche
Freude mußte es dem edlen Jünglinge machen, der
gewiß gerne dasselbe Opfer gebracht hätte, nur daß er

durch das Geschäft mächtiger an seines Vaters Willen
und Gnade gefesselt war, als Christiane, die selbst im
Falle der Enterbung am Herzen des Geliebten Ersatz
finden konnte.

Wäre es rathsam gewesen, Benjamin von dem
wichtigen Vorhaben zu benachrichtigen? Diese Frage
wurde im Salon der Baronin mit Für und Wider leb=
haft erörtert. Aber wie, wenn Benjamin, hochherzig
wie er war, das Opfer Christianens, das er aus eigner
Herzensqual als ein schweres erkannte, zurückgewiesen
und dadurch den Ausgang und den Triumph zweifel=
hafter denn jemals gemacht hätte? Wäre Christiane
dadurch nicht gezwungen worden, gegen seinen Willen
zu handeln und den Bund, der dadurch allerdings mög=
lich wurde, mit einer Bitte um Verzeihung zu beginnen?
Oder wenn gar Benjamin, angespornt durch das beab=
sichtigte Opfer Christianens, auf den Gedanken gekom=
men wäre, es seinerseits zu bringen, und dadurch ein
großes Vermögen, also die Grundbedingung künftigen
Glückes, aufs Spiel gesetzt hätte?

Nein! Baronin Jacob betonte diesen letzten Punkt
und schlug damit alle Gegengründe, die mehr aus dem
Gemüth als dem Geschäft entsprangen. Man ging zu
Werke, als hätte man böses Gewissen. Wer das Ge=
heimniß amtlich erfuhr, bewahrte amtliches Schweigen,

und die Frauen, die es als Familiengeheimniß empfingen, plauderten es nur als solches weiter.

So geschah es, daß weder Christianens-Vater, noch auch Benjamin und dessen Kreis von dem bevorstehenden Ereigniß etwas erfuhren. Im Salon der Baronin wurde bei herabgelassenen Vorhängen und unter Ausstellung von Wachtposten flüsternd verhandelt, und selbst Baron Jacob, der um seiner rücksichtslosen Zunge willen das Geheimniß keineswegs mit dem Willen der Damen erfuhr, lachte über den guten Spaß und hielt sein Versprechen zu schweigen, außer daß er in seiner Leichtfertigkeit dem Bruder Moses, Goldinens Vater, eine Andeutung hinwarf. Baron Moses spürte derselben nach und kam hinter das Geheimniß, ohne sich für dessen Bewahrung zu verpflichten.

Aber dieser intelligente und aufgeklärte Jude, der jede Religion für Betrug oder Selbsttäuschung erklärte und diesen Satz aus mehreren gelehrten Werken bewies, war weit entfernt, dem Christkinde, wie er sagte, den Spaß zu verderben. Es schadete ihr nichts, Jüdin zu sein, und vor Allem gönnte er dem alten Jesuiten Himmelmeier den Schreck und das Aergerniß. „Mein Junge," spottete er gelegentlich gegen Benjamin: „Wie stehst Du denn mit Deiner Flamme?“

„Was fragst Du noch?“ so wies Benjamin den Onkel ab. „Du weißt, wie der Vater denkt.“

„Der Vater? Ich dachte, es käme nur darauf an, wie das Mädchen denkt.“

„Sie mag noch so verständig denken, ein Mädchen kann nun einmal nicht nach ihrem Willen handeln.“

„So? Kannst Du's denn?“

„Wer weiß das? Ich ertrag's so lang' ich kann, und wenn's damit aus ist, so werde ich vor nichts zurückschrecken, was der Augenblick von mir verlangt.“

„So? Am Ende Meschummed werden?“ lachte Baron Moses. „Alle guten Geister stehn Dir bei, Junge, wenn der Vater Dich auf dem Gedanken ertappt! Und das sag ich Dir: Von mir kriegst Du nichts.“

„Das soll mich schrecken?“

„Bewahre! Du nimmst das Scherflein Deines Herrn Schwiegervaters, gründest ein Paar neue Millionen und wirst Mitglied der Gesellschaft zur Christianisirung des Capitals.“

„Jedenfalls werd' ich mir zu helfen wissen.“

„Zu helfen wissen! Das ist ein frisches, fröh=
liches Wort, und das sagst Du mit solchem Neophyten=
gesicht, als wärst Du beinahe Paulus. Hör', Du denkst
doch nicht im Ernste daran?"

Benjamin schwieg, und Moses wußte, was dies
Schweigen bedeutete. Sogleich regte sich der schalkhafte
Teufel in ihm. Er drang in den Neffen, und dieser,
seit langer Zeit durch Zweifel und Verschlossenheit ge=
peinigt und mittheilungsbedürftig, gestand, daß er die
einleitenden Schritte zu seinem Uebertritt in die pro=
testantische Kirche bereits gethan habe.

„Du bist ein Narr!" lachte Moses. „Wegen des
blondhaarigen Fräuleins in Deiner Familie Scandal
zu machen! Du machst den Unsinn rückgängig, Du ver=
sprichst es mir, sonst kann lieber Dein Vater das letzte
Wort mit Dir reden."

„Ich bitte Dich, Onkel, behalte bei Dir, was Du
mir abgelockt hast. Die Sache ist Dir ja persönlich
ganz gleichgiltig, also kümmere Dich nicht darum. Du
besserst nichts, und wenn der Vater heute und hier in
Berlin den Schritt verhindert, zu dem ich entschlossen
bin, so thu' ich ihn morgen und anderswo."

„Gut, ich gebe Dir bis morgen Bedenkzeit."

Fort ging Onkel Moses; denn er konnte sein Lachen
nicht mehr verbergen. Der Spaß war zu prächtig! So

etwas geschah nicht alle Tage und vermochte den abge=
welkten Spötter wohl aufzustacheln. Wenn die Komö=
die nur gut in Scene ging, so war das der ergetzlichste
Scandal, der jemals ein Judenherz begeistert, und eine
Rolle darin zu spielen, sicherte fast Heine'sche Unsterb=
lichkeit. Der alte Rath, der so eifrig gegen die Juden
zu Felde zog, durch seine eigene hellblonde Tochter ge=
narrt, der alte Stockjude, der ihn wegen seiner gottlosen
Ansichten geschulmeistert, durch seinen eigenen Sohn über
die Nichtigkeit aller religiösen Flausen belehrt — dieses
Schauspiel durfte der Gegenwart, durfte besonders
dem scandalsüchtigen Humor des frivolen Juden nicht
verloren gehen.

Wenn nur die eine vollendete Thatsache nicht Fein=
din der anderen wurde! Wenn nur die Taufe Ben=
jamins nicht die Aufnahme Christianens überflüssig
machte! — Vielleicht ließ sich hier etwas thun, vielleicht
lag hier die Rolle, die für den lachenden Teufel Moses
bestimmt war. —

Benjamin erschien am folgenden Morgen ziemlich
gelassen. Daß der Onkel ihn dem Vater verrathen
könnte, machte ihn nicht übermäßig besorgt. Er kam,
ihn abermals um Schweigen zu bitten, damit ihm keine
neue Schwierigkeit entstände. Schwieg er nicht, nun,

vielleicht wurde der Vater zur Nachgiebigkeit bewogen, wenn er die Entschlossenheit des Sohnes wahrnahm.

„Du wirst dem Vater doch nichts sagen, Onkel?"

„He? Vernünftig geworden?"

„Nein, ich bleibe bei meinem Vorsatz; aber sei Du vernünftig. Du weißt, mit dem Vater ist nicht zu reden."

„Du bist ein Narr, sag' ich nochmals. Aber ich habe mir's überlegt und will nichts damit zu thun haben. Was geht's mich an! Thu was Du verantworten kannst. Aber wenn es schief geht, das sag' ich Dir, so laß mich in Ruh. Nun, und wenn geht das Geschmadde*) denn los?"

Benjamin bezeichnete den Tag, der für seine Taufe bestimmt war. Ihm war's leichter gemacht worden, als der armen Christiane. Er hatte einen gewissen Superintendenten aufgesucht, einen rechten Eiferer, der keine Gelegenheit vorbeiließ, sich auszuzeichnen. Diesem hatte er seinen inneren Drang erklärt, der christlichen Gemeinschaft anzugehören, auch die Geschichte seiner Bekehrung mit ebensoviel Vorsicht wie Wahrhaftigkeit angedeutet. Der Superintendent gab, in der Hoffnung, der junge Mann werde bei seinem Entschlusse verharren, Manches

---

*) Taufe.

zu bedenken; aber da Benjamin nach kurzer Zeit eine ziemlich gründliche Prüfung bestand, so hatte jener gegen den ausgesprochenen Willen des jungen Mannes keinen Einwand mehr, und der Tag der feierlichen Handlung war nun festgesetzt worden.

„Hm — ich bin begierig, was der Alte sagen wird." So entließ Baron Moses seinen Verwandten und zog hinter ihm vor Lachen die Beine an den Bauch.

An demselben Tage noch erschien er im Salon der Baronin, wo man den Taufschmuck der jungen Jüdin eifrig berieth. Denn im Palast Kaschauer sollte sie geschmückt werden, nach der Aufnahme dahin zurückkehren, Benjamin von dem gebrachten Opfer benachrichtigen und in Gemeinschaft mit Allen die weiteren Schritte berathen.

„Nun, was für Massematten?" So trat Baron Moses lachend unter die wortreichen Frauen. „Ist das Geschäft gemacht?"

Die Damen erschraken. „Welches Geschäft?" fragte die Baronin.

„Nun, mit der Firma Benjamin und Christiane. Macht keine Flausen; ich möcht' auch dabei sein."

Es half nun kein Leugnen. Man schalt auf Baron Jacob, der den Verräther gespielt und gab sich mit

der Versicherung zufrieden, daß wenigstens Moses nicht
weiter geplaudert habe.

„Also wenn geht's los?"

„Noch unbestimmt," hieß es.

„Macht's am Sonnabend Vormittag, wenn's sein
kann. Ich verreise morgen, komm erst Sonnabend zu=
rück, und Montag muß ich nach Riedheim."

Aus Rücksicht gegen den Schwätzer, der etwas zu
verschweigen hatte, versprach man was er wollte, und
so fand denn am bezeichneten Tage Christianens Auf=
nahme in die Synagoge statt. Die Damen von Ka=
schauer und einige Herren waren zugegen, Baron Moses
aber nicht. Er saß in seinem gewohnten Weinhause in
der Nähe der Börse und drückte nur das grinsende Ge=
sicht an die Scheibe, als die Wagen vorbeifuhren.

Ungefähr zu derselben Stunde wurde denn auch
im Beisein einiger christlichen und judenchristlichen, vor
Allem verschwiegenen Freunde, die erst an demselben
Morgen ins Vertrauen gezogen waren, an Benjamin
Kaschauer die feierliche Taufhandlung vollzogen, in wel=
cher er auf Grund seiner Kenntniß der Apostelgeschichte
den Namen Paulus annahm.

Aus der Kirche fuhr Benjamin im stattlichsten
Wagen bei dem Cultusrath vor, schickte aus Besorgniß
abermaliger Abweisung eine Karte voran mit dem hasti=

gen Bleistiftzuge: „Seit einer Viertelstunde Paulus," und trat schnell darauf vor das Antlitz eines glücklichen Vaters, der sich mit Tabak zu umwölken vergaß.

Der Rath umarmte Paulus, vergoß beinahe Thränen, bat ihn um Verzeihung, daß er ihn verkannt, indem er, obwohl ohne den geringsten Zweifel an seinem vortrefflichen Charakter, ihn einer Selbstaufopferung nicht für fähig gehalten habe. Er rief seine Frau und hieß sie errathen, was geschehen sei, und da sie nichts errathen konnte und nur über des Gemahls gute Laune und Benjamins Gegenwart verwundert war, so stellte er sich im Schlafrock mit ausgebreiteten Armen nebst Tabakspfeife und verklärtem Antlitz wie zur Himmelfahrt auf und rief: „Seit einer Viertelstunde Paulus!"

Die Räthin konnte nur Ach! sagen. Dann sollte Christiane kommen; aber Christiane war nicht zu finden. Ihr Kammermädchen hatte sie fortfahren sehen, und Paulus mußte den Eltern überlassen, ihr Kind von seinem Glücke, dem nun nichts mehr im Wege stünde, zu benachrichtigen.

Er fährt nach Hause und findet auf seinem Pulte Christianens Brief: —

Mein theurer Benjamin!

Es ist vollendet! Mein Herz schwelgt in unendlichem Jubel! In dem Hause Deiner Verwandten, um=

geben von ihren beifallsfrohen Gesichtern, schreibe ich
Dir! Seit einer Stunde sind unsere Herzen unauflös-
licher denn jemals vereinigt, und die einzige Schranke
niedergeworfen, die doch nur für die Welt, nicht für
uns vorhanden war! Ich komme soeben aus dem Tempel des Gottes, den Du verehrst! den wir zusammen
anbeten! Ich gehöre seit einer Stunde der Gemeinschaft Israels an! Was sind mir alle Gefahren, die
mich bedräuen! Was gilt mir der Fluch der Eltern!
Verstoßung! und ewige Trennung von denen, die mir
das Leben gaben und es mir unerträglich machen wollen!
Abtrünnig von meiner Religion, wage ich auch von dem
Willen meiner Eltern abtrünnig zu sein! Und kann ich
ihre Verzeihung nicht erlangen, so werde ich dennoch
glücklich sein, mich an Deinem Herzen zu beruhigen,
Du Einziger! Komm! Eile an das Herz Deiner Braut,
die Du hoffentlich ewig lieb behalten wirst!

Ich nenne mich mit meinem andern Vornamen

Josepha!

— — — — — —

Benjamin versuchte später, als der Gold- und
Silberstrom seines Lebens beruhigt hinfloß, und an
dessen Ufern behäbige Stiere wiederkäueten, den Eindruck zu schildern, den jener Brief auf ihn gemacht
habe. Er wußte die Darstellung der Sachlage bis zu

dem Augenblicke peinlichster Spannung vortrefflich zu-
zuspitzen. Sobald es aber galt, seinen Zuhörern zu
erfüllen, was er versprochen und ihnen ein rechtes Abbild seines damaligen Seelenzustandes zu geben, so
schwanden ihm die Worte, und eine plumpe Armbewe-
gung über den Kopf hin mußte die Betäubung andeu-
ten, der er damals für eine Minute erlag.

Aber nur für eine Minute. Die eine Faust noch
im verwirrten Haar und mit der andern den Brief
ballend, stürzte er hinter den Schreibtisch seines Vaters
und schleuderte ihm mit dem übermäßig starken Ausruf: „Da hast Du es!" den Papierball auf eine Ambi-
tions-Säule.

Der Vater warf einen erschrockenen Blick auf seine
Nullen, von denen einige verlöscht waren, und einen vor-
wurfsvollen auf seinen Störenfried von Sohn. Dann
griff er nach dem Briefe.

Sein Auge öffnete sich und gewährte einem Strom
freudiger Ueberraschung Eingang. „Prächtiges Mädchen!" rief der Alte, der des Schmollens ernstlich über-
drüssig geworden war.

„Herrliches Mädchen — ja!" rief Benjamin.
„Aber — das kommt von Deiner Hartherzigkeit, die
nicht nachgeben wollte, bis es nun zum Aeußersten gekommen ist!"

„Was giebt's denn? Ich glaubte, diese Nachricht
müßte Dich in tollen Jubel versetzen; denn Du weißt,
ich halte mein Wort. Mag die Cousine einen Andern
haben! Ein Mädchen, das trotz ihrer blonden Haare
so vernünftig und entschlossen handelt, ist meines Sohnes
und seines Vermögens würdig."

„Wir sind das Gelächter der Welt! Denn — ich
habe dasselbe Opfer gebracht!" —

Damit stürzte Paulus fort und ließ seinen Vater
in ähnlicher Betäubung zurück, wie solche kaum erst von
ihm selbst gewichen war.

Fort zu Christianen! — Sie hatte seine Ankunft
nicht abgewartet. Durch seine Taufzeugen, denen nach
vollendeter Feierlichkeit anheim gestellt worden war, zu
reden so viel sie wollten, war die wunderliche Post in
den Palast Kaschauer, in den Salon der Baronin ge=
drungen und hatte einen Schreck in die Gesichter der
Gnädigen gezeichnet, daß die Eumeniden schwerlich
ausdrucksvollere gehabt haben. Einige der Damen tob=
ten, andere lachten, einzelne bissen in ihre Taschentücher.
Thora fuhr tief gedemüthigt nach Hause. Sie ge=
dachte der Unterredung ihres Lehrers mit Erich vom
Ried. —

Paulus im Galopp seiner schönen Pferde weiter
zu Christianen, zu Josepha! Er fand sie in Thränen,

den Vater wüthend, seine Tabakspfeife zerbrochen, die Mutter händeringend. Ein Concert von Naturlauten ließ die Wände wiederhallen. Josepha-Christiane warf sich Paulus-Benjamin allerdings an die Brust und gewann Fassung; für die beiden Andern aber gab es vorläufig keine Beruhigung.

Als der Sohn sich endlich rücksichtsvoll entfernt, fuhr der Alte rücksichtslos vor und wurde eingelassen, weil man vom gegenseitigen Meinungsaustausche das Austoben des Sturmes und Rettung vor den Sarkasmen der Welt hoffte. Anfangs lebhaft, allmählich gelassener, tauschte man seine Beschwerden aus und beschloß zuletzt, um weiteres Unglück, mit dem Josepha gedroht hatte, zu verhüten, auch die Kinder auszutauschen.

Erst als der Abend erschien, war die Angelegenheit so weit geordnet, daß die Verlobten auf der Ruhebank im Palmenhause saßen, sie noch roth von Thränen, er noch blaß von der Erschütterung.

Im Salon nebenan aber klirrte scharfer Wortkampf. Jacob sollte Schuld haben und vertheidigte sich mit Allem was man an ihm Humor nannte, bis die Damen in sein Gelächter einstimmten. Ferner trug Moses die Schuld; denn er hatte den Unfug so recht in Scene gesetzt. Man schickte nach ihm; aber er war allerdings verreist. Endlich löste sich der Streit in Thee und Witz

auf. Die Geschichte galt für eine „satyrische Illustra=
tion zur Religiosität der Jetztzeit", und der Skandal,
der ja übrigens ganz anständig war, insofern die höchsten
Fragen dabei in Betracht kamen, war geeignet, das
Haus Kaschauer für acht Tage in Aller Mund zu
bringen und die freie Presse zu beschäftigen. —

Während der folgenden Tage rümpften die Damen
Kaschauer ihre Nasen voltarianisch von den Karossen
herab. —

X.

Thora's Nachricht an Erich ging diesem erst am Sonntage früh zu. Sie bestand aus zwei Theilen unter verschiedenem Datum; der erste Theil war vom Sabbath vorher.

Lieber Herr vom Ried!

Ich bin eine Theilnehmerin an Ihrem Glück und Unglück geworden, und weiß nicht wie das kam. Ich fühle mich in den Kreisen, die mich doch über zwanzig Jahre umgaben, mehr als jemals fremd, und habe ich auch liebe Freunde gefunden, die mir das Gefühl der Verlassenheit durch ihre wohlwollende Gesinnung überwinden helfen, so ist Ihre Person, Herr vom Ried, und Ihr Schicksal doch in dieser Zeit so stark in den Vordergrund getreten, daß ich meine, ich hätte für nichts Andres Theilnahme. Sie werden sich das leicht erklären, und werden wissen, daß der Hauptgrund in dem Unrecht liegt, das ich Ihnen und den Ihrigen von

Seiten meines Hauses bereitet sehe. Ich aber will nicht stehen auf der Seite der bösen Gewalten in dieser Welt, sondern der guten. Ich will dem Lichte dienen, nicht der Finsterniß. Ich sprach Ihnen von einem Unglück, das Ihnen bevorstünde. Ich war außer mir, als ich das sagte. Ich hätte es Ihnen vorenthalten sollen; denn wie Sie zu Joseph Sternberger gesprochen haben, können Sie gegen das drohende Unheil nicht viel unternehmen. Und doch, wenn ich verheimlichen sollte, was zu meiner Kunde gekommen ist, so würde ich glauben, einen Verrath wider Sie zu begehen, der mir so gütig gesonnen ist, und der Besseres verdient, als man ihm bereitet.

Erfahren Sie denn, was ich Ihnen mitzutheilen habe, und was mir schwer aus der Feder geht.

Ich fand gestern ein Blatt mit einigen Zeilen von der Hand des Baron Jacob, das mein Vater nachlässig verstreut hatte. Mit Weglassung einiger Bezeichnungen, aus denen ich, weil sie in unsrem Kreise oft ausgesprochen werden, auf die Herren vom Ried mit Sicherheit schließen konnte, lauteten die Zeilen: „Mit den Herren ist es bald zu Ende. Komm morgen Abend, um Näheres zu erfahren. Du wirst hinreisen müssen.“

Diese Worte hielt ich zu andren, die seither in

meiner Gegenwart gesprochen wurden, und wußte, daß Ihnen irgend eine Entscheidung zum Unglück bevorstünde. Mein Entschluß, Sie darauf vorzubereiten und Ihnen, wenn möglich, vollständige Kunde zu verschaffen, war bald gefaßt. Ich habe eine bange Stunde durchlebt, um meinen Entschluß auszuführen. —

— Hier brach der Brief ab. Der zweite Theil war mit dem Tage der Bestellung bezeichnet: —

. Während ich nachsann, wie ich Ihnen das Schlimme mittheilen sollte, trat die Mutter ein und hätte meinen Brief beinahe entdeckt. Aber ich weiß seit einiger Zeit, daß man das Gute selten unvermischt mit dem Argen zu thun vermag, und täuschte die Gute, der ich verdanke, was an mir gut ist, und die vielleicht mit mir handeln würde, wenn ich sie auf eine so harte Probe stellen dürfte. —

Seit dieser Störung habe ich kaum Ruhe gehabt, innere noch weniger als äußere. Die Mutter rief mich zu jenem Fräulein Christiane, jetzt Josepha, die Ihnen nebst meinem Vetter Benjamin, jetzt Paulus, die Veranlassung zu einem so ernsten Gespräche mit meinem Lehrer Oswald gab. Wie anders dachte ich schon nach jenem Gespräche über diesen Herzensbund, der nur durch Religionswechsel zu vermitteln war, und jetzt wie eine Satire auf alle ähnlichen Bündnisse dasteht. Sie

haben doch auch erfahren, welchen Ausgang diese Ange=
legenheit genommen hat? Die Stadt ist voll davon.

Was habe ich gelitten! Wie habe ich bereut, daß
ich jenen Entschluß des Fräuleins gut hieß und fördern
half! Sie schloß sich mir am meisten an, weil wir
dem Alter nach einigermaßen zusammenstimmten und ein
gegenseitiges Verständniß schon dadurch erleichtert wurde.
Ich habe vor Begeisterung über dieses heldenmüthige
Herz geweint! Ich habe in ihrer Gesellschaft an=
dächtige Stunden verlebt; denn meine Bewunderung
war der Andacht verwandt.

Und nun, wie entweiht ist Alles! Wie verhöhnt
fühle ich mich in meinen besten Empfindungen!

Verzeihen Sie, Herr vom Ried, daß ich von Ihrer
wichtigen Angelegenheit abschweife. Aber ich will ja
nicht von mir sprechen, sondern über Heiligthümer, die
auch Ihnen wichtiger als Geschäfte sind.

Werden Sie glauben, daß man in meiner Um=
gebung die Gotteslästerung, die mit jener leichtfertigen
Auswechselung der Bekenntnisse begangen wurde, nicht
gewahr wird? Höchstens bei den zunächst Betheiligten
veranlaßte die ungewöhnliche Wendung eine Art von
Bestürzung, die aber mehr nach dem Spott der Leute,
als nach der eignen sittlichen Einbuße fragte. Die
minder Betheiligten aber behandeln die Sache wie einen

Schwank und nehmen daraus keine andre Moral, als daß der Zufall auch aus den ernstesten Motiven eine Posse machen kann. Und noch etwas Schlimmeres! Mein Vater selbst ist, so zu sagen, der Regisseur dieser Posse! Weit entfernt, das Aergerniß, da es eben noch rechtzeitig zu seiner Kenntniß kam, zu hintertreiben, hat er vielmehr das Seinige gethan, um den Spaß wirksam zu machen, und hat, wie man sich ausdrückt, ein gutes Zusammenspiel zu Stande gebracht.

Und nun haben die beiden Liebenden, für deren Schicksal ich so viel Antheil hatte, die Tage, die ihnen als glückliche vorschwebten, mit einer tragi-komischen Schnurre begonnen, die mit spöttischem Gesicht durch den Ernst und die Weihestunde ihres künftigen Lebens blicken wird! Ich aber — nachdem ich ganz in meiner Nähe selbst die Religion entwürdigt sah — wo finde ich etwas Unentweihtes, um daran festzuhalten und meine Seele zu bilden? —

Genug davon! Ich könnte Ihnen noch lange klagen; aber der zweite Bogen, den ich nehme, erinnert mich daran, daß dieser Brief ja für eine Mittheilung bestimmt war, die mir nun wichtiger scheint als alles Andre. Ich knüpfe dieselbe also an den ersten Theil meines Briefes an. —

Sobald ich von Ihnen geschieden war, Herr vom Ried, begab ich mich in das Haus meines Onkels, des Baron Jacob. Durch das Hofthor und über eine Treppe, die den großen Stallungen gegenüber liegt, gelangt man in eine Kammer neben dem Wärmehause, die der Gärtner zu seinen Arbeiten benutzt. Ich weiß, daß Baron Jacob geschäftliche Unterredungen, die er geheim zu halten wünscht, gerne nach dem Diner beim Kaffee in diesem Wintergarten vornimmt. Der Tisch steht an einem kleinen Springbrunnen ganz in der Nähe der Kammerthür, und da diese hinter Grotten= werk und Schlingpflanzen verborgen ist, so vergißt man sie gänzlich. Auch darf man wohl sicher sein, daß niemand sich bis zu dieser Thür vorwagen würde, wenn nicht etwa ein vorwitziges Mädchen, das sich schämt, dieses Geständniß niederzuschreiben.

Ich hatte die Zeit fast versäumt, sonst aber nicht fehlgerechnet. Die Herren waren in voller Unterhaltung, und ich hörte deutlich, daß es sich um einen Mißgriff handelte, der von dem General vom Ried begangen wäre und ihm leicht seine hohe Stellung kosten könnte. Er soll, um auf die Börse zu wirken und unsrem Hause einen empfindlichen Schaden, sich aber großen Vortheil zu bereiten, gewisse politische Nachrichten verbreitet haben, für welche man seine hohe Stellung als Bürgschaft

annehmen durfte. Da ich in der Politik des Tages
nicht sehr bewandert bin, so habe ich die Einzelheiten
nicht genau erfassen können. Ich erfuhr aber, daß die
Beweise für die Mißgriffe des Herrn Generals sich in
den Händen meiner Verwandten befinden, und daß
dem Redacteur des Riedheimer Boten bereits Anweisung
ertheilt ist, die Thatsachen zu veröffentlichen.

Was soll ich Ihnen weiter sagen, mein unglück=
licher Freund? Soll ich Sie bitten, sich zu beruhigen?
Das arme Wort bittet nicht; aber wenn ich Sie wieder=
sehe, will ich versuchen, was meine arme Person mit
ihrer Bitte vermag.

Ich müßte nun schließen; aber ich vermag es
nicht, so lange mich das Bewußtsein peinigt, als ver=
hehlte ich etwas.

Daher bitte ich um etwas Andres, das Sie mir
leichter gewähren können. Machen Sie keinen Versuch,
meine Verwandten zur Unterdrückung der Thatsachen,
die ich ihnen angedeutet habe, zu überreden. Ich
könnte es nicht ertragen, wenn Sie durch Selbstüber=
windung nur Demüthigung erkauften. Denn was ich
keinem Andren sagen würde als Ihnen: Meine Ver=
wandten haben diesen Ausgang vorhergesehen, voraus
berechnet, und es fehlt nicht viel, so glaube ich, sie
haben den Herrn General durch allerlei Gaukelspiel

zu dem Versehen, dessen er beschuldigt wird, veranlaßt.
So viel meine arme Seele erkennt, ist für Sie nichts
zu thun übrig, und ich verzeihe mir daher auch die
wenigen Tage Aufschub, die ohnehin, wie ich Baron
Jacob sagen hörte, bis zur Klärung der Sache hingehen
würden.

Das ist es, was ich Ihnen mitzutheilen habe.
Noch bedenke ich Vieles; aber ich weiß nicht, wie ich
das schreiben soll. Sagen könnte ich's besser. Ich
möchte nur noch Eins für mich erbitten: Sobald Sie
mich zur Mitwirkung an Ihrem Wohle für fähig halten,
dann berufen Sie mich durch irgend einen der Freunde,
die ich Ihnen als zuverlässig rühmen darf. Und wenn
ich nicht dazu ausersehen bin, so lassen Sie über Ihr
Befinden wenigstens nicht in Besorgniß Ihre treuer=
gebene Thora. —

Erich war erschüttert. Er hatte Verlust, vielleicht
Armuth erwartet; Verbrechen, Erniedrigung, Schande
nicht.

So schirmt ihr also, dachte er, so schirmt ihr die
Ehre eures Hauses und erhöht seinen Glanz, ihr Edlen
vom Ried! Es giebt keine andre Ehre mehr als
Börsenglück, und keinen Glanz, als den des Juden=
goldes! Die Unbescholtenheit des Charakters, die
Fleckenlosigkeit der glorreichen Waffe sind im Range

gesunken! Auch dir, stattlicher Ohm General, kam das Bewußtsein deines Adels und deiner Würde nicht wieder, wenn der Zufall, du Sieger in drei Schlachten, deine hohe Gestalt, prächtiger noch im Rocke des Kaisers, neben jene kurzen, bauchschweren Abrahamssöhne stellte, die den Kopf in den Nacken werfen, um erhaben zu sein und ihre Stattlichkeit von einem dicken goldenen Uhrgehänge entlehnen! Wie kamst du nur, stolzer Mann, der in jungen Jahren — und heute noch den Wagehals niederstäche, der dein Kleid besudeln wollte, wie kamst du dazu, mit dem Elbogen an einen Geld= juden zu rühren, ohne auszuspeien, und zum Börsen= diplomaten zu werden unter Mißbrauch deines glän= zenden Amtes! Ist denn wirklich Alles was sonst für weihevoll und edel galt, so entweiht und erniedrigt, daß der Pöbel das Recht hat, den Herren auf die Fersen zu treten? Ist die Religion dem Spott ver= fallen, und die Ehre dem Hohn? Dürfen die Söhne des Orients uns fragen: Wo ist euer leibhaftiger Gott, zu dessen Ehre ihr uns Jahrhunderte lang verfolget? Und was wollt ihr haben, daß ihr nicht mehr von eurer Ehre sprecht? —

Und was sollte der junge Gelehrte, dem sich die grauen Haudegen so überlegen dünkten, unternehmen, um die drohende Schmach abzuwenden oder zu ver=

ringern? Ach die Familienehre war ein Phantom! Ein Einzelner aus dem Hause konnte sie durch eine Unbesonnenheit vernichten, und die Ehrbarkeit der Andren reichte nicht aus, sie herzustellen. Keine andre Ehre steht in unsrer Macht und darf daher als solche gelten, denn nur die persönliche. Erich wollte den unfruchtbaren Versuch, für die Familienehre einzutreten, nicht mehr unternehmen. Eine andre Frage war, ob dem General, der ja sein Glück auf das Geld gesetzt hatte, durch Geld zu helfen wäre.

Ueber diesen Gedanken kam Erich, Thora's Brief noch in der Hand, zur kühlen Fassung zurück. Sofort fragte er bei seiner Mutter an, welche Summen für den bringlichsten Fall bereit, und wie viel demnächst flüssig zu machen wären, und als die Antwort eintraf, theilte er dem Ohm General mit, wenn Geld ihm helfen könne, so stünde die und die Summe dann und dann zur Verfügung.

Des Generals Antwort lautete: „Es hilft nichts. Aber komm nach Eschenheim."

Nun trieb eine Vorahnung, die der nüchterne Forscher vergeblich als Einbildung zurückzuweisen suchte, ihn mächtig dahin, wohin man ihn berief. Er warf einige Zeilen an Thora hin und sandte sie zur Beförderung an Joseph Sternberger. Dann hieß er

Christian, der mit Briefen eintrat, das Nothwendigste einpacken und zur Bahn schaffen, während er selbst noch in den Geschäftsräumen erschien, um seine Stellvertretung anzuordnen. Auf dem Wege zur Bahn fuhr er noch bei seinem Vater vor, konnte aber nur eine Karte mit einigen englischen Worten abgeben.

Als er heraustrat, stand Thora verschleiert neben seinem Wagen, und indem sie ihm die Hand bot, sagte sie hastig: „Ihr Vater ist bei uns, und Baron Jacob auch. Es hat in Gegenwart meiner Mutter einen heftigen Wortwechsel gegeben, und der Herr Oberst warf dem Onkel vor, daß er den General verleitet und dann verrathen habe. Ich weiß nicht, ob er Recht hat. Auch hat er schreckliche Drohungen ausgestoßen, für den Fall, daß vor völliger Aufklärung etwas über die Angelegenheit in die Oeffentlichkeit bringen sollte. Die Mutter erzählte mir nur so viel und eilte wieder hinein, um Onkel Jacob, der sehr laut wurde, zu beruhigen. Da kam Joseph Sternbergers kleine Botin und brachte mir etwas Stickwolle, die ich angeblich gekauft hatte, und darin Ihre Zeilen. Ich danke Ihnen für die Nachricht, indem ich hieher komme.“

„Ach Thora! Die Guten müssen zusammenhalten, um sich über diese elende Welt zu trösten.“

„Ja, Herr vom Ried, die Guten müssen zu=
sammenhalten.“

„Sie sind eine der Besten, Thora, und ich werde
Sie nie vergessen.“

„Leben Sie wohl, Herr vom Ried!“ rief Thora
mit versagender Stimme, und als Erich schon im Wagen
Platz genommen. „Und was Sie auch dulden, theilen
Sie es mir mit, daß ich es mit Ihnen trage. Es ist
der einzige Trost, daß man ein Herz für Andre hat.“

Noch ein Druck der Hand, kein Wort. Der
Wagen fuhr ab. —

Der Zug brachte Erich am folgenden Tage mit
sinkender Sonne bis zur Station Riedheim. Schnee
lag hoch auf den Bergen und tief im Thal, und
die Schornsteine stachen schwarz von dem weißen
Grunde ab. —

Die Mutter hatte durch den General erfahren,
daß er Erich berufen habe und erwartete ihren Sohn.

„Der General ist schon da, blaß und verstört.“
So flüsterte Frau Hedwig beim Empfange. „Er ist
nach seiner Ankunft sofort auf sein Zimmer gegangen
und hat nichts hören wollen, bat nur, ich möchte Dich
hinaufschicken, sobald Du kämest.“

Erich warf einen Blick nach dem Fenster. Da
erschien in ungewissem Lichte das blasse Gesicht des

Generals und eine winkende Hand. Erich eilte hinauf und fand den Mann, wie die Mutter gesagt. Die sieghafte Gestalt hielt sich empor, aber die Züge erschienen in der Dämmerung, die der Schirm einer Lampe warf, wie die eines Sterbenden.

„Willkommen, Junge. Gut daß Du kommst."

„Ohm Erdmann, guter Ohm Erdmann! Was ist denn nur geschehen?"

„Frage nicht, Junge. Dein Ohm ist zum Schurken geworden, und daran ist nichts mehr gut zu machen. Sage kein Wort. Ich habe Dich noch sprechen wollen. Denn eigentlich bist Du noch der einzige ehrliche Kerl unsres Namens."

„Ohm Erdmann! Ich bitte Dich, sage mir die geringste Kleinigkeit von der Geschichte, die ich kaum kenne. Es ist ja doch möglich —"

„Schwatze nicht, Junge!" rief der General barsch. Dann nach einer Pause sanfter: „Glaubst Du denn, ich weiß nicht was ich thu'? Höre, was ich Dir zu sagen habe. Du bist der Einzige von uns, der reine Hände hat. Daher kann ich keinen Andren brauchen als Dich."

Er setzte sich an den Schreibtisch und deutete auf Papiere, die im Scheine der Lampe lagen. „Du schriebst mir von Geld, das für mich bereit ist. Ich weiß,

Deine Mutter giebt's, das gute Weib, und ich habe nicht die Stirn, mit ihr darüber zu sprechen. Hier etliche Rechnungen und Mahnbriefe. Stecke Geld zu Dir, geh nach Wien und bezahle. Die Hälfte von dem was bereit ist wird genügen.' Noch einige Briefe hab' ich zu schreiben, auch an den Kaiser. Du findest sie morgen."

„Ohm Erdmann! Was hast Du vor?" rief Erich voll Entsetzen.

Der General sah ihn scharf an. Seine Augen blitzten voll im Lichte der Lampe. Dann stand er auf und trat in den Schatten, dicht an Erich heran. „Ich will Dir's sagen. Ich werde mich diese Nacht todt= schießen. Aber ein Schuft, wenn Du es Einem ver= räthst. Ich habe Dir gesagt, daß ich zum Schurken geworden bin. Nun weißt Du, Unsereins kann zwar zum Schurken werden, aber nicht drei Tage als solcher leben. Was sagst Du?"

Erich schwieg.

„Nun also geh."

Erich warf sich dem General an die Brust.

„Mach nicht so viel Aufhebens. War ich nicht schon einmal halb todt bei Sadowa? Lebe Du weiter und halte Dich rein von dem was Du Judengold nennst. Du hast Recht gehabt. Nun geh."

Der General verstand zu gebieten, Erich mußte gehorchen. Er erschien wieder bei seiner Mutter und sagte ihr, welcher Summe der General benöthigt wäre. Diese entnahm sie aus ihrem Schreibtisch und führte den Sohn zu einem Mahle, das unberührt blieb. —

Bis gegen Mitternacht war Frau Hedwig mit ihrem Sohne beisammen. Sie suchten einander durch Gespräche zu zerstreuen, dann schwiegen sie. Erich stand auf und wandelte im Saal, die Mutter schlummerte ein wenig. Nach Mitternacht fuhr sie mit einem Schrei empor, Erich sprang ihr bei. Es war nichts; sie hatte einen Schuß zu hören geglaubt. Sie beruhigte sich bald.

„Weißt Du, Erich," sagte sie nach einer Pause, „der General wird sich diese Nacht erschießen —"

„Mutter! Mutter!" Erich stürzte ihr zu Füßen und barg sein Gesicht in ihren Schooß.

„Sei stille, wir dürfen ihn nicht hindern. Ihr Männer vom Ried dürft nicht ehrlos leben."

Wieder stille war's.

„Horch — da!" flüsterte die Mutter. Erich hatte nichts gehört.

„Es ist geschehen."

Erich eilte hinauf. Des Generals Diener war erwacht und kam verstört herbei. Die Lampe im Vor= zimmer brannte noch.

Auf dem Bette lag der General, schön und stattlich, als hielte er Rast im Felde. Seine rechte Hand war ausgestreckt und hielt das Pistol, mit dem er sein Haupt zum Tode verletzt hatte. —

XI.

Die Bestattung des Generals vereinigte zum großen
Theil die Familie vom Ried. Außer der Wittwe, welche
plötzlich aufgehört hatte, eine fröhliche, sorglose Sol=
batenfrau zu sein und still dasaß; außer den Brüdern
und sonst Verwandten, auch aus dem Hause Hohenried,
hatten einige Kameraden des Hingeschiedenen das
winterliche Thal aufgesucht, vielleicht solche, die einen
ähnlichen Ausgang ihres eigenen Daseins befürchteten.
Dann auch ein hoher Offizier aus der Umgebung des
Kaisers, der den Verwandten die Versicherung über=
brachte, daß seine Majestät den Mißgriff, dessen sich
nach einem umlaufenden Gerüchte der General schuldig
gemacht, durch den freiwilligen Tod des sonst so ehren=
haften Mannes für versöhnt erachte und Anordnungen
getroffen habe, den Namen des Todten vor öffentlichen
Verhandlungen zu bewahren.

Durch ein Cabinetsschreiben an die Witwe, das während der Bestattung eintraf, fügte der Kaiser jener gnädigen Mittheilung noch hinzu, daß die Hauptsummen, mit welchen der General seinen Gläubigern verpflichtet geblieben wäre, auf die kaiserliche Kasse angewiesen seien. Diese Gnade beschränkte das Opfer der Frau Hedwig vom Ried auf einen verhältnißmäßigen Betrag persönlicher Schulden und benahm dem Hause Kaschauer abermals den Triumph, die Eschenheimer ihrer letzten Mittel beraubt zu sehen.

Stumpf an Antlitz und Benehmen erschien der Oberst, vornehm abwehrend der Präsident und Herr von Thorneck, Silvane mit einem Firniß von Trauer über dem lustigen Gemüth, das sich verbarg wie die weiße Brust unter dem Flor.

Im Gartensaale stand der Sarg. Die kalte, rauhe Schneeluft sah durch die Fenster; denn die Reben des Sommers lagen in Strohbetten mit Ziegeln belastet wie unter Leichensteinen, und hoher Schnee darüber. Die Polster standen unbehaglich an den Wänden, die Teppiche waren fortgenommen, und aus dem Steingetäfel des Bodens stieg eisiger Athem auf, als käme er von dem Todten. Es wehte kalt um den Sarg her und um den stillen, schönen Mann, der im schlichten Soldatenkleide darin rastete. Kein Schmuck war an ihm, als für ein soldatisches Auge und ein ehrbares Herz die kleine Wunde, die man mit dem grauen Haar nicht ganz zu bedecken vermocht.

Keine Zweige noch Blumen; selbst der mit Blut erworbene Lorbeer war fern. Der Hingegangene hatte ihn in wenigen Zeilen an Erich ausdrücklich abgewiesen. Auf einem Tische zu Häupten lag der Sargdeckel, da= rauf Helm und Schärpe in kaltem Glanze, und von einem schwarzen Sammetkissen blinkten die Ehrenzeichen wie Sterne in winterlicher Neumondsnacht.

Erich trat ein, um den Saal für die Trauergäste zu öffnen. Sein Schmerz wurde kalt in dem eisigen Raume, und mit starrem Herzen sah er dem Todten in's Angesicht.

Da beugte sich über dessen bleiche Stirn der ernst= hafte Kopf Silvanens, und ihre Goldhaare streiften über das Wundmal. „Wie schön er aussieht!" begann Silvane.

„Fluch über sie, die dieses Bild schändeten!" stieß Erich durch die Zähne hervor.

„Der Frost durchschauert mich, ich habe den Tod davon." Silvane zog das schwarze Tuch um den Hals und ging.

„Hüte Dich!" sagte Erich.

Einer der hohen grauen Soldaten trat herein, ein

anderer kam dazu. Sie warfen schnelle Blicke auf die
Wunde, flüsterten etwas und gingen fort.

Der Oberst kam, seufzte und ging.

Der Präsident kam in seinem feierlichen schwarzen
Frack, umwandelte den Sarg und ging.

Im Vorgemache standen die Gäste in Erwartung
des Geistlichen, und durch die stattliche Gesellschaft
drängte sich die kleine schwarze Gestalt des Doctor Ju=
dassohn. Er warf den schlechtgekämmten, goldbrilligen
Kopf mit einer Dreistigkeit umher, die einem gefürchteten
Journalisten so wohl ansteht, unterwarf Alles seiner
lächelnden Prüfung und stieß an die Degengriffe der
Generale, die großäugig auf ihn herabsahen. Mit hin
und her zuckendem Kopfe drang er vor, als wäre er
hier Gebieter, und blickte drein, als wollte er sagen:
„Benehmt euch anständig, denn ich bin die öffentliche
Meinung."

Als Erich seiner gewahr wurde, begab er sich in die
Nähe des Sarges, und als Doctor Judassohn, den Hut
auf die Lende gestemmt, Miene machte, die Schwelle zu
überschreiten, streckte jener ihm mit gelassener Abwehr
die Hand entgegen.

Doctor Judassohn prallte mit gespreizten Fingern
und gekrümmten Elbogen zurück, und mit seinem Hute
dreimal gegen die Brust schlagend, sagte er: „Wie,

Herr vom Ried? Mich weisen Sie hinaus? Warum
weisen Sie mich hinaus?"

„Das sollen Sie draußen erfahren. Kommen Sie!"
flüsterte ihm Erich zu, und der kleine schwarze Doctor
folgte ihm mit trotziger Nachgiebigkeit.

Draußen sagte Erich: „Sie kennen das deutsche
Bahrrecht oder doch jene Stelle der Nibelungen: Die
Wunde des Erschlagenen blutet, wenn der Mörder
herantritt?"

Der Doctor verstärkte den Ausdruck weltbeherr=
schender Ironie, der seinen Zügen durch Identification
mit Heine und Börne eingewöhnt war, und brach in
einen Ausruf spaßhaften Erstaunens aus.

„Beruhigen Sie sich," sagte Erich gelassen. „Ich
weiß, Sie dürfen nicht tödten. Aber jener Mann ist
Ihrem Stamme und seiner Sendung zum Opfer ge=
fallen, und so drängte sich jener altfränkische Gedanke
in mir auf, als ich Sie zu dem Sarge treten sah.
Uebrigens bedarf es für mein Verfahren keiner Erklä=
rung. Ich habe das Recht Sie fortzuweisen, wo ich
Sie nicht sehen will."

„Herr Baron, ich bin der Doctor Judassohn."

„Ich bedaure, die Ehre Ihrer Bekanntschaft nun
zu spät zu haben."

„Ich werde Ihr Verfahren in dem Blatte geißeln, dessen Chefredacteur ich bin."

„Thun Sie das, und fügen Sie dem funkelnden Artikel, welchen der Gegenstand verspricht, hinzu, daß die sogenannte freie Presse, wie sie sich im Kopfe eines Milton darstellt, sehr ehrwürdig ist."

„Ich werde gehen und werde schreiben!" tobte der Doctor, aus unwillkürlicher Ehrerbietung barhaupt trotz der Kälte, und seinen Hut wie zum Gruße schwenkend, enteilte er. — Erich trat ins Haus und half den Sarg verschließen.

Auf die Stufe aber trat der greise Pfarrer von Roggenau mit schwanenweißem Haar und frischem Gesicht, Einer von jener Tafelrunde der weißen Frau. Er hatte Erich bekümmert angeblickt, als dieser ihn um seine priesterliche Mitwirkung gebeten, und hatte sie zugesagt, ohne über den Tod des Generals zu sprechen. Sein Blick haftete an dem verwaisten Helm und Degen, während die Trauergäste sich sammelten, und wie es stille ward, machte er mit der einleitenden Formel die gegenwärtige Handlung zum Gottesdienst und sprach:

· „Es ist ein halbes Jahrhundert her, als noch unser Thal grün, und der Himmel heiterer als heute war, da blickte das Auge eines schönen, fröhlichen Edelknaben durch die Blüthenzweige im Garten dieses Hauses,

und die Männer, denen es zu Theil wurde, die Reg=
samkeit seines Geistes zu beobachten, weissagten ihm ein
rühmliches Leben. — Und nach einem Jahrzehnt war
der edle Knabe vor den Augen des Zeugen, welcher
spricht, ein Jüngling geworden, der bereits die Waffen
des Kaisers trug. Er war schön und hochherzig, und
der Kreis derer, die auf ihn hofften und seiner froh
waren, hatte sich erweitert. Aber die Welt um seine
Wiege und seine Jugend verdüsterte sich, und Schatten
lagerten sich auf seine Stirn, wenn er im Jägerschmuck
die entweihten Wälder durchstreifte. Und abermals nach
einem Jahrzehnt, da trug er den Lorbeer des Sieges,
der noch für etwas Großes und Heiliges gilt unter den
Leuten, weil sie auf der Erkenntniß erster Stufe sind
und nicht völlig wissen, was gut und böse sei. Hoch
stand dieser Mann durch die Gnade seines Herrn und
Kaisers, und sein Geist war gereift und hatte dessen,
was man von ihm erwartet, einen Theil erfüllt. Aber
als wir ihn begrüßten bei seiner Wiederkehr aus den
Schlachten in der festlichen Halle der Heimat, da sahen
wir nicht mehr das klare Auge des Knaben, noch des
Jünglings sinnige Stirn, sondern den herben Zug der
Weltkenntniß um seine Lippe. Wir sahen den schwarzen
Schatten, der Gottes Welt verdüstert, auch über seine
glänzende Gestalt geworfen, und prüften wir, ob nicht

unfer Auge ihn felber verwandelt, weil unfere Seele
felbft vom Schatten befangen wäre, ja da empfanden
wir, es lag über uns Allen, die wir im Thale des
Riebfluffes wohnen, ein banges Vorgefühl zukünftigen
Unheils. Ein arger Geift hatte Umzug gehalten in
unferen Häufern, und die ftillen guten Geifter des
Fleißes, der Genügfamkeit, der Einfalt, des Behagens
verfcheucht. Er ging prächtig einher und lockte Viele,
daß fie ihre guten Hausgeifter felbft verjagten, und was
das Schlimmfte war, er rühmte fich der Geift der Zeit
zu fein und überredete damit Viele. Er fchmeichelte
den Leuten mit dem was er Freiheit nannte und Bil=
dung und Wohlftand, und blendete die Augen auch
vieler Klugen, daß fie nicht erkannten, wie folche Frei=
heit mit dem Elende, folche Bildung mit der Frechheit,
folcher Wohlftand mit dem Lafter inniger, als es fonft
Erbengefchick war, zufammenwuchs. Sie fahen nicht,
und theilhaft an den Gaukelfpielen und Wollüften, mit
denen der fremde Geift lockte, wollten fie nicht fehen,
wie immer größere Schaaren der Mitbrüder dem Elende,
das ift der leiblichen Armut und der fittlichen Dürftig=
keit, verfielen, während die Herolde, die mit Pofaunen
vor den Triumphen des fiegreichen Geiftes hergingen,
aus · der Herrfchaft diefes Königes die Erhebung und
Fortbildung des Menfchengefchlechtes verkündeten. Ach

es folgten Viele dem Rufe dieser Posaune und dem Rade des Zeitgeistes, Viele als Schreier, Viele als Bettler, Viele gefesselt, Viele mit den Häuptern im Staube, zermalmt von dem Rade und geschleift längs der staubwallenden Bahn des Triumphes. Von diesen aber waren Wenige geopfert, weil sie sich gegen das rollende Rad gestemmt hätten, aber Viele, weil sie zu begierig nach dem Rauschgolde griffen, das an seinen Speichen haftete. Von solchen Opfern ruht hier eines, das aus dem Lärm jenes Triumphes an diese stille Stätte gerissen ward, um zu sterben. Er wurde erschlagen auf dem Gipfel seiner Pracht, als er nach eitlem Zierrat griff, um dem Ruhme seines Hauses, seines Namens, seiner Thaten einen so geringen Schmuck hinzuzufügen. An ihm erkennen wir als an einem unleugbaren Beispiele die Wirksamkeit des Zeitgeistes, die ja den Meisten unter blinkendem und verheißendem Flitter verborgen bleibt, oder dem durchschauenden Urtheil doch bestritten werden kann; und der Blick der Männer, die ihn in seinen Wandelungen sahen, erkennt mit Schrecken die Gefahr, welcher auch das Edle, das sittlich und geschichtlich Befestigte in unserer Zeit ausgesetzt ist, das Herrliche, das auf den Schwingen der That und des Verdienstes schon über das Bedürfniß und das Elend der Massen hinausgestiegen war. Warum muß das so

sein? Wir dürfen einander nicht aufrufen gegen den
fremden Geist, der uns unterwirft; denn er ist mächtig
und gefährlich geworden. Wir müssen uns getrösten,
daß sein Sieg mit der Vernichtung der sittlichen Welt
enden und sich in sein Gegentheil verkehren werde, und
daß durch die Nothwendigkeit des Seins, der Wieder=
geburt und Erneuerung, die in den Schöpfungen Gottes
waltet, auch die sittliche Menschenwelt wieder zu ihrem
Bewußtsein und zur Anwendung ihrer einfachen Satz=
ungen gelangen werde. Denn ich habe gedacht, daß nur
unter diesen Satzungen glückliche Heimkehr möglich ist
nach gefährlicher Irrfahrt durch eine Welt, die der Er=
kenntniß und Erholung so wenig Augenblicke vergönnt,
des Irrthums und der Rastlosigkeit so viele Jahre über
uns sendet! O es ist kein Trost in dieser stolz hin=
fahrenden Gegenwart, und des Trostes, der dem Prie=
ster und seinem Amte zur Spendung an die Guten ge=
währt ist, habe ich zu wenig, um euch zu geben. Wende
sich wer sich noch bemüthigen kann in hoffärtiger Zeit
an die große Kraft, die er, je nach seiner Schule,
anders nennt und verehrt, und suche da jeder den Trost,
den ihm diese als Gott gedachte Kraft zu Stande bringt!
Ich aber, der einen Augenblick gewandelt ist in der
Welt und Viele sah abfallen und wiederkehren, ich beuge
mich vor Ihm, der war und ist, der auch aus dieser

Hülle den edlen Geist zu sich berufen hat und ihn zur Aufnahme in sich und sein ewiges All würdig befinden möge!"

An seine Rede schloß der Ehrwürdige ein Gebet und beugte damit die Häupter der Anwesenden wie sein eigenes.

„Wohl mir," dachte Erich, „daß ich jenen fort= wies, den Einzigen, der hier ohne Verständniß geblieben wäre!" —

Die Träger legten Hand an den Sarg. Die Frauen gingen in ihre Gemächer. Draußen im nieder= flockenden Schnee waren bald die Füße des todten Ge= nerals, und sein Haupt und der Helm darüber. Alle seine Ehren und Ehrenzeichen gingen geräuschlos mit ihm. —

Während aber der Sarg in das Gewölbe sank, schwoll in der Schreibstube des Riedheimer Boten ein schwarzer, zerfahrener Kopf von einer glänzenden Gift= geburt, und die entbindende Feder verkündete der Welt, die der Schreiber sich sehr weit vorstellte, von dem Hoch= muthe eines verkommenen Junkerthums, das noch an der Bahre seiner in Schwindel untergegangenen Opfer nicht von der verrotteten feudalen Gewohnheit lassen könne. Der Journalist ließ sich Bier bringen, um seine Darstellung mit mehr als gewöhnlicher Schärfe zu

würzen, und gab den gleichgesinnten Blättern den Stoff zu
jenen widerwärtigen Entstellungen und endlosen Meinungs=
äußerungen, unter denen sie das Schicksal des Generals
der Oeffentlichkeit vorwarfen. —

Als Erich in seinem Zimmer anlangte, um sich
gemäß dem Willen des Bestatteten zur Abreise nach
Wien zu rüsten, fand er einen Brief von Thora, der
unter dem frischen Eindruck des Drahtberichtes geschrie=
ben war.

Woher kamen dem Mädchen, daß doch demselben
Stamme angehörte, wie jener, den Erich ausstieß, und
wie die Anderen, deren Geist und Gold zur Todten=
feier dieses Tages mitgewirkt, woher kamen ihm die
Zauberworte, um die wehmüthige Weihe des Festes zu
erhöhen und dem trauernden Manne das Wohlgefühl
heranzubringen, das dem Guten aus der Theilnahme
eines anderen Guten erwächst? —

Und wie sollte das werden? Wo gerieth Erich
mit dem Mädchen hin, dessen Andenken in ihm täglich
fester wurde, und dessen Eigenschaften, auch die äußer=
lichen, ihm den innigsten Antheil abgewonnen hatten?
Heute, da nach schlimmer Entscheidung für kurze Weile
Beruhigung eintrat, hatte er Gedanken für die Zukunft
seines Herzens und für das andere, das sich ihm anschloß.
Wie sollte es werden! Er war nicht frei von dem

Selbstvorwurf, daß er jenes Mädchen mächtig angezogen. Er hätte es zurückweisen, hätte ihm begreiflich machen sollen, daß keine Gemeinschaft bestehen dürfe zwischen ihm und einem Gliede jenes Stammes, der seines eignen Daseins Wurzel und Erdreich unterwühlte. Aber Thora's Eigenschaften fesselten ihn zu mächtig und entfernten sie so weit aus dem Kreise Derer, die Erich vermied, daß er von der Neigung für sie unvermerkt, und damit unabänderlich, erfüllt war.

Hatte er sie denn lieb? Gewiß, sagte er sich. Es hätte ihm tiefen Schmerz bereitet, sie zu verlieren, sei es durch den Tod, oder durch unüberwindliche Trennung, oder durch die unvermuthete Erkenntniß, daß sie nicht besser als hundert Andre wäre. Er hätte für Thora viel thun, viel wagen mögen, fast so viel wie für seine Mutter.

Aber auch der Gedanke kam, der bei einem Bunde zwischen Mann und Weib nicht ausbleiben kann: Ob es möglich wäre, sein Dasein mit dem ihren zu vereinigen.

„Nein!" rief er und weckte sich damit aus seinen Gedanken. Er wandelte im Zimmer und kam zur Klarheit. Könnte er sie mit der Wurzel aus ihrem Boden lösen wie eine Blume und in sein Haus zu liebevoller Pflege tragen — ja dann! Aber sie durfte von dem

Boden, in dem sie erwachsen war, kein Stäubchen mit=
bringen, nimmermehr! —

Auch dachte ja Thora nicht daran! Sie war eben
ein Wesen, das mit einem Manne Freundschaft pflegen
konnte wie mit Seinesgleichen, oder wie ein anhäng=
licher, strebsamer Jüngling mit einem Manne wie Erich.
Thora war nicht eine von jenen liebebedürftigen Dirn=
chen, die schnell ans Heirathen denken. Thora war
glücklich, daß ihr jüdisch Herz als ein ächtes gutes
Menschenherz erkannt und werth gehalten war. Thora
war eine erhabene Seele, deren Hingabe nicht der einer
dreimal aufgebotenen Jungfrau glich. Sie hatte von
einem Manne wie Erich kein bedenkliches Urtheil zu be=
fürchten, wenn sie ihm Vertrauen zeigte, ihm schrieb,
ihm rieth, ihm half, mit ihm trauerte und Theil=
nahme für ihr eigenes Leid verlangte, das in einer
Seele wie Thora's empfindlicher denn sonst in Mädchen=
seelen zittert.

Nein! Erich brauchte um das Ende nicht zu sor=
gen. Thora war keine Mücke, nach dem Lichte der
Liebe zu flattern und dann zu vergehen. Sie konnte
sich, um ihm zu folgen, auf keinen Irrpfad verlieren.
Und wenn —? Nun, so war Erich festen Herzens,
um sie sicher zu führen. —

Sein Vater trat unerwartet ein, bleich, etwas be=

treten. Er suchte unsicher nach einem Anbeginn der Rede. „Du gehst nach Wien?" fragte er.

„Ja, Vater, morgen früh."

„Du gehst die Schulden des Generals zu bezahlen und brauchst unerwartet wenig. Die Mutter sagt, Du habest Alles zur Verfügung."

„Der Name des Verstorbenen ist unser Name. Es giebt vorläufig nichts Dringenderes, als seine Ehren=rettung in einer Zeit, da man ihn häufig nennen wird. Die Gläubiger sind benachrichtigt."

„Ich bin der Ansicht auch. Natürlich bin ich der Ansicht. Habe ich nicht selbst die Ehre und das An=sehn der Familie vor Augen? Aber es ist ja nicht nöthig, etwas zu übereilen. Die Gläubiger wissen, daß sie ihr Geld haben werden."

„Ich glaube nicht, Vater, daß man eine Sache wie die des Generals selbst mit der größten Hast übereilen kann."

„Höre, und Du wirst anders urtheilen. Ich habe in Berlin an der Börse Differenzen auszugleichen. Meine Verpflichtungen sind dringend, und das Geld steht mir in dieser grauenvollen Zeit nicht so schnell wie sonst zu Gebote. Es steht viel auf dem Spiele, Credit, Zu=kunft, ehrlicher Name, Alles. Die Summe, die Du hast, reicht hin, mir das Fehlende zu verschaffen. In acht Tagen empfange ich aus einem Geschäft, das ich Dir nennen will, das Doppelte, vielleicht das Dreifache, und dann ist noch immer Zeit, dem General und der Mutter gerecht zu werden."

„Nein, Vater."

„Du weisest mich also kurz ab?"

„Wär' es mein Geld," rief Erich außer sich, „und hätte ich jeden Gulden mit einem Blutstropfen erworben — hier wollt' ichs vor Dir hinschütten. Aber das Geld gehört einem Todten, der es mir anvertraut hat und seinen Befehl nicht zu widerrufen vermag."

„Ich gebe Dir Gewißheit. Komm nach Berlin, Du sollst in das Geschäft Einsicht nehmen."

„Nein, Vater. Ich bitte Dich, verlaß Dich nicht auf solchen Gewinn. An uns Edlen vom Ried haftet kein Judengold."

Der Vater ging unwillig. Erich preßte die Stirn auf die Brieftasche, die vor ihm lag. —

XII

Die Anbeter des beclamirenden Sternes, meistens kleine schwarze Herren mit großen Blumensträußen auf Drath und mit einem Gefolge von kunst= und champagner= liebenden Baronen, vermochten, obwohl sie Alles für käuflich erklärten, nicht Alles zu kaufen. So gelang es ihnen trotz kostspieliger Anstrengung nicht, für die be= rühmte Künstlerin, die nur aus Liebe zur Kunst auf= trat, die Berufung zu einem Gastspiel bei der Hofbühne auszuwirken, dem ohne Zweifel feste Anstellung und damit ein neuer Zeitraum in der Entwickelung der hauptstädtischen Schaubühne und Toilette gefolgt wäre.

Den Stern an den Himmel der norddeutschen Kaiserstadt zu stellen, war längst der Wunsch der Ver= wandten, der Anbeter und des Edlen Wolfgang vom Ried. Je mehr aber die Aussichten auf die Hofbühne für den laufenden Winter schwanden, desto lebhafter wurde die Begier, sich an derselben durch die einfache Thatsache

zu rächen, daß Fräulein Clara Sonnenburg auf einer
Bühne bisher zweiten, dann ersten Ranges erschiene.

Da nun die wohlhabende Künstlerin durch ihren
Vertrag wenig gebunden war, so löste sie sich unschwer
aus ihren Verpflichtungen und nahm von dem Publikum,
das sie nach Aussage der freien Presse und nach dem
Urtheile der Klatschbande vergötterte, mit großer Rüh=
rung und dem Versprechen baldigen Wiedersehens Ab=
schied.

Am Tage, als mit der Schaubühne zweiten
Ranges Abkommen getroffen war, daß die berühmte
Künstlerin als Deborah auftreten sollte, hörten Geister=
ohren ein Rasseln und Rascheln in verschiedenen
Schränken der Barone, und Tags darauf wurde von
den meinungschaffenden Zeitungen — allerdings mit
Hinweis auf unleugbare Thatsachen — verkündigt, daß
das Hoftheater längst aufgehört habe, eine ächte Kunst=
anstalt zu sein, daß eine andre Schaubühne ihm durch
Bestrebung und Leistung bereits den Rang abgelaufen
und diese Wahrheit auf's Neue bewiesen habe durch
Berufung des Fräuleins Clara Sonnenburg, der ersten
oder doch einer der ersten Künstlerinnen ihrer Zeit, die
zudem aus reinster Liebe zur Kunst, höchstens noch aus
etwas Ruhmbegierde, oder in dem löblichen Bestreben
ihr Pfund nicht zu vergraben und dem deutschen Volke

eine neue Zierde zu gönnen, sich zu Melpomenens Priesterin geweiht habe. Dieses unerschöpfliche Lob mit dem unerschöpflichen Reichthume deutscher Sprache ausgestattet, verfehlte durch die großen Lettern, in benen es gedruckt war, seine Wirkung auf jene Gemüther nicht, die gerne jedem Drucke nachgeben. Die göttliche Clara, die unter den Federn ihrer kritischen Anbeter von einer Jüngerin der Melpomene zur Muse selbst wurde, die sich aber außerhalb der Tageblätter noch lieber die schöne Clara nennen hörte, war sammt ihren Roben ein Modeartikel, bevor sie noch aufgetreten war, und wurde von der Klatschbande und ihren Nacheiferern empfangen, bevor sie eine Silbe verkünbigt hatte. Der Hohn auf den Gott der Liebe gelang vortrefflich und verdoppelte die Zahl ihrer Anbeter. Die maßgebenden Urtheile, gegen welche die wenigen abweichenden nicht in Betracht kamen, erklärten benn auch das erste Auftreten der Künstlerin in jeder Beziehung für ein großartiges und erfreuliches Ereigniß, mit dem ein neuer Zeitraum für die hauptstädtische Schaubühne begonnen habe. Die jüdischen Kaufmannsfrauen, und in ihrem Gefolge die gelbhabenden oder gelbheuchelnden Offizierdamen, gingen oder fuhren hinter ihr spazieren, um sich an ihrer Toilette ein Muster zu nehmen und ihr zum großen Leibwesen der Männer nachzueifern.

Einen Zopf zu kaufen wie die Sonnenburg ihn hatte, wurde der Ehrgeiz vieler Damen aus dem Frauenvereine, der seine Begründung der hausfräulichen Sparsamkeit verdankt.

Diese Thatsachen mit ihren Wirkungen vollzogen sich für die junge Kaiserstadt innerhalb der wenigen Tage, da Erich vom Ried seinen Ohm begrub und dessen Schulden bezahlte. Er kam zurück, als das Sonnenburghütchen Mode geworden war, eine Art von kleinem Sammetmörser, der mit einem Paradiesvogel, zwei Stechapfelblüthen und drei Schleifen nebst Silberschnalle auf dem Gipfel eines fußhohen Zopfturbans schwankte und besonders braunen Damen vortrefflich stand.

An demselben denkwürdigen Tage spielte Clara den Don Carlos. Sie spielte ihn in der That; denn es war nicht anzunehmen, daß Jemand etwas Andres als die Eboli sehen wollte. Die Künstlerin schickte ihren werthesten Bekannten Karten, und es befanden sich Silvane und ihre Mutter unter den Auserwählten. Es war dies auf Anstiften Ferdinands bereits das zweite Mal, und Silvane, die dem Verbote des Vaters das erste Mal nachgegeben hatte, bemühte sich bei der zweiten Sendung desto nachdrücklicher, der Einladung der berühmten Künstlerin zu folgen. Sie hatte diesmal

leichteres Spiel, weil der alte Vater kränklich, die
Mutter zur Nachgiebigkeit geneigter war. Da diese
den Gemahl nicht verlassen durfte, so stellte sie der
Tochter die Bedingung, sich einer befreundeten Familie
anzuschließen, und da Silvane in der Eile keine auf=
treiben konnte, die gerade an diesem Tage für ein
Theater zweiten Ranges gestimmt war, so fuhr sie bei
Baron Moses vor, um die Bekanntschaft mit Baronesse
Goldine zu erneuern und vielleicht ihre Begleitung zu
finden.

Baronin Moses nahm die junge Edeldame freundlich
auf. Auch Thora freute sich, das schöne Mädchen wie=
derzusehen, und man fragte nicht, warum man sich so
lange gemieden habe. Als Silvane ihr Bedauern
äußerte, daß sie den Einladungen der ausgezeichneten
Künstlerin nicht folgen könne, da der Vater unpäßlich,
die Mutter dadurch an das Haus gefesselt wäre, so
erklärte sich die Baronin sofort für glücklich, Silvane
hinzuführen, und diese, kunstbegeistert, fand nicht genug
Ausdrücke des Dankes für das angenehme und über=
raschende Anerbieten.

Die Mutter erfuhr, daß Silvane die beiden
Damen in einem berühmten Waarenlager angetroffen
und ihren liebenswürdigen Vorschlag aus Höflichkeit
nicht hätte verwerfen können. Die Mutter war anfangs

unzufrieden, schließlich zufrieden, und der Vater erfuhr, daß Silvane für den Abend zu ihrer Freundin von Possenheim eingeladen wäre.

Der Abend und der Erfolg gingen mit Beifall, Blumen und Begeisterung geschäftsmäßig von Statten. Herr Ferdinand Kaschauer erschien unbefangen, als hätte er niemals die Bekanntschaft eines Militairbeamten gemacht, in der Loge der Damen, und Silvane war glücklich, ihn mit dem schwunghaften Wurfe eines Blumenstraußes für seine göttliche Schwester, die Muse, zu beauftragen. Nichts war natürlicher, als während einer Pause die Erfrischung der Vorhalle aufzusuchen, wo die Unterhaltung zwangloser von Statten ging, und wo alsbald ein hübscher kleiner Diener mit einem duftigen Blättchen vor Silvane erschien. Die große Künstlerin gedachte darin mitten in ihrem Triumphe. der süßen Silvane, die sie von der Bühne aus wohl bemerkt, und bat sie nach der Vorstellung in ihrem Gasthofe zu erscheinen, wo sich ein ausgewählter Kreis der vertraulichsten Freunde zusammenschließen werde.

Silvane war entzückt von dem Fernblick in ein freieres Leben, als es ihrer heißen Jugend vergönnt war. Doch zweifelte sie, ob sie die Einladung annehmen dürfte und gedachte ernstlich ihrer Eltern. Ferdinand führte vor ihr eine Pantomime auf, die mit

rührender Grazie zu erkennen gab, daß er nicht wage
zu erbitten, was er ersehnte, und Silvane machte zu=
letzt ihre Zusage von der Frage abhängig, ob auch
Baronin Moses und Baronesse Goldine zu den aus=
erwählten Freunden gehörten.

Die Baronin hatte sich noch nicht entschlossen; doch
war Silvanens Wunsch ein hinreichender Grund, ihren
Entschluß zu beschleunigen. Thora schwieg und wurde
nicht gefragt. Der kleine Diener ergriff die Zusage
frisch wie sie von den Lippen kam, und Ferdinand ath=
mete auf, leuchtenden Auges und mit einer Geberde,
als sagte er: „Ich habe dich geprüft.“

Im weiteren Verlaufe des Abends hatte Silvane
noch oft Gelegenheit, der Baronin für die Freundlichkeit
zu danken, mit der dieselbe sie in eine so verlockende
Welt einführen wollte. Die Baronin erklärte mehr=
mals, daß sie glücklich, und dann auf’s Nachdrücklichste,
daß sie überglücklich wäre; aber als der Wagen vor
dem Gasthofe hielt, erinnerte sie sich zu ihrem Schrecken,
daß sie der Baronin Jacob ihren Besuch versprochen
habe. Es blieb nichts übrig, als Thora mit der Füh=
rung Silvanens zu betrauen, und diese glaubte der
verheiratheten Frau, daß sie keiner andren Führung
bedurfte.

Die Baronin rief den beiden Mädchen zu, daß

der Wagen zur Verfügung sein werde und fuhr von
dannen. Jene traten in eine Reihe von Zimmern, von
denen eins mit festlichen Zurüstungen prunkte, andre
in röthlichem Schatten lagen.

Der die Damen empfing war kein Andrer als
Ferdinand, und die Erkenntniß, wie Fischlein Silvane
seiner Angel zuschwamm, verlieh ihm Feuer und Be-
redtsamkeit. Er sah, daß seine Mühe, Silvane zu gewinnen, insoweit diese sich selbst angehörte, nicht vergeblich sei, und diese Aussicht steigerte seinen Eifer in
Verfolgung des Zieles. Er stimmte sich zu den gewal-
tigsten Accorden, und seine Rede brauste über den Angelegenheiten des Tages und der Ewigkeit hin, als
wäre er der Demiurg über einem Chaos von Ideen
und Mißbräuchen. Seine Augen sprühten, und die
kurzen Haare, welche die halbhohe Stirn scharf be-
grenzten, schienen sich vor Begeisterung zu sträuben.
Thora schauderte bei stillem Vergleiche mit Erich, aber
Silvane sah einen gewaltigen Mann.

Die Künstlerin rauschte triumphirend herein. Ihr
folgte der kleine Diener und die Zofe Channa, deren
Gesicht beim Anblick Thora's freudig aufblitzte. Die
beiden Dienenden waren fast verborgen hinter den
Drathsträußen, die sie trugen, und der Thürsteher des
Gasthofes ging zweimal ab und zu, um den Rest her-

beizuschaffen. Die aufgespießten Blumenleichen wurden, ungeachtet des bereits eingetretenen Verwesungsduftes, zur Belastung mehr als zum Schmucke der Tafel verwendet.

Nur einen auserwählten Strauß trug die Künstlerin, es war Silvanens. Sie ließ ihr Sternenlicht freundlich auf das bescheidene hübsche Christenkind nieder. Dieses Licht war verklärt von dem wohlgelungenen Beifall dieses Abends und von einer Erwartung, die noch verschwiegen blieb.

Man setzte sich zu Tische, wo ein Platz überflüssig erschien. Als die Gläser vollgeschenkt waren, rasselte es ein wenig im Vorsaal, und herein flog in voller Uhlanenpracht Wolfgang vom Ried.

Der Anblick seiner Cousine setzte ihn ein wenig in Verlegenheit. Aber die große Künstlerin machte Schritte zu ihm, und nachdem sie ihm ein Wort zugeflüstert, sagte sie laut: „Der Vetter Silvanens braucht sich keinen Zwang anzuthun. Das ist eine freie, künstlerische Seele, erhaben über die sinnlosen Formen, mit welchen die sogenannte Welt sich einzwängt.“ Und damit gab sie beide Hände hin, vertiefte einen berauschten Blick in Wolfgangs Auge und eilte dann mit beiden Händen auf Silvane zu, um sie an's Herz zu drücken.

Zwei Minuten später traten die Diener mit neuen Schüsseln ein, und der Stern ging ans Werk wie ein Komet, von dem man fabelte, daß er Weltkörper verzehre, und mit jener unbefangenen Genüßlichkeit, die an jüdischen Frauen häufig zu bemerken ist.

Ueber der Mahlzeit ruhten die Wogen der Liebe auch in dem Ocean, der in Wolfgangs Brust Raum hatte, während Ferdinand jeden Bissen mit dem Salze seines weltbürgerlichen Humors und dem Pfeffer seines berühmten Witzes würzte, wodurch Silvane mehr zum Lachen als zum Essen kam. Das Elternhaus, der kranke Vater, die harrende und in Ausflüchten erfinderische Mutter waren ihrem Gedächtniß entschwunden, und die Woge des kostbaren, verfälschten Weines, die stärkere, betäubende der funkelnden Rede versenkten, verschlämmten immer tiefer die Perle seiner Jungfräulichkeit, das Erbtheil der Frauen aus dem Hause Derer vom Ried.

Thora saß mit Zittern und Zagen, von Ferdinand bespöttelt, von den Uebrigen mit Mißtrauen betrachtet, und hatte nur ein ängstliches Lächeln zur Unterhaltung beizutragen. Sie dachte an Erich und sein Urtheil, wenn er sie hier sähe, wenn er sie mitschuldig an Silvanens Abweg befände. Es war ihr lieb, als beim Nachtisch noch eine kleine Person groß hereintrat und das Gespräch für den Augenblick in eine andre Bahn brachte.

Der Herr wurde durch Ferdinand vorgestellt als Doctor Judassohn, Chefredacteur des Riedheimer Boten, ein erprobter Freund des Hauses Kaschauer und besonderer Verehrer dramatischer Talente, wo sich solche blicken ließen.

„Es giebt wenige," lächelte Judassohn und spreizte die Finger über der Brust. Die Künstlerin von unbestrittenem Ruhme rief ihm, gleichsam zum Danke für die wohlverstandene Huldigung, zu: „Gut daß Sie kommen, Doctor. An Einem gerade fehlte es noch."

Des Doctors Goldbrille funkelte zu Baronesse Goldine hinüber, und seine Miene zeigte die Spannung, mit der er einen geistreichen Witz, wie er bei so feinen Neckereien üblich ist, von den Lippen der schönen Einsamen erwartete. Denn allerdings war es angenehm, wo sonst Alles gepaart schien, sich zu jenem erröthenden Mädchen zu gesellen. Goldine gelangte erst durch diesen Blick zum Verständniß von Clara's Worten und nahm sich vor, nichts zu thun was ihnen entspräche.

Der Doctor erhielt seinen Platz neben Goldinen, berichtete dieser, daß er in Sachen des Riedheimer Boten in der norddeutschen Hauptstadt anwesend wäre und nahm am Nachtisch Theil. Die Flaschen gefälschten Weines verdrängten einander mit den übersprudelnden Zinnköpfen, die man auch Silberhäupter nennt, und da die Unterhaltung immer höher in die Soffiten aufstieg oder in Cloaken versank, wo das Deutsche nicht mehr recht fortkann, so rief man das Französische zu Hilfe. Das Gelage wurde durch Pariser Accent und Esprit veredelt; denn Alle waren sie in Paris gewesen und hatten Pariser Bonnen gehabt, bessere als die Grafen Blitzthum und Schmarrenheim, die nur Schweizerinnen gehalten hatten.

Wer hätte also diesem Souper etwas Böses nachsagen können? Eine Künstlerin, die erste oder eine der Ersten, ist die Wirthin, die Gäste sind Leute von feinster sogenannter Bildung, sie sprechen den Pariser Dialect und besitzen den Esprit eines Pariser Feuilleton. Sollte hier etwas Unschickliches geschehen, so erscheint es nimmermehr in der plumpen, beleidigenden, deutschen Art, sondern in feinstmöglichem Gewand und Duft, und das ist besser als deutscher Zopf und Langeweile. Denn alle Art ist gut, nur die langweilige nicht.

Und Herr Ferdinand Kaschauer, Verfasser eines gelehrten Werkes über einen griechischen Philosophen, erhob das Glas.

„Ein Hoch der wahrhaft seienden Welt des
Scheins, der wahrhaftigen Lügenwelt, die nichts Andres
sein und gewähren will als schöne Lüge, und dennoch
wirkt wie die Wahrhaftigkeit! Hoch die Comödie in
beiden Welten, in der des scheinenden Seins und des
seienden Scheins! Hoch darin die Comödianten, von
dem Gotte, der die Scheinwelt erschuf, bis zu dem
Regisseur in der·Scheune, der die Welt des Scheins in
Scene setzt! Hoch die Comödie! Hoch die Comödianten in
Allem, was man Welt, Leben und Geschichte nennt! Hoch!"

„Hoch! Hoch! Hoch!" lachte es aus dem Ueber=
maße des Behagens, jauchzte es im Ueberschwange der
Bewunderung. Wolfgang nahm diesen aufregenden
Augenblick als Rechtfertigung, seinen Arm um die Hüfte
der schönen Künstlerin zu legen. Doctor Judassohn
wandte sich verzückt an Baronesse Goldine, in Erwar=
tung, daß die Begeisterung ein schmiegsames Gemüth
schaffen werde, und rief: „Das ist Geist!"

Ferdinand neigte sein Glas zu dem schäumenden
Kelche Silvanens und schien mit gierigen Blicken von
ihrem Antlitz die Illusion der Schönheit und Jugend
einzuschlürfen, wie seine Lästerlippe den Schaum des
gelogenen Weines.

Und wie erschien er dem abligen Mädchen, dessen
leichtfertige Jugendlust durch das Gelage zur Ausgelassen=

heit gestachelt war? Ein Titan stand vor ihrer erhitzten
Einbildung und „Prometheus!" lispelte sie ihm zu.
Was war das für ein Mann, der den Namen Gottes
in's Sprudeln des Champagners hineinsprach und ihn
in Wortspielen umherwarf! Das durfte nur wer ihm
gleichstand! Ja, Silvane, Ferdinand Kaschauer ist der
Gott, den du begreifst, und wäre er's gewesen, der im
Anfang schuf, er hätte alle Seelen geschaffen wie deine!

Thora erbebte. Ist das ein Jude, der das Tetra-
grammaton GOTT so ohne Scheu aussprach und doch
an Jahve*) denken mußte? Ist er der Messias, der zu
erkennen sein wird daran, daß er in einem Athemzug
vereinigen darf jene vier Laute des Namens Gottes, die
durch die Absonderung und Sündhaftigkeit der Menschen
auseinander gerückt und selbst dem Beter in seiner Andacht auszusprechen verboten sind?

Thora erfaßte das Lispeln Silvanens: „Prometheus!"
und im Innersten empört, nannte sie wie im Traume
über den Tisch fort „Sabbatai", den Namen jenes
Wüstlings, dem die Judenwelt als dem endlich erschie-
nenen Messias anhing, der sich als Adam Kadmon**)

---

*) Dieser Name besteht in der hebräischen Schrift aus vier
Lautzeichen.
**) Der Name des Messias als des verkörperten Urmenschen
nach der lurjanischen Mystik.

mit einer Metze vermählte und als En = Sof*) mit der
Himmelstochter Thora.

„Sabbataï" — klang es in Ferdinands Ohr, als
er eben den Schaum einschlürfte. Ein Schreck flog wie
ein düsterer Blitz durch seine Züge; doch leerte er sein
Glas, und anscheinend ohne etwas gehört zu haben,
verließ er die Tafel.

Von den Anwesenden hatte nur noch Doctor Judas=
sohn eine schwanke journalistische Kunde von jenem
Sabbataï. Er hätte sich gerne mit der Baronesse in
ein Gespräch darüber eingelassen; doch mußte er dem
Sterne folgen, der sich erhob. Dieser sowohl wie auch
Wolfgang und Silvane waren zu sehr von eignen Em=
pfindungen in Anspruch genommen, um viel auf Thora
zu achten. Sie warfen nur kurze Blicke der Befrem=
dung über sie hin.

„Was meint sie?" fragte Wolfgang, als Clara
sich an seinen Arm hing, und begnügte sich mit der
Antwort: „Ich weiß nicht."

Im rothen Schatten des Nebenraumes fand sich die
Gesellschaft zusammen, jedes Paar auf besonderem Polster.
Flüsternd nahm man den Kaffee, und als der Stern
in einen noch schattigeren Nebenraum tauchte und

*) Himmelssohn.

nicht wieder hervorkam, ging Wolfgang aus, ihn zu suchen.

In einem Sessel neben Thora schlürfte Doctor Judassohn und flüsterte unermüdlich. „Wirklich Eine aus dem Riedheimer Abel, diese Baronesse Silvane? Kaum glaublich, wie die Mitglieder einer Familie so verschieden sind! Hier sitzen zwei mit voller Hingebung unter uns, und ein Andrer weist mich von dem Begräbniß fort, nur weil ich ein Jude bin."

„Ich glaube, weil Sie k e i n Jude sind," antwortete Thora gleichgiltig und blieb auf die verblüffte Frage: „Wie meinen Sie?" die Antwort schuldig.

Sie hielt die Pein nicht lange aus. Als sie Wolfgang seinem Sterne folgen sah, erkannte sie im Gedanken an Erich, daß sie hier nicht länger verweilen dürfe. Sie flüsterte Silvanen zu, ob es nicht Zeit sei, heimzufahren, und als diese noch kurze Zeit zu bleiben wünschte, gab sie eine Viertelstunde zu und suchte Channa auf, die sie in einem entfernten Zimmer fleißig bei schönen Kleidern fand. Sie kam ihr mit trübseligem Gesicht entgegen.

„Nun, Channa? Kennst Du nun die Welt und die schönen Kleider?"

„Ach Baronesse Goldine!"

„Nun was fehlt Dir noch?"

„Ich bin immer müde."

„Du hast viel zu thun, das glaub' ich."

„Aber das wäre nicht so schlimm, wenn ich nur wüßte, wo Vater und Mutter sind."

„Das kann ich Dir sagen: Sie sind hier."

„Nein doch! Hier in Berlin?"

„Ich sag's Dir. Ich sehe Deinen Vater oft."

Channa griff nach Thora's Hand und brach in Thränen aus.

„Und nach Deinem Bruder fragst Du nicht?"

„Ach der —!"

„Du bist nicht besorgt um ihn, der mit seinem Verbrechen auf der Seele umherirrt?"

„Ach Baroneffe Goldine, Sie wiffen nicht?"

„Was denn?"

„Ich soll es keinem sagen, aber Sie verrathen es ja nicht. Dob hat kein Verbrechen auf der Seele, es geht ihm gut, er ist Schreiber bei dem alten Herrn Baron —"

„Bei Baron Abraham?" rief Thora erschrocken.

„Ja, und hat prächtige Kleider und viel Gold an sich und eine Brieftasche voll Papiere. Er hat mir gleich anfangs geschrieben, als er in Berlin war, aber hat mich erst vorgestern besucht. Er geht nur Abends aus, und keiner soll wissen, was er treibt."

„Arme Channa! Auch Dein Vater nicht?"

„Wenn Sie meinen, daß es nicht schadet — Ich möchte gerne wieder zum Vater."

„Warum? Bist Du nicht zufrieden?"

„Ich habe Alles in großer Fülle und Pracht. Aber sie schilt mich albern, weil ich ein jüdisch Herz habe wie mein Vater."

„Channa, hast Du wirklich ein jüdisch Herz, so wird Dich niemand schelten, und thut es Einer, so empfindest Du es nicht. Aber Du hast um der Welt willen Dein jüdisch Herz verleugnet und Vater und Mutter verlassen, welche gut sind. Darum darf Dich Jeder albern nennen, und Du kannst nichts als darüber weinen."

Channa weinte. Thora streichelte ihr den Scheitel und ging.

Dob Sternberger war ein feiner Jüngling geworden.

Mit schnellem Blicke hatte der alte Baron seine Talente erkannt und ihn, der aus den gestohlenen Papieren ohnehin seine Geheimnisse kannte, zum Vertrauten gemacht. Als solcher trug Dob Sternberger die feinsten Kleider. Rock und Weste klafften weit über der Brust und zeigten ein Hembe mit golbenen Knöpfen und eine große Halsschleife von blauem Atlas. Das Haar war künstlerisch geordnet, eine Menge schwarzer Löckchen kräuselte sich ringsum, und das Kinn prahlte mit dem sprossenden Barte und der dahinter zunehmenden Erfahrung.

Haus Kaschauer hielt ihn durch Geld und an seinen eigenen Verbrechen fest. „Ihr könnt ruhig sein," sagte ihm Baron Jacob, als er ihn bei seinem Vater einführte. „In dem stillen Hause hier seib Ihr sicher.

Einem Gensd'armen, welcher nach Eurer Photographie
gefragt hat, gab ich das Bild eines kürzlich verstorbenen
Pferdeburschen, und das ist nun in den Zeitungen neben
den Steckbriefen, mit denen Ihr verfolgt werdet, ab=
gedruckt. Wenn sie Euch damit aufgreifen, so kann ich
nichts dafür. Haltet Euch zu Hause und seid fleißig.
Bis der Bart Euch gewachsen ist, geht nur Abends
aus; denn die Leute von Riedheim kommen häufig
nach Berlin. Wenn Ihr Euch nützlich macht und ver=
schwiegen seid, kanns Euch gut gehen. Aber sobald
wir merken, daß Ihr schwatzt, so setzen wir Euch auf
das Straßenpflaster, und Ihr mögt dann sehen, wie
Ihr mit der Welt und der Polizei fertig werdet. Ihr
habt dem alten Herrn Baron zu gewissen Papieren
verholfen. Ihr wißt was drin steht —"

Baron Jacob machte eine Pause und lauerte, ob
Dob nicht ein Wort sagen möchte, das ihn zu seinem,
statt seines Großvaters Vertrauten machen könnte; aber
Dob blickte nur verlegen zur Seite. Der Baron durfte
jetzt noch nicht fragen; er hoffte seine Gelegenheit dazu
schon wahrzunehmen. „Vor Allem haltet das geheim,"
ermahnte er, „und ertragt die Launen des alten Herrn,
bei dem Ihr einen Stein im Brett habt."

Dob lächelte blöde, und als Jacob ihn verließ,
legte er das Bein über den Lehnstuhl und ritt lustig

darauf wie ein Junge von sechs Jahren. Er wurde, so zu sagen, die Brille und die Feder des alten Barons. Er hatte ihm Briefe vorzulesen und zu beantworten, und da er eine gute Hand schrieb, so erreichte er auch darin seines Herrn Zufriedenheit. Derselbe scherzte mit ihm sehr munter und herablassend, und Dob erkannte schnell, wie sein Glück blühen könnte, sobald er dem alten Baron in allen Stücken unentbehrlich geworden wäre. Auf den letzteren Punkt richtete sich nun sein Bestreben. Die Geschäfte, in welche er Einblick erhielt, übrigens fast lauter persönliche Angelegenheiten des alten Herrn, erweiterten seinen Gesichtskreis, und er sah ein, wie viel er noch lernen müsse, um seiner Stellung zu genügen. Deshalb war er darauf bedacht sich die Kenntnisse zu erwerben, die sein Herr gelegentlich an ihm vermißte. Er schaffte sich Bücher an, mühte sich mit dem Briefstil, dem Englischen, der Buchführung ab, und nahm sich vor, sobald ein wenig Gras über seinen Verbrechen gewachsen wäre, Lehrer anzunehmen. Besondren Fleiß verwandte er auf das Studium des Handels- und des Strafgesetzbuches, worauf der alte Kaschauer ihn besonders aufmerksam gemacht hatte. —

Zu der Zeit, als das Verhängniß des Generals bevorstand, war Baron Abraham in fieberhafter Aufregung. Die Drathberichte gingen lebhaft hin und her, und Dob erfuhr, wie heftig der ewige Jude nach dem Verderben der Edlen vom Ried begehrte. Die Nachricht von dem Selbstmorde wurde von Riedheim aus an Baron Jacob gerichtet, der sie in der Frühstunde erhielt und sie von seinem Bette aus an den Großvater schickte, um dann schnell selber nachzufolgen.

Auch Baron Abraham lag noch in den Daunen, als er die Sendung von seinem Enkel empfing, und schlug sofort heftig an die Glocke, auf deren Ton Dob Sternberger zu lauschen hatte. Als er eintrat, fand er den Alten bemüht, den Umschlag der übersandten Depesche aufzureißen; aber seine vor Aufregung flat=ternden Hände brachten es nicht zu Stande.

„Lies, Dob Sternberger, lies! lies!" ächzte er ihm entgegen und hielt ihm das zerknitterte Papier hin.

Dob Sternberger las schreiend und geschäftsmäßig die Worte, die Baron Moses von Hohenried aus herzlos und geschäftsmäßig aufgegeben hatte: „Letzte Nacht hat General vom Ried seinem Leben durch einen Pistolenschuß ein Ende gemacht." —

Ein schwacher Blutschimmer durchflammte das Gesicht des ewigen Juden; dann brach er in ein schrilles Jauchzen aus, wovon die Wände widerhallten. „Herunter ist er! Der Zweite ist herunter! Wir werden sie Alle haben, Alle, Alle, den Vater — den Sohn — die Uebrigen — Alle — bevor ich sterben kann!"

Dob, welcher Verbrechen und Gewaltthat bisher mit einer fast kindlichen Unbefangenheit beurtheilt und sie lediglich für die Mittel angesehen hatte, um Geschäfte zu machen, schauderte hier zum ersten Male vor einer Leidenschaft, die sich an dem Blute und dem Verderben der Feinde sättigen wollte. Unwillkürlich trat er nach der Thür, aber der Alte rief ihn zurück.

„Wo willst hin, Dob Sternberger? Du hast zu bleiben! Schau her, Dob Sternberger!" — Er griff nach der Depesche herum, bis Dob ihm dazu verhalf. „Schau, hier steht's! So müssen wir sie Alle haben — oder noch besser — noch besser! Sie müssen uns die Füße lecken, und nachher mit sich machen was sie wollen! Wir müssen sie noch besser haben! Schurken müssen sie werden, und das Andre soll mir gleich sein! Hör' Dob —!" Er schlug in keuchender Wuth auf die Depesche: „Dieser hat mich mit der Peitsche ge= trieben wie ein Pferd. Ein Andrer ritt auf meinen Schultern und stieß mir die Sporen in die Lenden, und dieser mit seinem Bruder peitschte nach. Dieser

ist todt! Dob, wir müssen den Bruder auch herunter
haben!" —

Nun trat Baron Jacob ein, und Dob zog sich
vor ihm zurück.

„Hast gelesen?" schrie Jacob dem Großvater zu.

„Ist was Rechts!" schrie der Alte zurück. „Er ist
als Schnorrer gestorben, das ist wahr; aber er hat
seine Ehre behalten. Was hilft's, daß wir drüber
lachen, die Andren rühmen ihm seine Ehr'. Und weißt
Du, Jacob, was mir einmal der Oberst gesagt hat,
der noch lebt? Ein Jud' hat keine Ehr', hat er gesagt,
und das größte Geschenk, das dem ganzen Stamm ist
gemacht worden, ist die Ehrlosigkeit; denn unter dem
Dache, sagt' er, läßt sich am besten schachern."

Baron Jacob trat gleichgiltig ans Fenster und
sah hinaus. Er mochte wohl erkennen, wie viel Wahres
in jenen Worten lag.

„Einer ist nun in seiner Ehre gestorben," fuhr
Abraham fort, „und was haben wir davon? Die
Ehre müssen sie verlieren, wenn's sein kann, und
nachher mögen sie Gift oder Pistol nehmen, das ist
mir gleich."

„Beruhige Dich, Großvater!" rief ihm Jacob in's
Ohr. Die heftige Aufregung des Alten machte ihn
wenig besorgt. Dergleichen waren viele gekommen und

geschwunden, und wie nachhaltig die Glut der Rachsucht in diesem Aschenhaufen Abraham fortglomm, ahnte der Enkel nicht.

„Beruhigen!" keifte jener mit der Stimme eines wüthenden Weibes. „Mit dem Gelde, dacht' ich, kann man sie herunter kriegen, und wenn man sie hat so weit, packen sie ihre Ehre zusammen und gehen aus der Welt. Ich will's anders haben. Will ich blos den Wald und das Feld und den Fluß? Wir haben Alles. Eschenheim fehlt. Will ich noch Eschenheim? Will ich ein schlecht Gütchen, um eine gute Fabrik draus zu machen? Ich werd' es haben; ich kann es für Geld haben. Aber daß sie ehrlos werden, soll ich's für Geld nicht haben? Einer ist todt, aber nicht ehrlos. Schafft mir, daß sie ehrlos werden, das ganze Haus, und wenn Einer den Namen hört, daß er gleich sagt: Ah, das sind Die vom Ried, von denen Einer sitzt im Zuchthaus —"

Abraham Kaschauer vermochte nicht weiter zu keuchen. Athem und Kraft waren aus. Er klammerte sich hustend an seinen Sessel und erstickte fast. Jacob half ihm mit Wasser und Bonbons, und während er Betrachtungen über die Leidenschaft anstellte, die den alten Mann so heftig schüttelte, richteten sich seine Ge= danken wieder auf Erich und dessen Auftreten, als er

im Gartenhause von Rosenau jenem die verhängniß=
vollen Papiere abnahm. Ob nicht jetzt die Gelegenheit
da war, das Geheimniß zu ergründen, das über jener
Begebenheit noch immer waltete, und aus dem des
Alten Wuth und Rachsucht vielleicht noch besser als
bisher zu erklären war?

„Wie sollen wir das thun, Großvater, was Du
verlangst?" begann Jacob, sobald dieser sich einiger=
maßen erholt hatte. „Wir kennen ja nicht einmal
ganz genau Deine Beziehungen zu jenem Hause."

„Was willst Du?" fuhr Abraham sogleich auf.

„Als jener Erich vom Ried Dich beleidigte und
Dir die Papiere fortnahm, von denen ich nichts weiß,
hast Du mir nicht jede Auskunft verweigert? Wie soll
ich also etwas unternehmen? Um seinen Mann zu
fassen, muß man seine schwache Seite genau kennen."

„Kümmere Dich nicht um Dinge, die Dich nichts
angehn!" herrschte Baron Abraham den Enkel an.
„Wenn ich Dir etwas sagen will, so werd' ich's Dir
sagen. Vorläufig kümmere Dich um Deine Geschäfte."

Baron Jacob schwieg wie ein zurechtgewiesener
Schulknabe.

„Wie steht's mit Bonhard und der Spinnerei?"
fragte jener nach einer Pause.

„Die Sache kommt in Gang, hör' ich."

„Kommt in Gang!" schrie Abraham. „Kommt nicht in Gang! Schwindel! Herunterreißen! In zehn Blättern als Betrüger hinstellen —"

„Geschieht bereits im Riedheimer Boten, soll auch in andre Zeitungen übergehn."

„Dann ist's gut. Kannst mir den Schreiber vorstellen, wenn er nach Berlin kommt."

„Doctor Judassohn, meinst Du?"

„Wen sonst? Schreibt er über den General?"

„Ich will hoffen, daß er die Begebenheit ausnutzt."

„Ich werde ihn selbst instruiren, wenn er kommt. Guten Morgen jetzt, ich hab' zu thun. Noch Eins: Dem Obersten werden keine Wechsel mehr discontirt, das versteht sich von selbst. Wir haben jetzt Veranlassung, es ihm zu weigern."

Jacob war ungnädig entlassen, und Baron Abraham brauchte einige Zeit, um sich von seiner Aufregung zu erholen. An solchen Tagen lag er unthätig und bei herabgelassenen Vorhängen in seinen Kissen, schrie nach Schlaf und wälzte sich schlummerlos umher. Kaum nahm er etwas Speise zu sich. Ein kleines Glas starken Weines und ein Brocken Brot genügten ihm mitunter für einen ganzen Tag. Auch ließ er niemand vor, und die Diener waren zu solcher Zeit mehr als sonst in Gefahr ihre Stelle zu verlieren. Der Alte drohte sie fortzujagen, sobald er nur einen bemerkte, der seinem Lager zu nahe trat. „Der Schlingel kommt, um zu sehn, ob ich schon todt bin," pflegte er zu sagen. —

Aus einer solchen Unpäßlichkeit, die für seine Um= gebung kaum mehr etwas Besorgliches hatte, erholte der Alte sich auch diesmal nach drei bis vier Tagen mit der Zähigkeit, die man seit Jahren an ihm bewundert hatte. Das gewöhnliche Zeichen der Genesung war ein reichlicheres Mahl und darauf das Verlangen nach Thätigkeit. Er berief Dob zu sich und hieß ihn die angekommenen Briefe, auf deren Umschlag der Ver= merk „persönlich" stand, öffnen und vorlesen.

Diesmal fand Dob Sternberger einen vor, der seine volle Aufmerksamkeit erregte, und den er seiner Wichtigkeit wegen für den Schluß aufhob. Nachdem er die minder wichtigen mit schreiender Stimme erledigt und sie nach seines Herrn Anordnung entweder in den Papierkorb geworfen oder mit einer Randbemerkung für die spätere Antwort versehen hatte, entfaltete er den letzten unter Bewegungen, die dem Baron auf= fielen.

„Noch etwas? Mach' ein Ende!"

Dob Sternberger beugte sich weit zu dem Alten vor. „Ein Brief von dem Herrn Oberst," rief er ihm zu.

Als hätte das zu seiner völligen Herstellung ge= fehlt, richtete sich Abraham auf und kletterte an seinem Sessel empor. „Was schreibt er?" fragte er begierig und tastete nach seiner Brille.

Während Dob ihm dazu verhalf, theilte er zu= gleich den Inhalt des Briefes mit. Der Oberst ver= langte nur eine Unterredung mit Abraham von Ka= schauer und ersuchte ihn, die Zeit zu bestimmen."

Der Alte mußte sich durch seine Brille überzeugen. „Was wird er wollen?" fragte er dann vor sich hin.

„Geld wird er wollen," antwortete Dob im Ton eines Dieners, der sich etwas erlauben darf, und Abraham Kaschauer vergrößerte seine Ohrmuschel mit der großen knorrigen Hand.

„Geld wird er wollen!" rief Dob hinein, und sein Herr fuhr zurück, als wäre er von einem Straßen= räuber angefallen.

„Warum Geld? Er wird mit mir sprechen von dem General."

Dob ergriff den Gehörschlauch seines Herrn und

deutete damit an, daß eine längere Unterredung er=
wünscht wäre. Der Alte griff haftig darnach.

„Ich meinte wegen der Papiere, die ich dem Herrn
Baron habe gebracht, und die wieder sind fortge=
nommen."

Der Alte heftete seine Augen starr auf den
Schreiber. „Was meinst Du?" fragte er wie zer=
streut.

„Hab' ich doch gelesen Vieles aus den Papieren
von dem todten Herrn, und haben der Herr Baron
mir doch gesagt, daß sie wichtig sind, und steht Vieles
drin, das nicht darf kommen unter die Leute."

„Du haft Recht," lachte der Alte heiser. „Du
könntest mir ein schlimmer Gesell werden. Aber wo
Gold ist, da kehren alle guten Dinge ein, auch die
Verschwiegenheit, wenn man sie braucht."

„Ich diene dem Herrn Baron treu und ver=
schwiegen."

„Nicht zum Schaden!" lachte jener, und schüttelte
seinen Günstling an der Schulter. Dann, indem er
auf den Brief des Obersten deutete: „Der da könnte
viel Geld haben, wenn er's verstünde wie der Dob
Sternberger."

„Es ist schade, daß wir die Papiere nicht haben,
die ich geholt habe von dem todten Herrn."

„Hole sie wieder, Junge. Kannst Du das, so bist Du ein Hexenmeister."

„Ich kann Alles. Wer hat sie?"

„Nimm Dich in Acht, Dob Sternberger. Aber wenn Du's zu Stande bringst, bist Du zeitlebens ein Mann."

„Hat der Herr Baron sie, oder hat der Herr Oberst sie?"

„Weiß ich nicht. Hat sie wohl der, welcher sie geholt hat."

„Wollen mir der Herr Baron erlauben zu reden mit dem Herrn Oberst ganz allein?"

„Was willst ihm sagen?"

„Was gut sein wird, aber ich kann's noch nicht wissen."

„Was hast eigentlich vor?"

„Die Papiere wieder holen, das ist schwer; aber leichter ist zu machen, daß der Herr Oberst die Papiere selbst hergiebt."

„Du machst Späße, Dob Sternberger."

Dieser warf sich in die Brust. „Wann wollen der Herr Baron sprechen mit dem Herrn Oberst?"

„Schreib' ihm, morgen früh. Aber hast Du ver= gessen, was Du Dir eingebrockt hast?"

„Werd' ich mit dem Herrn Oberst sprechen, und

es wird mir nicht schaden. Werd' ich sehen, ob der Herr Oberst hat die Papiere, und wenn er sie hat, wird er sie geben."

„Ich werde nicht klug daraus," schloß Abraham; „aber schau' was Du kannst." —

Dob Sternberger raffte seine Briefe zusammen, beantwortete sie im Vorzimmer auf schönem Papier und brachte sie zur Unterschrift zurück. Als Abraham die wenigen Zeilen an den Obersten unterschrieb, durch welche dieser auf den folgenden Morgen eingeladen wurde, lachte er wieder und sagte: „Morgen werd' ich sehen, was Du kannst." —

Als der Oberst eintrat, sah er anfangs, voll von seinen Sorgen, über den geschniegelten Jüngling hinweg und faßte ihn erst näher in's Auge, als derselbe seinen Herrn mit auffallender Aengstlichkeit verleugnete.

„Was heißt's denn aber, mich herkommen zu lassen?" fuhr der alte Soldat heraus.

„Es wird keine Viertelstundé dauern," erwiederte Dob Sternberger —

Der Oberst prüfte ihn bereits mit erstaunter Miene. „Was? Ich irre mich doch nicht? Das ist doch der Judenjunge aus Riedheim — wie Teufel heißt er doch? — den mein Sohn beim Spioniren ertappte,

unb ber von ber Polizei wegen Einbruchs in Eschen=
heim, unb aus schlimmeren Gründen gesucht wird?"

Dob Sternberger spielte ben Ertappten vorzüglich.
Er beschwor ben Obersten unter Geberden der Ver=
zweiflung, ihn nicht zu verrathen. „Ich bin so jung,"
sagte er, „ich hab's gethan für einen Anbren, unb ich
hab' nicht gewußt was ich gethan habe."

„Was hat Er für einen Anbren gethan, guter
Freund? Heraus mit ber Sprache! Ich denk', Er
weiß von ber Geschichte mehr als ich. Heraus mit
ber Sprache, ober ich nehm' ihn sofort bei'm Kragen!"

„Für ben Mordche Gurwitz, ber bas Geld haben
wollte für bie wichtigen Papiere —"

„Für welche Papiere? Spricht er im Fieber?
Erzähl' Er von Anfang bis zu Ende."

„Die Papiere, welche ber tobte Herr von Eschen=
heim auf ber Brust getragen hat —"

Da gebachte ber Oberst jenes kleinen Bündels,
bas er einst in ber Hand seines Vaters zu bemerken
geglaubt. Er brang ber Sache auf ben Grund unb
erfuhr durch Dob ben Verlauf ber Begebenheit, für
welche es so wenig Zeugen unb Mitwisser gab, unb
über welche selbst bie Behörben noch nicht aufgeklärt
waren. Der Gebanke, bie Papiere, an beren Besitz
bem alten Baron so viel gelegen schien, in seine Hand

zu bringen und sie zu seinem Vortheil zu benutzen,
lag so nahe und schien dem Obersten so berechtigt,
daß er den eigentlichen Zweck seines Besuches beinahe
vergaß. Er war als ein Bittender gekommen; es hatte
ihm schwere Ueberwindung gekostet, den widerwärtigen
Mann um Beistand anzugehen, und er hatte sich dazu
erst entschlossen, nachdem alle andren unangenehmen
Versuche, Geld zu erlangen, fehlgeschlagen waren. Nun
war ihm, so recht vor der Schwelle des Verhaßten,
ungeahnte Hilfe geworden. Sein Glück, an dem er
nie gezweifelt, hatte sich noch in der Entscheidungs=
stunde zu ihm gefunden und ihm Rechte in die Hand
gegeben, wo er nur mit Bitten durchzubringen gehofft.
Denn offenbar enthielten die Papiere manche Auf=
klärung über die Vergangenheit des Hauses Hohenried
und über dessen Beziehung zu Abraham Kaschauer.
Nur so war es zu erklären, daß dieser eine bedeutende
Summe für den Besitz der Papiere fortgegeben, und
Erich, der auf unbegreifliche Weise Mitwisser geworden
war, sich um dieselben so rücksichtslos bemüht hatte.
Eine genaue Kenntniß des Inhalts schien dem Obersten
sehr wünschenswerth, bevor er mit Abraham Kaschauer
verhandelte; aber Dob Sternberger wußte nichts davon,
kein Sterbenswörtchen. Nach seiner Aussage war er
so gehetzt und geängstigt gewesen, daß er nicht Zeit

noch Muth gehabt, einen Blick in die Papiere zu werfen.

Deshalb beschloß der Oberst, seine Unterredung mit dem alten Baron aufzuschieben, bis er seinen Sohn zur Herausgabe der Papiere genöthigt habe. Zugleich war er darauf bedacht, sich den jungen Schreiber, den er ohnedies in der Gewalt zu haben glaubte, willfährig zu machen und so eine geeignete Mittelsperson für seine Unterhandlungen mit Abraham Kaschauer zu gewinnen.

„He, Patron," so wandte er das Gespräch, „Er hat also große Verdienste um dieses Haus, wo das Geld ist, und hat wohl einen recht angenehmen und einträglichen Posten dafür erhalten?"

„Ach, Herr Oberst! Belohnt und bestraft, das kann nicht ausbleiben. Es ist schwer umzugehen mit so alten Leuten, die Alles wollen besser wissen. Ich bin jeden Abend nahe dran, fortzulaufen."

„Nun, Freundchen, mit leeren Händen läuft Er nicht fort, so schlechte Geschäfte macht Er nicht. Die Herren Collegen im Hause Kaschauer lachen Ihn aus, wenn Er nicht eine Viertelmillion, oder wieviel er sonst einpacken kann, je mehr je besser, mit auf die Reise nimmt. Solch' ein Geschäft wird er im Hause Ka= schauer doch lernen, was? Er wartet gewiß nur die

Zeit ab, bis ein anschauliches Sümmchen sich bereit erklärt hat mitzugehen."

„Das ist Ihr Spaß, Herr Oberst," lächelte Dob verlegen. „Aber seit ich kenne das Geschäft, begreif' ich, wie so Viele das fertig bringen, was der Herr Oberst sagen. Wenn der Herr Baron Abraham von Einem hört, der mit der Kasse ist durchgegangen, so lacht er, und wenn sie ihn zurückbringen, so nennt er ihn einen dummen Kerl."

„Da hat Er's: Auf den Erfolg kommt es an. Ist Einer mit seinem Schatz in Sicherheit, so fragt Keiner, ob er gesetzlich mit ihm getraut ist. Ich will's Ihm aber doch nicht rathen, Seinem Verbrechen noch ein anderes hinzuzufügen; das Maß könnt' am Ende doch voll werden. Und das sag' ich Ihm grad' heraus: Am liebsten ging' ich jetzt zur Polizei und sagt' ihr, was für ein Vogel hier sitzt —"

„Der Herr Oberst werden doch das nicht thun?" jammerte Dob mit flehentlicher Geberde. „Ich hab's nicht gewollt, daß es so schlimm wurde, und im Zucht= haus werd' ich nicht besser."

„Ich verspreche nichts. Ich werde sehen, wie Er sich aufführt."

Dob begriff, was der Oberst sagen wollte. „Wenn ich dem Herrn Oberst dienen kann," sagte er unter=

würfig, „so will ich gewiß dankbar sein, wenn er barm=
herzig gegen mich ist."

„Ach was da! Es hat sich was mit Seiner Dank=
barkeit. Sag' Er dem alten Baron, ich käme in einer
Stunde wieder. Er kann ihm reinen Wein einschenken.
Ich mache nicht viel Federlesens. Sag' Er ihm, ich
wollte ihn wegen gewisser Papiere sprechen, die in
meinem Besitze sind. Ich komme in einer Stunde wieder,
weil ich nicht warten will."

„Der Herr Baron werden jetzt bereit sein —"
erinnerte Dob.

„Ich werde wiederkommen, hört Er nicht? Ich
denke, der Baron wird mich zu jeder Zeit sprechen,
wenn er von gewissen Papieren hört." Damit eilte
der Oberst hinaus, und Dob ihm bis vor die Thür
nach.

„Aber werden der Herr Oberst auch gewiß so
barmherzig sein und Keinem sagen, daß ich hier bin?"
bat Dob mit klagender Stimme.

Der Oberst stieß nur einen zischenden Laut der
Verachtung durch die Zähne und ging. Dob Stern=
berger lachte hinter ihm her und empfahl sich unter
spöttischen Bücklingen. Er wußte sehr wohl, daß
der Oberst schweigen werde, um in der verhängnißvollen
Angelegenheit so viel Geheimniß als möglich zu be=

wahren, und den Vortheil, den die Papiere etwa ver-
sprachen, möglichst ungestört auszunutzen.

Sofort eilte Dob zu seinem Herrn, der ihn ungeduldig erwartete. „Er wird kommen mit den Papieren," rief er ihm zu, „und wird dafür Geld verlangen."

„Narr Du! Sein Sohn hat sie, der giebt sie
nicht her."

„Werden wir sie holen," erwiederte Dob zuversichtlich. —

XIV.

Oberſt vom Ried ſuchte den Tag über haſtig nach
ſeinem Sohne, und weil dieſer durch Geſchäftswege
in Anſpruch genommen war, ſo traf er ihn erſt gegen
Mitternacht.

Erich war ſowohl über des Vaters Begehren, wie
über deſſen Dringlichkeit befremdet. Er mochte den
Beſitz der Papiere nicht in Abrede ſtellen, verlangte nur
zu wiſſen, wie das Geheimniß verrathen worden, und
begnügte ſich mit dem Beſcheide, daß der Oberſt bei
ſeiner Geſchäftsverbindung mit dem Hauſe Kaſchauer
endlich auch zu dieſer Kenntniß gelangen mußte. Dann
aber verweigerte er nicht nur die Herausgabe, die der
Vater als Erbe des Verblichenen gebot, ſondern ſelbſt
jede Auskunft über den Inhalt, unter Verſicherung, daß
die Schriftſtücke keinen rechtsförmlichen Werth hätten.
Dem Rechte ſeines Vaters auf die Papiere als ein Erb=

stück setzte er den Umstand entgegen, daß in der letzt=
willigen Verfügung jene Papiere nicht erwähnt seien,
und daß er sie auf Grund seiner Unterredungen mit
dem Verstorbenen als ein persönliches und geheim zu
haltendes Vermächtniß betrachten dürfe.

Der Oberst bemühte sich nicht lange, seinen Sohn
willfährig zu stimmen. Ihm lag vorläufig nur daran,
die Aussagen des Dob Sternberger und das Vorhan=
densein der Papiere festzustellen; auch wollte er keinen
Verdacht über seine Absichten erwecken. Er verließ
seinen Sohn mit der Aeußerung, daß es über die Kluft
zwischen ihnen Beiden kaum mehr eine Brücke gäbe.

„Da wir keine goldnen Brücken bauen können,
mein Vater, so fürchte ich, diese Kluft wird durch
nichts Andres als unser gemeinsames Unglück ausgefüllt
werden.“ —

„Durch unser gemeinsames Unglück!“ so grübelte
der alte Soldat auf dem Heimwege. „Weit bis da=
hin! Neue Operationsbasis jetzt, und mit besseren
Waffen —“

Aber was hielt ihn, als die Flamme in seinem
Zimmer entzündet war, bis zum hereinbrechenden Mor=
gen schlaflos und machte ihm das Gehirn wüst, daß er
nicht mehr klar dachte, nur wollte, wollte, um jeden
Preis wollte? Geld war sein einziger Gedanke. Seine

Schläfe pochten, sein altes Herz hämmerte. Credit und Ehre, jetzt für ihn gleichbedeutend, stand auf dem Spiele; die Aussicht, große Summen zurück zu gewinnen, war verloren, sobald das Geld ausging. Aber schon waren die Vorboten böser Wirthschaft zu bemerken. Die Capitalien begannen die staatliche Sicherheit aufzusuchen, die Börsenwerthe sanken, das Geld wurde theuer. Seine Geschäftsfreunde waren zum Theil in gleicher Lage wie er, und das Haus Kaschauer war von seiner Lage unterrichtet; denn es hatte seine Wechsel zurückgewiesen. Und doch war es Geld allein, was ihn retten konnte. Die Ehre künftiger Tage trat hinter der zurück, die heute oder morgen zu retten war. Er sah keine andere Möglichkeit, seinen Verpflichtungen zu genügen; er mußte zu dem Mittel greifen, das der Teufel Dob Sternberger ihm gezeigt, gleichsam zu einer Räuberwaffe, um einen alten Juden zu überfallen. Vor vielen Jahren geschah einmal im Riedheimer Thal solche Unthat, erschien auf Jahrmarktsbildern und wurde zur Leier gesungen. War der Edle vom Ried, der alte Soldat des Kaisers, nicht im Begriffe, sich zu einem so rothbärtigen Strolche zu erniedrigen, wie er ihn damals, als Junge von zwölf Jahren, verabscheut hatte? War er nicht nahe daran, die Ehre seines Hauses, die er förbern zu wollen sich überredete, durch eine Er-

preſſung ſchlimmer zu ſchädigen, als ſein Bruder durch
ein diplomatiſches Gaunerſtück gethan? Und brachte ihm
dies nicht gar ein Ende wie jenem? Ein Ende, welches
die bereits anbrüchige Ehre von Eſchenheim nicht zum
zweiten Male wiederherzuſtellen vermochte?"

Aber wie! Die Papiere ſind eine Schanze, hinter
welche der ruhmloſe Kämpfer ſich aus jedem Gefechte
zurückziehen wird. Auf die Papiere hat er ein Recht,
das iſt unbeſtreitbar. Der Verſtorbene, mochten es auch
ſeine eigenen Aufzeichnungen ſein, hatte kein Recht, da=
rüber zu Gunſten Erichs zu verfügen. Was hat eine
ſolche Verfügung überhaupt zu bedeuten? Seines Va=
ters Aufzeichnungen enthielten jedenfalls die Beſtätigung
und Ergänzung deſſen, was in der Familie bereits als
blaſſe Tradition beſteht. Sie gehören alſo der ganzen
Familie, und liefern ſie Waffen gegen die Häuſer Hohen=
ried und Kaſchauer, um ſo beſſer dann!

Sind doch die Juden an allem Unglück ſchuldig!
Iſt es alſo etwas Ehrloſes, ſie zu einer Art von Erſatz
zu zwingen, der ihnen nicht einmal Schade bringen ſoll?
Enthalten jene Papiere gewiſſe Dinge, die der alte
Abraham begraben will, warum ſoll er nicht dafür be=
zahlen? Was will denn der Oberſt? Er verlangt nur
was jeder Geſchäftsmann verlangt: Credit und Geld,
wenn es ſein muß gegen gute Zinſen. Verluſt iſt nicht

möglich, da er beim Börsenspiel wie am grünen Tisch
den glücklichen Spielern nachsetzt, also zuletzt ebenso
glücklich sein muß. Der Erfolg ist berechenbar, und der
Oberst ist nicht leichtfertig, wenn er den alten Juden
auf jenen Gewinn verweist. Er beansprucht nur Credit,
und wenn Abraham Kaschauer fragt: „Wo sind die
großen Summen, die wir für den Erbverzicht zahlten?"
und ihm vorhält, daß er schlechte Geschäfte gemacht habe,
so will der Oberst ihm entgegen fragen: „Hast du
deine besten Geschäfte an der Börse gemacht? Oder
geschah das nicht im Walde von Hohenried und durch
allerlei Schwindel, der in jenen Papieren aufgezeichnet
ist?" Wer nur den genauen Inhalt wüßte! Die Angst,
mit welcher der Vater sie verbarg, und der Eifer, mit
dem Abraham nach ihrem Besitze trachtete, lassen noch
ganz besondere Dinge vermuthen. —

So sorgfältig der Oberst auch prüft, er sieht kein
Unrecht, er erkennt nicht, wie sein Vorhaben Schande
bringen kann. Freilich die Welt wird, wenn ihr die
Thatsachen zur Kenntniß kommen, lediglich nach diesen
urtheilen. Aber wie sollen sie auch zur Kenntniß der
Welt kommen? die Papiere —

Und immer wieder diese waren es, die den Oberst
in seinem Vorsatze bestärkten. Wäre ihm nur Einblick
in diese seltsamen Schriftstücke vergönnt! Dieser Ge=

danke kehrte immer wieder zurück. Könnte er seine flüchtigen und mangelhaften Vermuthungen nur durch einige verbürgte Thatsachen stützen, um seine genaue Kenntniß der Papiere zu beweisen und gegen den alten Schurken das richtige Maß des Druckes zu finden! Dann wollte der Oberst wohl zu seinem Rechte ge= langen! —

Vor seinem Gewissen gerechtfertigt, begab sich der Oberst nach einer schlaflosen Nacht entschlossenen, doch allmählich zögernden Schrittes zu Baron Abraham.

Die beiden zweibeinigen Bullbogen, die den Alten bewachten, standen vor der Thür. Sie zeigten dem Oberst jenes Grinsen, mit dem in jüdischen Häusern der Besuch, der nicht das Zeichen des goldenen Kalbes an der Stirne trägt, häufig empfangen wird, und das die Geringschätzung der Gebieter verräth. Der alte Oberst empfand hier, daß er sich zur Klasse der Ge= schäftsleute gestellt habe, die lediglich nach dem Inhalt ihrer Truhen und Taschen abzuschätzen sind. Gleich= wohl trat der alte Degen, den sein böses Gewissen eifersüchtiger als jemals auf seine Ehre machte, nicht minder denn sonst als Edelmann und Soldat auf.

„Faust aus den Taschen!“ commandirte er. Der Knecht zog sein Gesicht in ehrerbietige Falten und ge= horchte dem Befehle schnell genug. —

Als der Oberst vorgelassen wurde, hatte der Alte sein Frühstück eben abtragen lassen und bemühte sich, Bücher und Papiere vor seinen eigenen täppischen fettigen Händen zu schützen. Dabei erschien er von dem lauten Morgengruße des Obersten etwas angedonnert.

„Ohne Umschweife, Baron. Wissen Sie davon, daß Ihr Haus meine Wechsel nicht mehr biscontiren will?"

„Wie soll ich nicht wissen, Oberst?"

„Sie sagen, Eschenheim ist überlastet. Ich will aber Ihren Credit nicht als Landmann, sondern als Geschäftsmann, als Börsenmann, als Bankier — wie Sie wollen."

Abraham ließ sich Dinge, die er nicht verstehen wollte, oder über deren Beantwortung er nachsann, zweimal sagen. Dann erwiderte er: „Wenn Sie Geschäftsmann wären, Oberst. Aber Sie versuchen was Sie nicht verstehen, und der General hat's büßen müssen. Wollen Sie's eben so haben? Ich helfe nicht dazu. Wollen Sie Geld für sich, sollen Sie haben; denn wir sind gute Freunde. Aber zu Ihren Geschäften sollen Sie kein Geld mehr haben."

„Was Sie da von guten Freunden sprechen, Baron, das wollen wir nicht genau ansehen. Ich habe mit Ihnen nichts vorgehabt als Geschäfte, und Sie haben in unserem Verkehr aus andren Rücksichten als aus Freundschaft gehandelt."

„Also warum?" fragte Baron Abraham und schärfte sein Ohr, indem er die Hand daranhielt.

„Ach Baron, spielen Sie keine Komödie!" rief ihm der Oberst in's Gesicht. „Sie wissen eben so gut wie ich, daß ich aus der Vergangenheit Capital schlagen könnte."

„Wie heißt? Die Vergangenheit besteht nicht aus lauter Barren!" so witzelte Abraham, um sein Verständniß zu bemänteln.

„Weiß Gott!" donnerte der Oberst: „Nicht aus lauter Gold und Silber, sondern es ist auch Schmutz und Blut dabei, gelt Baron?"

„Was wollen Sie? Gehn Sie, das Geld macht Sie wüst. Das kommt davon, wenn ein Edelmann zur Börse geht."

„Nicht vorwitzig, Baron Kaschauer!" drohte der alte Oberst mit stotternder Heftigkeit: „Thun Sie nicht, als ob Ihre Vergangenheit eine weiße Taube wäre. Da ist Manches, was für den Baron Kaschauer nicht mehr paßt. Mein verstorbener Vater hat die Jahre und das Gras drüber wachsen lassen. Auch ich will nicht nachgraben; aber die Geschichten, die so lange in

Papier geſchlafen haben, ſind aufgewacht und ſchneiden
ſehr unangenehme Geſichter. Wenn ich der Hohenrieder
wäre, ich weiß nicht, was ich thäte; ſo aber denk' ich,
es lohnt nicht, nach ſechzig Jahren noch wild zu werden.
Wie ſchlecht ich meine Vettern und Neffen von Hohen=
rieb leiden kann, ich wollte die Welt doch nicht Alles
wiſſen laſſen. Aber ſoviel iſt ſicher, Baron Kaſchauer,
Sie haben uns Unrecht über Unrecht gethan, und wenn
ich das Lumpengeld brauche, das Sie im Ueberfluß haben,
und Sie verweigern es mir, ſo iſt's Unſereinem zu ver=
zeihen, wenn er raſend wird und Spektakel macht, daß
die Welt die Augen aufreißt. Selbſt wenn das Geld
verloren gehen müßte, wär' es ſchmählich von Ihnen
gehandelt; aber es iſt nicht daran zu denken, daß es
verloren ginge, alſo nehmen Sie Vernunft an."

Baron Abraham entnahm aus der unſicheren,
heftigen Rede des Oberſten, daß er von Erich nichts
Genaues erfahren, ſondern auf's Gerathewohl drohte
und das Maß ſeiner Drohungen nicht in der Gewalt
hatte.

Er heftete die Augen bald enge gekniffen, bald
weit geöffnet auf den Sprecher und erinnerte ihn, Hand
am Ohr, oft daran, daß er lauter ſprechen müſſe.
Jagten auch Angſt und Wuth durch ſeine Adern ſo
haſtig wie ſein Greiſenthum es zuließ, er behauptete doch

die eisige Gleichgiltigkeit des Geschäftsmannes, den kein Verlust, weder an Gut noch Ehre, schreckt. „Oberst," sagte er, „sind Sie vollständig bei Sinnen? Sie wollen Geld, versteh' ich, und weil die Kaschauers nichts mehr geben, denken Sie es zu erpressen. Jeder macht sein Geschäft wie er kann. Ich hab' auch müssen zusehn, wie ich zu den Thalern kam. Sehn Sie zu, ob Sie das Geld von mir loskriegen. Papiere, sagen Sie? Ich hab' auch Manches aufgeschrieben, und wenn ich mit den Jahren etwas vergesse, les' ich, was ich selbst habe geschrieben, und vielleicht komm' ich euch vom Ried noch einmal mit meiner Rechnung."

„Baron, machen Sie mich nicht wild! Höll' und Teufel sollen mir beistehen!"

„Was kann der Teufel mehr geben als Gestank? Was kann die Hölle mehr geben als Feuer?" spottete der Baron. „Und haben wir nicht feuerfeste Schränke?"

„Die Welt soll erfahren, woher der Reichthum der Kaschauers kommt. Geh ich zu Grunde, so geht ihr mit."

„Ich?" lachte der Baron mit der Hand am Ohre. „Ich bin also doch dabei die Hauptperson, und was kann mir geschehen als Schimpf? Schimpf! Was hab' ich Anderes gehabt in meinem Leben? Wissen Sie noch, Oberst, als ich nach Riedheim kam? Schimpf und wieder Schimpf! Dann hab' ich gehabt, was mich hat

14*

getröstet, Geld! Und nun kann noch mehr Schimpf kommen, ich habe so viel Geld, daß ich ihn bedecken kann, so hoch wie mein Haus, so hoch wie die kahlen Berge von Riedheim. Und wenn ich todt bin, und ihr wickelt mich ganz in Schimpf und Schande, gut, so liegen sie bei mir in einem gülbenen Sarge."

„Ja, daß man euch nicht beikommen kann!" rief der Oberst verzweifelnd. „Daß man euch an nichts zu fassen vermag! Ihr habt keine Scham noch Scheu vor irgend etwas."

„Und dann noch Eins," kreischte der Alte. „Ihr habt uns anzuhören gegeben, daß wir das Recht kaufen und beugen. Darum hören Sie, Oberst: Ich sag', ich will Ihr Recht nicht kaufen, das Sie haben an Ihren verbrannten Papieren. Behalten Sie was Sie haben und machen Sie damit was Sie wollen!" —

Eine der Bullboggen meldete einen bringenden Geschäftsbesuch. Der Alte hieß diesen sofort eintreten.

„Ist das Ihr letztes Wort, Baron?" rief der Oberst, zitternd vor Zorn und Verzweiflung.

Der Alte antwortete nicht mehr. Er hatte nur Augen für die Thür, durch welche der Besuch eintreten sollte. Der Oberst entfernte sich.

Der Besuch war der persönlich haftende Gesellschafter

einer untergehenden Gründung, er nannte seinen Namen und den seiner Gesellschaft.

„Gut, freut mich!" schrie der Alte ihn an. „Gehen Sie zum Baron Jacob Kaschauer."

Damit war der Besuch entlassen. Der Baron wandte den Kopf blitzschnell nach der halboffenen Seitenthür und that einen schrillen Ruf. Sofort fuhr Dob Sternberger mit strahlendem Gesicht herein.

„Dob Sternberger! Der Oberst ist toll! Der Oberst macht Unsinn!"

„Er wird nicht, Herr Baron," betheuerte Dob.

„Es ist Dein Unglück, Sternberger, wenn er Unsinn macht. Ein Mensch, der Geld braucht, ist zu Allem fähig. Geldnoth ist der halbe Wahnsinn."

„Ich werde den Herrn Oberst sprechen morgen früh, und ich will von dem Herrn Baron gehen nackt und bloß, wenn etwas geschieht, was der Herr Baron nicht will." So verschwor sich Dob gegen seinen Herrn, dessen Wuth, endlich freigelassen, sich in heftigen Ge= berden und Flüchen Luft machte. —

Der Oberst aber wankte die Treppe hinab. Einer der beiden Knechte sprang ihm bei, weil der alte Mann fallen wollte. Er stieg in einen Wagen, fuhr beim ersten, zweiten Freunde vor, bei denen er bereits ein Mal angeklopft. Vergebens. Er machte einen ver=

zweifelten und beschämenden Versuch bei einem früheren
Diplomaten, mit dem er in jungen Jahren ein er=
bittertes Duell gehabt. Der Mann benahm sich brav,
konnte aber kaum den zehnten Theil aufbringen. Bei
den Gaunerbanken fuhr der Oberst vor und machte aus=
schweifende Anerbietungen, vergebens. Das Geld wurde
von gestern auf heute, von heute auf morgen seltener
und theurer, der Tag ging unter fruchtlosen Versuchen
hin, und die Bankgeschäfte schlossen bereits ihre eisernen
Thüren, als der Oberst in seinem Gasthofe anlangte.
Keine Mahlzeit, keine Erfrischung. Er vermochte an
nichts zu denken als an den Letzten des Monats, der
nahe war, an seine Verpflichtungen, an die Larvenge=
sichter seiner Gläubiger, an den Schimpf gerade in
dieser Zeit nach dem Falle des Generals, da sein Name
in aller Munde war. Es ging zu Ende mit den
Eschenheimern. Da schien keine Rettung möglich, als
durch ein Wunder.

Als er früh Morgens ausging, aus keinem anderen
Grunde, als um seiner Unruhe willen, war es ihm
fast, als müßte er in den Gassen der nüchternen Stadt,
im Gewühl ihrer schlüpfrigen, grobfühligen Bevölkerung,
dem rettenden Wunder begegnen. Keine fünfzig Schritt
von seinem Gasthofe entfernt, rannte er mit jemand
zusammen, der tief in einen Reisepelz versteckt war.

„Esel!" rief er gewohnheitsmäßig; aber sofort grinste aus den gelben Haaren des Pelzkragens Dob Sternbergers Gesicht.

„Sie, Herr Oberst?"

„Zum Teufel, geht Euer Weg schon über die Leute fort?"

„Ich wollte zu Ihnen, Herr Oberst, und ich habe nicht gescheut die Gefahr, zu Ihnen zu gehen und Ihnen zu sagen, daß Sie nicht ausgespielt haben Ihren Trumpf gegen den Herrn Baron Kaschauer."

„Was weiß Er davon?" fragte der Oberst und trat in eine stille Gasse.

„Hab' ich doch Ohren genug zu hören durch eine offene Thür was gesprochen wird zu dem Herrn Baron Kaschauer. Und weil der Herr Oberst sind barmherzig gegen mich, und weil ich gern will verdienen, daß Sie gegen mich barmherzig sind, will ich dem Herrn Oberst sagen, daß Sie das Geschäft nicht haben gut ange= fangen."

„Wie sollt' ichs anfangen, Mensch? Ich versteh mich nicht auf Eure Pfiffe und Schliche."

„Der Herr Oberst hätten die Papiere sollen mit= bringen. Aber warum soll der Herr Baron Geld geben für eine Waare, die er nicht mit Augen sieht."

„Was willst Du? Hab' ich die Papiere? Ich hab'
sie nicht."

„So —!" rief Dob Sternberger. „Der Herr
Oberst haben die Papiere nicht. Das ist schade."

„Was meinst Du?"

„Schade, sag' ich, daß der Herr Oberst die Pa=
piere nicht haben. Ich denke, der Herr Baron möchte
sie aufwiegen mit Gold. Aber er hat mir gesagt: Dob
Sternberger, sagt' er, ich habe dem Oberst angesehn,
daß er die Papiere nicht hat. Wenn ich nur wüßt',
wo sie wären."

„Hat das der Baron gesagt?"

„Will ich sterben, wenn er's nicht hat gesagt. Und
hätt' mir der Oberst gebracht die Papiere, sagt' er,
ich weiß nicht, was ich dafür geben könnt', daß die
Geschicht' ein End' hat. Aber wozu soll ich spielen den
Aengstlichen, sagt' er, wenn ich sehe, der Oberst kann
mir nichts thun, denn er hat keine Papiere."

„Schurke, der Baron schickt Dich zu mir!" rief der
Oberst und that sich auf diesen Verdacht viel zu
Gute.

„Gott gerechter!" rief Dob erschrocken. „Wenn
dem Herrn Oberst nichts kann verborgen sein, so will
ich sagen: Ja, der Herr Baron Kaschauer hat mir auf=
getragen und gesagt: Dob Sternberger, wenn ich die

Papiere sehe mit meinen Augen, so geb' ich eine halbe Million, mir kommt's nicht drauf an, und Du gehst nicht leer aus. Aber der Oberst hat die Papiere nicht; die Papiere sind nicht mehr da, oder sie sind ganz schwarz vom Feuer, und die Herren vom Ried wollen mich nur ängstigen und Geld haben. Das sag' ich Ihnen, Herr Oberst; denn warum soll ich lügen wegen des Herrn Baron Kaschauer, da der Herr Oberst barmherzig sind gegen den armen Judenjungen und lassen ihn laufen, wenn er auch hat die Papiere gestohlen und todt gemacht den alten Diener, und hat's nicht mit Willen gethan —"

„Nun hör' auf," so wehrte der Oberst das Geschwätz ab, mit dem Dob seine Verlegenheit zu bergen und den Oberst zu überreden meinte. „Was kann ich thun, ich hab' die Papiere nicht."

„Nun da will ich bescheiden fragen: Wer hat sie? Oder hat der Herr Baron Recht, welcher sagt, sie sind nicht mehr da, oder sie sind schwarz?"

„Mein Sohn hat sie, mehr weiß ich nicht. Und Du kannst Deinem Baron sagen, über kurz oder lang wird er die Papiere doch mit seinen Augen sehen."

„Glaub' ich, Herr Oberst. Denn was mein Sohn hat, hab' ich auch."

Der Oberst bohrte einen Blick in das Auge des jungen Juden. Las er den Gedanken, der ihm eben durch's Hirn ging, aus diesem großen, dunkelbraunen, dreisten Auge, oder hatte er ihn selbständig gedacht? Er mußte sich abwenden; denn er schämte sich vor dem offenen Auge des Jünglings Dob.   -

„Der Herr Oberst sollten sprechen mit dem Herrn Sohn," fuhr Dob unter lauernden Blicken fort, „und der Herr Sohn werden die Papiere geben, wenn sich so viel Geld damit verdienen läßt in schlechter Zeit."

„Schweig, Jude!" herrschte der Oberst ihn an. „Was weißt Du von meinem Sohn? Der thut nichts für Geld."

„Gerechter Gott! Sollt' es geben einen Menschen, der etwas nicht thun will für's Geld? Herr Oberst, wollt' ich ihm befehlen als Vater, herauszugeben die Papiere, und wenn er sie nicht giebt, wollt' ich sie nehmen, wollt' ich sie finden."

„Du würdest sie stehlen," sagte der Oberst abge= wandt. „Dir ist das ein Leichtes."

„Straf mich Gott, werd' ich sie stehlen, wenn ich damit haben kann viel Geld. Und der Herr Baron sagt, wenn er sieht ein Blatt von den Papieren und liest was drauf steht geschrieben, will er glauben, daß die Papiere da sind und will geben, so viel der Herr Oberst verlangen."

Der Teufel von Gedanke flog im Gehirne des alten Soldaten hin und her. „Hm" — weiter sagte er nichts.

Die Beiden gingen schweigend neben einander. Dod störte den Obersten nicht, er ließ das Gift wirken.

„Ich hab' ein Recht auf die Papiere!" rief der Oberst zuletzt.

„Mein' ich auch, Herr Oberst."

Wiederum gingen sie neben einander hin.. Der Oberst war fast erschrocken, als er Erich's Haus er= kannte. „Ich will mit ihm sprechen," sagte er, „wart' hier unten."

Die Zimmerwirthin, die ihn als Erichs Vater kannte, ließ ihn ein. Er gab vor, Erich erwarten zu wollen, der schnell kommen werde. Sobald er allein war, versuchte er den Schreibtisch zu öffnen. Von den Schlüsseln, die er bei sich führte, paßte keiner. Er blieb sitzen und sah düster vor sich hin, als Dob, von der Wirthin geleitet, entschlossen eintrat.

„Hier ist noch ein Herr," sagte die Wirthin, „der den Herrn vom Ried erwarten will. Er sagt, er kennt den Herrn Oberst." —

———

XV..

Der Oberst hielt den Schlüssel, mit dem er die
Lade des Schreibtisches versucht hatte, noch in der Hand,
so daß Dob die Wirkung seiner Rede vor sich sah. Auch
dachte der Oberst nicht daran, zu verhehlen, was er
gethan; er handelte bereits wie Einer, dem jedes Mittel
zu seinem Zwecke recht und eines Andren Urtheil gleich=
giltig ist.

Dob that, als sähe er da etwas ganz Gewöhn=
liches und Selbstverständliches. „Nichts gefunden?"
fragte er.

„Schließt nicht," warf der Oberst hin.

Sofort zog Dob eine Menge Schlüssel und Haken
hervor, die seinen Vorbedacht bewiesen, und der Schreib=
tisch war schnell geöffnet. Dob durchsuchte jedes Fach,
fand aber nichts. Der Oberst half zuletzt, auch ohne
Erfolg.

„Die Papiere sind nicht hier," sagte Dob und schloß die Lade. „Der Herr Sohn haben die Papiere mitgenommen ins Geschäft und haben sie dort ver= schlossen in seinem Pulte."

Der Oberst schwieg, und nachdem er einige Mi= nuten in die Straße hinabgesehen, verließ er das Zim= mer. Dob blieb ihm zur Seite. Die Beiden han= delten wie auf Verabredung.

In dem Hause der Spinnereigesellschaft angelangt, fragte der Oberst den alten Christian, der diensteifrig aus seinem Stübchen trat, ob sein Sohn oben wäre. Derselbe war bereits dagewesen, hatte sich aber mit der Aeußerung entfernt, daß er in einer Stunde wieder kommen werde. Auch hier war für den Thürsteher kein Bedenken, den Vater seines Herrn sammt dem pelz= verhüllten Fremden einzulassen. Er geleitete die Beiden selbst hinauf und öffnete ihnen.

Als er sich entfernt hatte, bemächtigte Dob sich sofort des Werkes. Mit einem krummen Draht zwang er mehrere Schubfächer auf und hieß den Oberst, der ihm wie ein Kind folgte, hier und dort nachsuchen. Er selbst machte sich da zu schaffen, wo die Papiere am wahrscheinlichsten verborgen sein mochten. Er fand ein versiegeltes Bündel und witterte mit der Sicherheit eines Raubthieres den Inhalt. Er schielte nach dem Obersten hinüber und suchte weiter. „Es wird mir heiß," sagte er und lüftete den Pelz. Eine Wendung des Obersten, und das Bündel verschwand in dem Pelze. Ferneres Suchen war vergeblich. „Er hat sie gut verwahrt," meinte Dob, als sie das Zimmer verließen.

„Kann nicht helfen," sprach er unten weiter. „Der Herr Oberst haben Unglück." Er schielte diesen an, der nicht sah noch hörte, und schlich um eine Straßenecke.

Der alte Soldat ging mit gesenktem Haupte und scheuen Blicken. Er wandelte schwer und gebückt, als trüge er einen Leichenstein, und die Füße versagten ihm, als wollten sie nichts mehr zu thun haben mit dem alten Kopfe, der sich mitten im Irrwahn des Ver= brechens zu rechnen bemühte. Die Zahlen verwirrten sich vor ihm, er mußte in die nächste Trinkstube treten.

Hier war er allein. Der Wirth musterte den stattlichen Besuch mit argwöhnischem Blicke. Als dieser seinen Imbiß berührte, war es ihm, als raschelten noch Papiere unter seinen Fingerspitzen.

Er starrte vor sich hin. Sein ganzes tabelloses Leben ging an seinem Gedächtnisse vorüber wie der Flug eines Vogels. Als Jüngling, als Mann, da sein unbefleckter Degen ihm mehr galt als jede andere Ehre, und sein treues Pferd mehr denn eine Million, da die Frage nach Geld kaum im Augenblick einer Cavalier=

klemme auftauchte, und der Hunger nach Gold eine
unbekannte, verächtliche Empfindung war — damals
hätte Heinrich vom Ried in einer übelduftigen Kneipe
sitzen und sich fragen sollen, ob er sich glücklich zu
schätzen hätte, daß sein Verbrechen nicht gelang, oder
ob auch hier sein Unglück zu beklagen wäre! Der Tod
wäre einer solchen Möglichkeit vorhergegangen, und der
gute Bruder hatte nicht aufgehört so zu denken. Der
legte, da die äußere Ehre nicht mehr zu halten war,
sein blutiges Haupt in die Steine der Gruft, und ver=
schwand bis auf einen Namen, den man mit Rührung
nannte. Hatte in diesem Bruder, der sich zeitlebens
nur an knapper soldatischer Habe gefreut, ein besserer
Adel gelebt, als in dem älteren, den der Besitz und
das Streben ihn zu vergrößern, des abeligen Sinnes
nun gänzlich beraubt hatte? Denn so viel erkannte der
alte Grübler: Sein Greisenthum war jenes habgierige,
dessen Hand sich zitternd nach dem Goldstück ausstreckt,
gleichviel welcher Schmutz daran hafte, und welcher
Griff nöthig wäre es zu erreichen. Durch die Gemein=
schaft mit jenen Fremden hatte er den Dämon des
Goldes, den Dämon mit den gelbglänzenden Augen und
den Vampyrlippen, in sich aufgenommen, von dem Jene
seit Urzeiten, er in seinem Greisenalter hoffnungslos
besessen war. Keine Rettung mehr! —

Der Oberst verließ endlich die Trinkstube und begab sich in seine Behausung. Dann trieb es ihn zur Börse, dann in der Stadt umher, unstät, verzweifelnd.

Als Erich wieder zurückkam und sein Pult aufschloß, bemerkte er alsbald eine störende Hand. Sein nächster Blick vermißte das versiegelte Bündel, und nachdem er eine Minute lang gesucht hatte, rief er durch heftiges Schellen den alten Christian herbei. Es war dies ein ungewöhnliches Verfahren, und der Beamte trat etwas erschrocken und athemlos ein.

„Christian, wer ist hier gewesen?"

„Zuerst der Buchhalter, Herr Baron, und dann der Herr Oberst mit einem fremden Herrn im Pelz."

„Ich vermisse wichtige Papiere. Christian, Ihr seid dafür verantwortlich."

„Herr Baron, wie soll ich —"

„Es ist Euch befohlen, in meiner Abwesenheit niemand einzulassen. Ich will nicht hoffen, Christian, daß Ihr Eintrittsgeld genommen habt —"

„Großer Gott!" schrie der alte Diener auf, denn er gedachte des Fehltrittes, der seinen Herrn zum Argwohn berechtigte.

„Geht, Christian, schafft mir die Papiere oder eine sichere Spur. Wenn Euch das binnen drei Tagen nicht gelungen ist, werde ich einen andren Wächter

einſetzen, dem ich Fremdes und Eignes beſſer anver=
trauen kann."

„Herr Baron!" rief Chriſtian und rang die Hände.
„Sollte ich den Herrn Oberſt nicht einlaſſen?"

„Ihr habt gehört, was ich geſagt habe," antwor=
tete Erich. „Nun geht!"

Chriſtian taumelte die Treppe hinab und ſank in
ſeinem Pförtnerſtübchen zuſammen. Erika, durch das
heftige Schellen aufmerkſam, war zur Hand und brachte
die üble Botſchaft mit einiger Mühe aus ihrem Vater
hervor. Sie war heftig erſchrocken, denn ſie erkannte,
daß Erich ſchon um ſeiner Geſchäftsfreunde und Auf=
traggeber willen nicht anders handeln durfte, als er
gedroht, und daß die Vergangenheit ihres Vaters ſeinen
Herrn zur Vorſicht herausforderte.

„Und Du biſt unſchuldig, Vater?" fragte ſie, die
Hand auf der Schulter des Alten, und forſchte mit den
großen erſchrockenen Augen in ſeinem Geſichte, als wollte
ſie darin jedes verdächtige Zucken erhaſchen. „Du kannſt
vor Gott ſchwören, daß Du nichts davon weißt?"

„So wahr Gott lebt," ſagte der Alte matt und
erhob die Hand wie zum Schwur.

„Gut," ſagte Erika gefaßt, „dann kann es nicht
ſchlimm werden. Jetzt mußt Du aber den Kopf oben
behalten; denn drei Tage iſt keine lange Zeit. Der

Herr Oberst ist mit einem Fremden dagewesen. Du gehst sogleich zum Herr Oberst —"

„Wie kann ich das, Riekchen?" klagte der Alte. „Der Herr Oberst wird doch davon nichts wissen."

„Er nicht, aber der fremde Herr," belehrte Erika. „Du fragst den Herrn Oberst nach dem Namen des fremden Herrn, und wo er wohnt, und dann gehst Du sofort auf's Polizeiamt und fragst, ob man nicht in der Wohnung des fremden Herrn nachsuchen will. Das hast Du zu thun, Vater, aber schnell. Für alles Uebrige wird Gott sorgen."

„Du hast Recht, Riekchen," sagte Christian und rechte sich empor. Er machte sich auf den Weg und mußte anfangs seinen Stock zu Hilfe nehmen, bis er den vollen Gebrauch seiner Gliedmaßen hatte. Er fand den Oberst nicht, er mußte während des Tages mehr= mals hin und her gehen, bis der Thürsteher des Gast= hofes ihm spät am Abend sagte, daß der Oberst auf seinem Zimmer wäre, aber streng befohlen habe, Jeden abzuweisen.

Der Oberst lag halb ohnmächtig in seinem Zimmer. Seine Pistolen lagen die Nacht hindurch geladen vor ihm, aber zu einem Entschlusse gelangte er nicht mehr. Er hatte nur eine dunkle Vorstellung, daß er auf keinen rettenden Glücksfall mehr zu hoffen habe, daß Alles

verloren sei, und daß binnen weniger Tage auch das
Vermögen seiner Frau nicht mehr hinreichen werde, um
die gehäuften Forderungen auszugleichen. Dazu lastete
das Bewußtsein eines Verbrechens auf seiner Seele, das
er vergeblich zu rechtfertigen suchte.

Todesmatt lag er des Morgens noch angekleidet
auf dem Polster, das er während der Nacht nicht ver=
lassen hatte, als sein Diener klopfte und Einlaß für
den alten Christian begehrte; der abgehärmt und in
großer Bestürzung wartete. Der Oberst mußte öffnen.
Er schleppte sich mühsam bis zur Thür und ließ Christian
eintreten, der beim Anblick des Obersten sein eignes
Leiden vergaß. Er prüfte das aschfahle, eingesunkene
Gesicht, als wollte er sich vorerst der Person versichern.

„Der Herr Oberst sind krank?" begann er.

„Ich bin gesund. Was willst Du?"

Nun kehrte Christians Angst in ihrer ganzen Ge=
walt zurück. „Herr Oberst!" jammerte er, „Es ist
etwas sehr Schlimmes geschehen!"

„Noch was?" fragte der Oberst heiser.

„Dem Herrn Sohn sind wichtige Papiere abhanden
gekommen, und er denkt, ich habe Schuld daran."

Der Oberst starrte ihm ins Gesicht. „Wichtige
Papiere, sagst Du?"

Christian gab kurzen Bericht und bat um den

Namen des Fremden. Der Oberst stemmte die Faust auf den Tisch und biß die Zähne zusammen. „Christian," stieß er endlich hervor, „ich weiß den Namen nicht; ich hatte nur ein kurzes Geschäft mit dem Spitzbuben. Aber er hat die Papiere, darauf verlaß Dich. Ich denke, ich werde ihn finden, und Dir soll nichts geschehn. Verlaß Dich auf den alten Oberst."

„Wahrhaftig, Herr Oberst," fragte Christian mit zitternder Lippe, „wird mir nichts geschehen? Soll ich dem Herrn Sohn sagen —?"

„Sag' ihm was Du willst; jetzt geh."

Er schob den alten Mann hinaus und drückte wüthend auf den Knopf der Schelle. Sein Diener trat ein. Er verlangte sich umzukleiden und that es mit bebenden Händen. Er war außer sich vor Entrüstung. Die Nachricht des alten Christian hatte ihm seine Thatkraft wiedergegeben. „Ich will das Diebsnest ausnehmen," grollte er vor sich hin. „Sie sollen mich kennen lernen. Erwürgen will ich ihn, den alten Bluthund."

Ein Rest von Jugend zuckt durch seine Glieder, er springt leicht in den Wagen, der ihn vor das Haus des alten Kaschauer trägt. Er strauchelt beim Aussteigen, er hinkt bis zur Schwelle, und wird von einem der beiden Knechte vor den Alten geschleppt.

Dieser hatte sich noch kaum von der Erschütterung
erholt, die ihm durch den Wiedergewinn der Papiere
bereitet worden war. Er hatte die Beute an sich ge=
rissen, sie mit thierischer Hast, um sich von dem Inhalt
zu überzeugen, zerfetzt und sich dann von Dob zum
Ofen tragen lassen, um sie mit eigner Hand zu ver=
brennen. Dann hatte er vor Freude gerast, dann für
Dob Sternberger ein Chek über eine große Summe aus=
gefertigt, er wußte selbst nicht wieviel, und ihm ge=
rathen: „Aber nimm das Geld zu dir, du Fuchs,
damit du's bei dir trägst, wenn du fort mußt, und
hinterlaß mir deine Photographie, damit ich weiß,
wie du aussiehst, wenn ich dir Steckbriefe nachzu=
schicken habe.“

Den Oberst zu empfangen, veranlaßte ihn nur
die Schadenfreude, die sich an dem trostlosen Gesichte
des Feindes weiden wollte, und einigermaßen auch die
Absicht, einem geräuschvollen Auftritt vorzubeugen.

Schweigend, blaß, hastig athmend saß der Oberst
im Armsessel und starrte über seine Hände, die er auf
sein Rohr gestützt hielt.

„Was wollen Sie denn wieder, Oberst?“ keifte
Baron Abraham mit der Stimme einer alten Frau.

„Wissen Sie nichts, Baron?“

„Nichts weiß ich. Wahrscheinlich haben Sie wieder

Verluſt gehabt. Vielleicht iſt's ganz aus mit Ihnen. Hatte ich Recht oder nicht, Ihnen kein Geld zu geben? Ich habe keine Zeit. Auch ich habe überall Verluſt."

„Baron —" begann der Oberſt, aber wie eine kalte Fauſt lag es um ſeine Kehle.

„Was haben Sie denn?" ſchrie Abraham entſetzt vor dem Blick des Oberſten und verſuchte aus ſeinen Kiſſen aufzuhüpfen. „Sie ſind nicht wie ſonſt, Oberſt."

„Baron Kaſchauer, ich habe Ihnen etwas Ent= ſetzliches zu ſagen. Aber ich muß laut ſprechen. Iſt Jemand im Nebenzimmer?"

Der Alte drückte an einen Knopf im Fußboden und befahl dem herbeieilenden Diener, die anſtoßenden Zimmer abzuſuchen, jeden hinauszuweiſen und niemand einzulaſſen. „Nun was giebt's?" fragte er dann mit teufliſchem Augenzwinkern. „Uebrigens ſind die Thüren gepolſtert."

„Baron, Sie haben die Papiere ſtehlen laſſen, mit denen ich Ihnen gedroht habe."

„Oberſt!" lachte der Alte, „Sie treiben Spaß. Aber daß Sie für Ihre Späße Geld bekommen, das glauben Sie nicht."

Heinrich vom Ried mußte ſich ſammeln, bevor er

weiter sprach. „Kein Spaß, Baron. Dob Stern=
berger hat sie gestohlen. Ich selbst hab' ihn an das
Pult meines Sohnes geführt. Ich selbst habe sie stehlen
wollen, um damit Geld zu bekommen, und hinter
meinem Rücken hat der Schreiber sie gestohlen."

„Was?" rief Abraham. „Das hat einer von
den stolzen Herrn vom Ried gethan? Einer von Denen,
die uns Wucher und Betrug vorwerfen und die Achseln
zucken, wenn wir Gold als das Einzige ansehen, was
gut ist, außer Gott?"

Der Oberst erhob sich, tastete an Stuhl und
Tisch, und mit krallender Faust vorwärts bis zu dem
Alten. „Gieb mir die Papiere heraus, Bluthund!"
schrie er. „Gieb die Papiere heraus, oder Geld da=
für, eine Million oder wieviel Du uns sonst gestohlen
hast!"

Abraham Kaschauer stieß einen gellenden Schrei
aus. Die krallende Faust fuhr ihm an den Hals;
aber während die Diener eintraten, sank der alte
Soldat in plötzlicher Ohnmacht und Verzweiflung zu=
sammen. „Erbarmen!" ächzte er. „Erbarmen!"

„Ach — da liegt er!" so jauchzte Abraham aus
seiner Angst auf. „Weißt Du, Alter, vor wem Du
liegst? Vor dem Abraham Kaschauer, dem ihr auf dem
Rücken gesessen habt, und habt ihm die Sporen gestoßen

in die Lenden, und Du und der General, der todt ist,
habt hinterdrein gepeitscht. Wo ist eine Peitsche, daß
ich ihn wieder kann schlagen? Und wo sind Sporen,
daß ich sie ihm kann stacheln in die Lenden?"

Er wühlte in seinen Kissen, um sich aufzurichten,
aber der Wahnsinn des Triumphes verstärkte die Läh-
mung des Alters. Seine Diener richteten ihn auf.
Er stützte sich, faselte mit der Hand, lallte etwas und
lachte, bis er den Dienern begreiflich machen konnte,
den Oberst fortzuschaffen, der sich stöhnend zu erheben
suchte.

Die Diener stemmten ihre Schultern unter die
Arme des alten Soldaten. „Auf Leben und Tod!"
murmelte er, als man ihn über die Schwelle hob.

Kaum war die gebrochene Gestalt den Augen des
Barons entzogen, als die Furcht vor den Folgen dieses
Auftrittes an die Stelle des Triumphes trat. Der
Sohn wird Alles erfahren, wird kommen, wird die
Papiere verlangen, wird Ersatz wollen, wird die Sache
öffentlich machen, wird Zeugen beibringen! So heftig
Abraham Kaschauer nach Rache verlangt — daß ihm
noch am Rande des Grabes, daß seiner Leiche im
Sarge die goldene Larve abgerissen werden, und das
Gesicht des Leichenräubers, des Diebes, des Mörders
erscheinen möchte, schreckte ihn auch jetzt noch, da die

Zeugnisse vernichtet waren. Innerhalb der Spanne Leben, die ihm noch vergönnt war, konnte viel geschehen, und da die Welt des Goldes eben jetzt in allen Fugen wankte, konnte auch das Haus Kaschauer, als Gauner= herberge erkannt, einstürzen von einer Stunde zur andren, und der alte Abraham Kaschauer als Schnor= rer und Schächer hinausgetragen werden an den guten Ort. —

Die Diener kamen zurück und berichteten, was der Oberst vor sich hin gesagt, als er über die Schwelle ging: „Auf Leben und Tod!"

Der Alte lachte unter grauenhafter Verzerrung, sodaß die Diener starr standen. „Auf Leben und Tod! Hierher Dob! Dob Sternberger, hier! Heiß' die Affen gehn, Dob!"

Und als jene gegangen waren, die er mit dem Namen ihres Urvaters benannte, haftete er mit den Händen in seinen unordentlichen Papieren herum und schrie: „Gieb her, Dob!" Er meinte die Truhe, die Dob Sternberger ihm zuschob. Er stopfte einige ver= gilbte Papiere und Bündel hinein. „Schließ' zu, Dob, vergrab's, verscharr's!" Er warf Kissen auf Kissen über die Truhe und warf sich darauf. „Hier laß lie= gen, Dob, daß mich's drückt, daß ich's fühle! Und nun geh', geh' fort, geh' nach Amerika! Geld hast Du, sollst mehr haben. Geh! Sie werden Dich suchen, sie sollen Dich nicht finden."

Dob erblaßte und eilte hinaus, um seine Flucht vorzubereiten. Der Alte aber hockte über seiner Truhe, tastete danach und ächzte: „Auf Leben und Tod!"

XVI.

Wolfgang vom Ried erhielt von Hause manche un=
angenehme Post, und mitunter eine solche statt des Gel=
des, dessen er bedurfte. Nach langem Zaudern gestand
ihm sein Vater, daß die Geschäfte der Bank sowohl wie
der Hohenrieder Privatfinanz nicht so glänzend aus=
fielen, wie man aus dem Umfange des gründenden
Capitals und der Tüchtigkeit der verwaltenden Kräfte
zu hoffen berechtigt gewesen wäre, und daß man das
Unglück gehabt habe, mit seinen Hauptunternehmungen
in eine böse Zeit zu gerathen. Vorläufig wäre zwar
noch kein Grund zu ernster Besorgniß vorhanden, doch
Sparsamkeit auf allen Punkten zu verstärken. An diese
Kunde schloß sich die Ermahnung, Wolfgang möge auch
seinerseits den Luxus auf das Bedürfniß einschränken
und seine Eltern in ihrer Sparsamkeit unterstützen.
Namentlich müßten seine Reisen nach Berlin nebst den
bedeutenden Kosten, die sich daran knüpften, unterbleiben,

weil sie ja ohnehin zu keinem erwünschten Ziele führen könnten.

Wolfgang glaubte in den bezeichneten Punkten schon viel gethan zu haben; doch bedurfte es bei ihm nur jenes unangenehmen Fingerzeiges, um seine Cavaliergewohnheiten gänzlich dem Geschäftssinn unterzuordnen. Er fand einen Vorwand, Pferde und Reitknechte abzuschaffen, spielte nur gezwungen, und dann weniger hoch, ließ in Wein und Cigarren weniger draufgehen, und da seine ärmeren und genußsüchtigeren Cameraden darunter litten, so bemerkte man die Veränderung bald und sagte: „Der Rieb ist ein Duckmäuser geworden." Daß die Finanzen daran Schuld sein könnten, davon träumten die flotten Offiziere wohl auch mitunter; allein darin lag nach Soldatenansicht kein hinreichender Grund, wie ein Schulmeister zu leben.

Wolfgang kümmerte sich um die Vorstellungen und Neckereien seiner Freunde nicht. Der Cavalierstolz, der auch bei sinkendem Vermögen den Schein zu wahren gebietet, wich der geschäftsmäßigen Klugheit, die ihm im Blute lag und nur eines Anrufs harrte, um rücksichtslos zu walten. Auch den Genüssen entsagte er unschwer, und vielleicht war das gleichfalls eine Erbeigenschaft. Keine Nöthigung, kein Spott trieb ihn zu einer Ausgabe über die Nothwendigkeit hinaus, und die Folge

war, daß sein Neckname, den er durch Freigebigkeit in
Vergessenheit gebracht, schnell wieder zum Vorschein kam.
Seine Stellung im Regiment hörte auf angenehm
zu sein.

Unter diesen Umständen erkannte er, daß der Offi=
zierstand im Verhältniß zu den Vortheilen, die er böte,
viel zu theuer wäre, und hielt für zweckmäßig, den Ab=
schied zu nehmen. Zugleich aber dünkten ihm die Zeit=
umstände auch für die Vereinigung mit seiner Erwählten
günstig, und er unternahm es von Neuem, seine Ver=
wandten umzustimmen. Er berieth mit seinem Vater,
ob es nicht besser wäre, dem frischen Reiterleben Fahre=
wohl zu sagen und mit dem ausreichenden Vermögen
seiner Braut ein Geschäft auf eigne Hand zu gründen.

Achill vom Ried, der von Sorgen mürbe war -und
bei seinem Widerspruch gegen die beabsichtigte Heirat
ohnehin weniger seiner eigenen, als der Abneigung der
blonden Frauen von Hohenried nachgab, antwortete
seinem Sohne nicht unbedingt abweisend; doch meinte
er, die Künstlerin selbst werde den Geliebten aufgeben,
sobald ihr die schlechten Geschäfte des abligen Bank=
hauses bekannt, und die Gefahr nahe wäre, ihr Ver=
mögen mit einem verarmten Gatten zu theilen. —

So weit war es also gekommen! — Nun, so war
das ein desto stärkerer Antrieb, seine Zukunft zu sichern.

Zwar wußte Wolfgang, daß seine Braut auf die äuße=
ren Abzeichen seines Adels, auf Uniform und Lebens=
art viel Werth legte. Mächtiger Höhentrieb hatte sie
aus der Geschäftswelt in das Reich der Kunst versetzt,
und das Glück, das sie durch Wolfgang gefunden, be=
stand zum Theil in dem Behagen, ihrer Kunst eine
höhere Lebensstellung zu verdanken, als die Welt der
Zahltische und der mitunter fast mißgestalteten Geschäfts=
leute sie darböte. Dennoch vermuthete Wolfgang bei
ihr einige Anhänglichkeit an seine Person, von welcher
der Adel übrigens unzertrennlich wäre.

Sobald er die Vortheile der Verbindung mit sei=
nem Vater in kühler Geschäftssprache festgestellt und
demselben seine Zustimmung durch Logik abgerungen,
wagte er sich mit dem halbfertigen Entschlusse auch an
seine Mutter. Bei dieser aber, welche die Sache für
immer beseitigt glaubte, traf er auf desto hartnäckigeren
Widerspruch. Sie hielt frauenhaft streng an ihrer
christlichen und geselligen Abneigung gegen die Juden
im Allgemeinen und die Kaschauers insbesondere. Sie
sprach das herbe Wort, einen Sohn, der eine jüdische
Comödiendame zur Frau habe, werde sie nicht mehr als
ihren Sohn anerkennen; denn den Adel der Kunst, des
Gemüthes oder der Sittlichkeit vermöchte sie bei Wolf=
gangs Auserforener nicht zu entdecken. Wenn ihr die

Sache auf eine Geschäftsheirat hinauszukommen schien, stieg ihre Entrüstung, und sie suchte eine solche Ehe um so nachdrücklicher zu verhindern, als die bedenkliche Lage des Hauses Hohenried ihr verborgen war. Auch hatte sie bald nach ihrer Hochzeit wohl erkannt, welchen Anspruch auf Achtung eine Geschäftsheirat in der sittlichen Welt habe.

Ihre Schwiegermutter, die geborene Eschenheimerin, ging mit der Schwiegertochter und äußerte zum ersten Mal, daß dieselbe sich mit der Zeit ziemlich geschickt in den abligen Anschauungen zurecht gefunden habe, unter deren Einflusse sie seit ihrer Aufnahme in das Haus Hohenried gestanden.

Als die beiden Edelfrauen durch eine unbedachtsame Aeußerung Achill's erfuhren, daß Wolfgang entschlossen wäre, den Abschied zu nehmen und ein Geschäft zu gründen, entstand Sturm in dem Actienschlosse zu Wien. Die Frauen, tief gekränkt durch den Spitznamen des Geschlechtes, der auch ihnen, den blonden, galt, sollten über sich ergehen lassen, daß der einzige aus der Familie, der mit ritterlicher Beschäftigung einen Anfang gemacht hatte, in das Rechnen und Geldmachen zurückfiele? Nun und nimmer! Sie setzten hier den Hebel ihres Widerspruchs an und bereiteten dem armen Wolfgang so viel Qual und Kopfschmerzen, daß er auch im Dienst Unlust und Zerstreutheit blicken ließ und sich dem heimlichen Urtheil aussetzte, er wäre als Jude nicht zum Offizier zu gebrauchen.

Von der anderen Seite stürmte es nicht minder auf den jungen Mann ein. Die Künstlerin spornte ihren Verlobten täglich durch Briefe und Bitten, end= lich Ernst zu machen, und wie bitterlich er auch mit den Seinen im Kampfe lag, sie verstand unter Ernst lediglich Hochzeit, welche Baronin Jacob im Palast Kaschauer auszurichten versprach, und das Recht auf den Titel Frau Baronin, den sie der Cousine be= neidete. Ihre Vorwürfe, Bitten, Rathschläge trafen Wolfgang fast immer in Stunden, wenn er noch unter Wirkung streitbarer Unterredungen oder Zuschriften stand. Gerieth er vor diesen ins Schwanken, und eilte er für einige Tage in die schönen Arme seiner Braut, um Liebe und Vorsätze zu kräftigen, so empfing ihn diese mit einer kräftigen Flut mehr von Vorwürfen denn Liebkosungen. Zuletzt schien sie gar die Huldigungen eines jungen Grafen anzunehmen. Nur die Verwandten durchschauten dieses Gaukelspiel und wußten, daß jüdische Keuschheit auch dieses schöne Weib vor Fehltritten be= wahrte.

Eifersucht trieb zum Entschlusse. „Glaubst Du, die Schuld ist mein?" sagte Wolfgang in einer der

zornigen Schäferstunden, die auf die zärtlichen gefolgt
waren.

„Bewahre!" rief die Künstlerin, die an diesem
Tage die Medea gespielt hatte und noch immer eine
Lyra zu zerbrechen schien. „Dein ist die Schuld nicht!
Die Verhältnisse, der Herr Vater, die Frau Mutter
und was sonst noch zu den Verhältnissen gehört. Wie
kann man auch verlangen, daß ein Mann in dieser Ge=
schäftswelt, wo fast jeder Mann ein Kaufmann ist, sich
über die Verhältnisse erhebe und aus eignem Antriebe
handle! Niemand ist frei! Alle stecken sie in irgend
einem Netze, das viel stärker ist als die Garne der Liebe.
Ich verschmähe diese unfreien Männer! Ich selbst habe
das Vorurtheil meiner Eltern und einer ganzen Welt
besiegt und mich aus dieser Welt in die reinen Regionen
der göttlichen Kunst erhoben, und ich bin ein Weib.
Ich habe also ein Recht, gleiche Entschlossenheit von
einem Manne zu verlangen, zumal von einem Manne,
der ein entschlossenes Weib gewinnen will. Es ist
zu viel Geschäft in Dir, Wolfgang! Ich lobe mir
den Grafen, welcher schwört, daß keine Macht der Erde
ihn zurückhalten solle, mir an das Ende der Welt zu
folgen."

Wolfgang's Eifersucht überhörte den parodistischen
Ton, den die Künstlerin mit dem Pathos der letzten

Redensarten verband. „Hör' auf, Clara!" so rief er und stand als entschlossener Mann da. „Vergleiche mich nicht mit dem albernen Grafen! Du glaubst ja doch nicht im Ernste, daß ich nicht zu Allem in Wahrheit fähig wäre, womit jener prahlt."

„Ich glaube, Wolfgang, daß Du es vermagst!" rief die Künstlerin, warf ihre schönen Arme um den Hals des Geliebten und sammelte ihre theatralischen Gemeinplätze. „Hätte ich Dich so lange und so innig lieben können," sagte sie unter Anderem, „wenn jener Glaube an Dich jemals in meinem Innersten erloschen wäre? Aber Du zögerst, Du rechnest zu sehr. Du lauschest zu aufmerksam auf die Vorschriften Deiner Verwandten und das Urtheil der Welt. Solches Zögern macht schlaff und muthlos, und ich fürchte, Du verlierst zuletzt die Kraft, an mir festzuhalten."

„Ich will ein Ende haben dieses Zweifels!" rief in jambischem Tonfall Wolfgang, der durch den Umgang mit den Menschen der Bretterwelt sich bereits einige Declamation angeeignet hatte. „Ich will, daß Du auch vor der Welt die Meine wirst. Ich will ohne Vorschrift, ohne Rücksicht auf das Urtheil der Leute handeln, wer es auch sei! Willst Du Alles gut heißen, was ich zu unserer Vereinigung thun werde?"

„Herrlicher Mann!" rief Clara. „Ich will Dein

16*

sein! Ich will Deinem Willen wie eine Sclavin ge=
horchen!" — Und so endete dieser Auftritt in Ent=
zücken und wirksamem Abgang. —

Wolfgang machte Ernst. Er veröffentlichte seine
Verlobung mit Fräulein Clara Kaschauer, die jedermann
als Clara Sonnenburg kannte, und als Cameraden und
Vorgesetzte ihn höhnisch beglückwünschten, reichte er an
demselben Tage seinen Abschied ein, ohne jedoch seine
Braut von diesem Opfer in Kenntniß zu setzen. Da=
gegen erklärte er in Uebereinstimmung mit derselben
seinen Austritt aus seiner Landeskirche und bereitete in
Berlin die bürgerliche Trauung vor. Seitens der
Eltern Clara's entstanden keine Schwierigkeiten, obwohl
es an Warnungen und Andeutungen über die schlimme
Lage des Hauses Hohenried nicht fehlte. Der Vater
schenkte denselben nur soweit Gehör, daß er das Ver=
mögen seiner Tochter „in diesen schlechten Zeiten" unter
seiner Verwaltung behielt und dessen Nießbrauch für
das künftige Ehepaar so ergiebig gestaltete, wie es nur
ein jüdischer Bankhäuptling vermag.

Den Seinen theilte Wolfgang seinen männlichen
Entschluß durch das Zeitungsblatt mit, in welchem die
Anzeige von seiner Verlobung enthalten war, und erst
als er die Aufregung vorüber glaubte, setzte er seinen
geliebten Eltern in einem kühlen, wohlgesetzten Briefe

die Gründe auseinander, die ihn zu dem eigenmächtigen Vorgehen veranlaßt hätten, übrigens den Verwandten durchaus nicht neu erschienen. Die Frauen waren auf's Höchste gereizt, und die Mutter ließ ihm im ersten Zorne durch den Vater schreiben, daß sie weder den glücklichen Bräutigam noch die künftige Baronin zu sehen wünschte. Der Vater, in der Stille zufrieden, daß seinem Sohne ein anständiges Vermögen zufloß, stimmte doch wegen des Hausfriedens und aus Gründen der Zweckmäßigkeit in das Zetergeschrei der Frauen ein. Er schickte seinem Sohne fünftausend Gulden zu einem Schmucke für die Braut und zur Hochzeitsreise, empfahl seine Zukunft der Liebe und dem Vermögen seiner Er-wählten und schrieb ihm seinen Segen nur mit der Maßgabe, daß Wolfgang von ihm und seiner Casse nicht früher als nach des Vaters Tode zu hören begehre.

Diese Clausel kümmerte Wolfgang wenig. Er las aus ihr nur die augenblickliche Finanzklemme und wußte, daß sein zärtlicher Vater beim Eintreten der Geldflut auf einem goldenen Kahne zu ihm kommen werde. Das schöne Antlitz der Braut verdüsterte und verlängerte sich zwar bei Lesung des väterlichen Briefes für so lange, als die Selbstbeherrschung ausblieb; denn solche Aussichten stimmten schlecht zu den Vorstellungen von

der Stattlichkeit einer Freifrau und dem Wetteifer
zwischen zwei Freifrauen; aber da eine Klage über diese
Verhältnisse wenig zu der begeisterten Verachtung gestimmt hätte, die sie den Verhältnissen kürzlich ent-
gegengeschleudert hatte, und da Wolfgang diesen Verlust als ein Opfer darstellte, in dessen Voraussicht er
so lange gezögert, so ergab sie sich in eine sparsame
Kleidung und begeisterte sich sogar zu einer gering-
schätzigen Rede über das Gold des Rialto.

So wurde denn die Hochzeit wirklich im Palast
Kaschauer gefeiert, der von Gästen schwarz war. Blond
und weiß erschien wenig; denn was von Hohenrieder
Herrschaften in Berlin anwesend war, hatte sich mit
der Trauerzeit entschuldigen lassen. Die Braut glitzerte
von Steinen, als hätte sie vergessen, daß sie der Stern
wäre, der jeden Schmuck überstrahlte. Die ganze Hoch-
zeitsversammlung glitzerte, die Commerzienräthe hatten
ihre Orden angelegt, und so war es auffallend bis zur
Bestürzung, daß der Bräutigam in schlichtem Frack erschien. Der Mangel eines jeden Abzeichens verrieth,
daß er weder in strategischer noch nationalökonomischer
Beziehung viel für sein Vaterland oder seine Mitbürger
geleistet, und die Blicke waren stolz, welche die orden-
geschmückten Geldbarone über seine Schulter hin-
schossen.

Clara Kaschauer erfuhr jetzt erst, daß Wolfgang für ihre Verbindung noch ein zweites, größeres Opfer gebracht und dem ritterlichen Berufe entsagt habe. Sie brach in Theaterthränen aus: „O Wolfgang! Ich hätte dieses Opfer niemals angenommen!"

Aber die Thränen mußten im Taschentuche verschwinden, denn es war Hochzeit, und als Clara Kaschauer sich im Verlaufe des Abends als gnädigste Frau oder gar als Baronin geehrt fand und aus dem Lächeln der Baronin Jacob etwas wie Aufnahme in die Kreise des Judenadels las, fühlte sie sich zum Theil getröstet und seufzte gegen ihren jungen Gemahl nur: „Ach über diese engherzige Welt, die noch immer an Vorurtheilen haftet und den Adel der Kunst nicht anerkennt!" —

Auf die beschlossene Hochzeitsreise, natürlich nach Italien, hatte die Standeserniedrigung des Gemahls keinen Einfluß. Die Braut entfernte sich vor Aufhebung der Tafel, um sich ihrer kostbaren Steine zu entlasten und die Reisekleider anzulegen, die Channa ihr frisch fertig überbrachte. Einzelne von den jüngeren Damen, die für das Reisezeug einer jungen Frau nicht ohne Theilnahme waren, verschwanden abwechselnd, unter dem Vorwande Hilfe zu leisten. Auch Goldine gab den Bitten einer Bekannten nach und führte diese zu den Koffern, über denen Channa beschäftigt war.

Sie fand diese mit verweinten Augen, nahm sie bei Seite und fragte sie.

„Ach Baronesse! Ich habe heute von meinem Bruder Abschied genommen, und nun muß ich selbst nach Italien.“

„Du mußt selbst nach Italien? Geht Dein Bruder denn auch fort?“

Channa sah sich scheu um. „Nach Amerika. Aber das soll niemand wissen.“

„Was will er da? Was hat er für Geschäfte?“

„Nicht in Geschäften, aber mit viel Geld. Er hat auch mir Geld gegeben, sonst aber werde ich nicht gescheidt aus seinen Reden. Er sagt nur, er hat dem alten Herrn Baron einen großen Dienst gethan und deshalb wird er verfolgt von den bösen Leuten. Dann sagt er auch, daß der Herr Oberst vom Ried, ein alter Herr, und der Vater von dem Herrn Baron Erich, der so gut war gegen mich in meines Vaters Hause, sich vergriffen hat an dem alten Herrn Baron Abraham, um Geld zu bekommen, und daß es soll zur Anzeige kommen bei der Polizei, und daß die Herrn von Eschenheim Alles verloren haben und sehr tief herunter sind —“

Thora griff nach einer Stütze; aber sie mußte Alles erfahren. „Du schwatzest, Channa," sagte sie in verweisendem Tone. „Dein Bruder hat geredet was er nicht verantworten kann."

„Baronesse, es ist heute geschehen, und er ist noch ganz entsetzt zu mir gekommen, vor einer Stunde, weil der alte Oberst so blaß ausgesehen hat, als er vor dem Baron Abraham auf den Knien lag, und weil er gesagt hat: „Auf Leben und Tod!"

„Es ist nicht wahr!" rief Thora aus. „Was für Beweise hat denn der Dob, daß er so etwas aussprechen darf?"

„Er hat mir Alles gesagt, weil ich seine Schwester bin, und komme mit Keinem zusammen um zu schwatzen. Aber es ist ein schweres Geheimniß."

„Wer spricht über so entsetzliche Dinge!"

„Der Herr Oberst hat Papiere genommen von seinem Herrn Sohn und hat damit gedroht dem Herrn Baron Abraham. Aber der hat sie verbrannt, und da hat der Herr Oberst gethan einen Raubmord. Ja, einen Raubmord hat der alte Herr Baron gesagt, und sagt auch Dob, mein Bruder. Und der alte Herr Baron hat noch viel andere Papiere und kostbare Dinge, die sind in einer kleinen silbernen Kiste, die liegt immer unter seinen Kopfkissen, wenn er schläft, und drückt ihn, und er weiß im Schlafe, daß sie da ist."

Thora wollte die Schwätzerin bis zu Ende aus= forschen, aber die junge Baronin rief nach ihrem Kam= mermädchen und war bald darauf reisefertig. Thora mußte ihre Unruhe vor den Gästen verbergen, und wenn Jemand sie fragte, wovon sie so bleich und verwirrt wäre, so behauptete sie keinen Grund zu wissen. Aber sie kehrte nicht in den Saal zurück, sie suchte unbemerkt zu entkommen.

Drinnen erscholl ein halbtrunkenes Hoch. Draußen trappelten sechszehn Hufe; die Wagen fuhren auf Gummi.

Mokkaduft erfüllte den hochzeitlichen Palast. Thora griff nach dem Shawl ihrer Mutter und eilte hinaus. —

XVII.

Die Geschäftsräume der Webereigesellschaft befanden
sich nicht weit vom Palast Kaschauer. Thora zog es
vor, den werthen Mann, zu dessen Schutzengel sie sich
berufen fühlte, zuerst bei seiner Arbeit aufzusuchen,
bevor sie in seiner entfernten Wohnung nachfragte.

Die gläserne Straße lag noch hell im Geschäfts=
lichte, und die weibliche Jugend der Hauptstadt huschte
fackeläuging über den Bürgersteig, oder stand anbetend
vor den Damen in den Schaufenstern. Die Kinder
blickten bezaubert nach den Magazinen von Spielsachen
und lernten frühe Begehrlichkeit. Das Laster flatterte
um die Schauläden voll Judensteinen und Goldkram,
und an dem Fenster einer Wechslerstube stand ein
armer Krämerjunge und prägte sich den Werth des
Geldes ein, das dort auf bunte Blätter gebannt war
oder aus rothen Schalen gleißte.

Thora, die festliche Rose im Haar, die dunkle

Locke nachfliegend, das weiße, schleppende Gewand vom
Shawl kaum verborgen, schlüpfte den Herrlichkeiten
vorbei, hinter denen das Elend der Welt lauert. Selten
war sie Abends auf der Gasse gewesen, niemals wie
heute. Sie warf schüchterne Blicke nach den Lichtern,
die sie verrathen konnten, und es fiel ihr auf, daß
beinahe hinter jedem der verlockenden Schaufenster ein
schwarzer Kopf hervorlauerte. Ein widerwärtiger Gedanke traf sie: Es waren also ihre Stammesgenossen,
die vorzugsweise mit dem Elende der Welt Handel
trieben und aus der Thorheit, der Leidenschaft, dem
Laster Geld machten? Da war es nicht seltsam, daß
der Reichthum jüdisch wurde; denn ergiebigere Geld-
quellen als das Laster, die Thorheit, die Leidenschaft,
giebt es nicht, nur dürfen die Hände, die daraus Gold
schöpfen, die Unsauberkeit nicht scheuen. Dafür werden
sie denn freilich besser belohnt, als der arme Gold-
gräber im überseeischen Lande, der hart arbeitet und
oft verkommt. Judenhände finden das Gold gleich
gemünzt in der Cloake. —

Thora schämte sich fast, dem Geliebten, der die
Gebrechen der Zeit strengen Blicks durchschaute, mit
den Gedanken, die sie quälten, und die auch für Erich
gerade jetzt so nahe lagen, zu begegnen. Sie zögerte,
bevor sie an das Fenster des Thürstehers klopfte. Ein

frisches Mädchengesicht erschien und fuhr zurück. Gleich
darauf trat die große Gestalt des alten Christian
heraus.

Thora hatte diesen einmal gesehen, gelegentlich
auch von Erich gehört, wie er versorgt sei; daß sie
aber dem Manne unbekannt war, wußte sie wohl.
Daher brachte sie die Frage, ob Herr vom Ried noch
oben wäre, sehr ängstlich hervor.

„Herr vom Ried? Gewiß. Was wollen Sie?"
fragte der erbitterte Mann abweisend.

„Ich muß ihn sprechen."

„Er nimmt hier nur Geschäftsbesuche an."

„Mein Besuch ist wichtiger."

„So? Wen soll ich melden? Und was ist's für
eine Angelegenheit?"

„Melden Sie ein junges Mädchen und beschreiben
Sie mich. Aber ich bitte, eilen Sie."

„Ich soll wieder etwas anhören, weil ich Unbe-
rufene einlasse? Warten Sie, bis er kommt."

Thora durfte nicht zu lange ausbleiben. Sie
entschloß sich kurz, trat in das Gemach, riß ein Blatt
aus ihrem Taschenbuche und schrieb: „Ihr Vater ist
in Gefahr!" und unterzeichnete mit den Anfangsbuch-
staben ihres Namens. „Gehn Sie damit. So stören
Sie am wenigsten."

Christian hatte keine Widerrede, aber im Abgehen entfaltete er das Blättchen gleichsam pflichtgemäß vor Thora's Augen, warf einen erschrockenen Blick auf sie, und eilte die Stufen hinan.

Thora' blieb unterdessen mit Erika allein, die ihre Bewegungen beobachtete und aus Handschuh und Brieftasche die feine Dame erkannte. Nunmehr trat sie dicht vor Thora und sagte mit dem Antlitz einer Richterin: „Sie sind auch von dem Stamme, der unser Thal verwüstet und die Einwohner schlecht und elend macht. Ja, Sie sind auch eine von Denen, vielleicht gar eine aus der Familie des Baron Abraham, bei dessen Namen man in Riebheim flucht."

Die Angegriffene blieb stolz und gelassen. „Ich bin eine Baronesse Kaschauer," sagte sie. „Was wollen Sie von mir?"

„Sind Sie?" rief Erika etwas betroffen. „Gott bewahre, daß ich etwas von Ihnen wollte! Was von Ihnen kommt, und sieht es noch so hübsch aus, verwandelt sich in Unglück und Schande!" Damit kehrte sie ihr den Rücken und ging hinaus.

„In Elend und Schande —" klang es in Thora nach. War es nur die Ungerechtigkeit des Eifers oder war es furchtbare Wahrheit? — Elend und Schande!

Brachte sie dem Manne, dessen Schritte sie nahen hörte, nicht selbst eine solche Botschaft? O es mußte wahr sein! Es mußte schreckliche Wirklichkeit unter der Vergoldung, in welcher das Haus Kaschauer glänzte, verborgen sein! Die Winke, die ihr durch Channa geworden waren, die Reden dieses Mädchens hier, alles stimmte dazu. Vielleicht erfuhr auch Thora davon. —

Da stand Erich vor ihr, Schreck im Auge, und doch das Antlitz voll liebender Sorge und Dankbarkeit für das harrende Mädchen. Hinter ihm schritt der breitschultrige alte Mann und sah auf Thora wie auf ein Wunder. Erich entfernte ihn durch den Auftrag, einen Wagen zu holen.

„Thora, Sie haben das Fest verlassen, um mir wieder als guter Engel zu erscheinen. Wie gut Sie sind, Thora! Wie schön Sie sind! Ihr Auge ist dunkel, und ich habe mir die guten Engel doch niemals mit so dunklen Augen vorgestellt.“ So sprach Erich lächelnd, als wollte er die Angst dieses Augenblickes hinwegscherzen.

„Erich!“ rief Thora und strebte mit zitternden Händen zu ihm. Er aber blickte still nach der Thür und blieb unbeweglich. Nur in seinem großen Auge glänzte es, wie Thora es nie gesehen.

„Erich," wiederholte sie leise, „Sie vergessen Ihren Vater und Ihr Unglück einen Augenblick über dem armen Mädchen. Gott lohne es Ihnen!"

„Wäre ich doch so glücklich, daß ich an nichts zu denken hätte, denn an Thora!"

„Ich trete zurück. Vielleicht ist jede Minute wichtig. Jeder Augenblick gehört Ihrem Vater."

„Was ist's, Thora? Ich hab' heute viel an meinen Vater denken müssen. Daß er in Gefahr wäre, dacht' ich nicht."

„Verlangen Sie nicht, daß ich's ausspreche. Auch schwöre ich nicht auf die Wahrheit. Aber eilen Sie, Erich, eilen Sie zu Ihrem Vater!"

Der Thürsteher trat ein, der Wagen fuhr vor.

„Auch Sie müssen fort, Thora."

„Ich will die kurze Strecke mit Ihnen fahren, ich gehe nicht zum zweiten Male über die Straße."

Sie stiegen ein. Thora versuchte ein Wort zu sagen; doch in dem Rasseln des elenden Wagens erstickte jeder Laut.

Man hielt vor dem Palast Kaschauer. Die Fenster funkelten, Musik scholl heraus, tanzende Paare warfen hastige Schatten.

„Ich muß fort!"

Der Wagenschlag flog auf. Für einen Augenblick kam sie der Brust des Mannes nahe.

„Erich!" — Sie schlang ihre Arme blitzschnell um seinen Hals, und blitzschnell stand sie unten. „Retten Sie Ihren Vater, und dann will ich sterben!" Ihr weißes Kleid schwebte über die Gasse fort, die Treppe hinan. Ihre Gestalt verschwand hinter einer Säule.

Sonderbar, Erich mußte lächeln. In diesem ernsten Augenblicke mischten sich die possierlichen Sagen von den Messiasmädchen zu seinen Gedanken, von jenen Jungfrauentöchtern, die anstatt des erlösenden Knaben geboren wurden. Warum nicht! Ein Mädchen wie jenes, kann es die Sünde eines Volkes nicht versöhnen? Ist mir es doch so warm zu Muthe, als wollte ich um ihretwillen ihrem Hause, ihrem Stamme ver= zeihen!" —

Erich fuhr weiter. Thora aber trat in den Palast, bereits vermißt, im Vorsaal empfangen.

„Goldine!" rief die Mutter händeringend und musterte sie von der Rose am Scheitel bis zu dem garstigen Saum der Schleppe. „Wo kommst Du her? Wie siehst Du aus?"

Die erstaunten Damen drängten sich heran,

schwarze Köpfe reckten sich einer über den andren und äugelten schonungslos. Der Vater kam herbei und stotterte vom Wein.

„Sie ist auf der Straße gewesen," flüsterte ihm Baronin Jacob zu.

„Sie kommt mir schon seit lange nicht geheuer vor," stotterte Moses.

„Sie muß etwas vorhaben," behauptete die Mutter.

„Kind, sprich, was hat das zu bedeuten?"

Thora hob trotzig das Köpfchen. „Ich habe allerdings etwas vor, und ich denke, es wird nur zu schnell bekannt werden, vielleicht morgen. Aber heute laßt mich in Ruh." — Sie entzog sich der Neugier der Gäste und sagte nur noch ihrer Mutter, die ihr auf dem Fuße folgte und in sie drang: „Es ist nichts was ich Dir verhehlen wollte. Aber heute schweige ich, weil es Schaden bringen kann. Und nun mache mit mir was Du willst." — Von da an schwieg sie, und die Mutter verließ mit ihr das Fest. —

Erich fuhr nach dem Gasthofe, wo sein Vater wohnte. Kellner, Kammerdiener, vielleicht in der Ahnung, daß aus jenen Händen kein goldener Regen mehr fiele, kümmerten sich um den Alten kaum. Niemand wußte, ob er zu Hause wäre. Die Thür war

verschlossen, Erich rüttelte vergebens. Der Kammer=
diener eilte nach einem Schlosser. Erich, in dem stillen
Vorsaale trostlos nach einem Werkzeuge umschauend,
um das Schloß aufzubrechen, bemerkte durch eine offene
Nebenthür Verbindung mit den Zimmern seines Vaters,
stürzte hinein, schob Geräthe von einer Thür, worin
der Schlüssel stak, stieß eine andre, die verschlossen
war, aus dem Riegel, und gelangte in seines Vaters
Schlafzimmer.

Alles dunkel. Erich trat auf die Schwelle zum
Wohnzimmer. Keine Lampe, nur das Gaslicht flimmerte
von der Gasse her, und von den Polstern hinter dem
Tisch blitzte es auf wie Eisen —

„Vater!" rief Erich und warf sich über den
Stöhnenden.

„Du bist's, Erich?"

„Was fehlt Dir, Vater? Komm zu Dir!"

„Polizei, glaubt' ich." Ein Schluchzen erschütterte
den Körper des alten Soldaten.

„Ich bin's, Dein Sohn, der Dir beisteht!"

Das Entsetzen, die Aufregung des alten Mannes,
der in ehrlichem bösem Gewissen seine Gefahr über=
schätzte, löste sich in heftiges Weinen auf. Die Stimme
des Dieners wurde vor der Thür laut, der Schlosser
begann sein Werk. Erich ging hinaus und bezahlte

17*

ben Arbeiter bafür, baß er mit bem Diener bie Neben=
zimmer orbnete unb ben Schaben an ber erbrochenen
Thür vertufchte. „Der Oberft ift krank," fagte er.
„Ich fanb ihn ohnmächtig. Frifches Waffer, Franz!"

Unb während bie Leute auf ben Zehen fchlichen,
unb ber Auftritt ohne Lärm vorbeiging, zünbete Erich
bie Lampe, entfernte bie Piftolen unb fprach zu feinem
Vater.

„Es ift gut, baß Du gekommen bift," fagte ber
Oberft in gebrochenen Worten, welche bie Zerrüttung
feines Gemüthes anbeuteten. „Unb boch nicht gut.
Mir wäre beffer — wenn ich wäre — wie ber General."

Erich nöthigte feinem Vater Wein auf unb er=
kannte, baß beffen Schwäche zum Theil vom Bebürfniß
nach Speife kam. Er hielt mit allen Fragen zurück,
bis eine leichte Mahlzeit vorüber war, unb als ber
Vater fich fchwer aufathmenb gegen bas Polfter zurück=
lehnte, brang er in ihn, zu berichten, unb nicht bas
Minbefte zu verfchweigen.

„Zuerft, wie kommft Du gerabe jetzt hieher? Unb
weißt Du fchon etwas?"

„Frage nicht, Du follft es ohne Frage erfahren.
Aber jetzt ift es nicht bas Wichtigfte. Ich weiß, es ift
etwas Schreckliches gefchehen; aber wenn ich auch

Einzelnes weiß oder vermuthe, so weiß ich gewiß nicht Alles."

„Ich bin matt bis in den Tod. Du hättest nicht kommen sollen."

„Ich bin da, und die Folge ist, daß ich für Dich handle. Sprich zu mir."

„Lösche die Lampe."

Erich folgte der Weisung und neigte das Ohr zu des Vaters Munde, daß dieser ihm zuflüstern möchte, was sich auch für das Ohr eines Sohnes kaum eignete. Er rang sich das Geständniß qualvoll ab, unterbrach sich bis zur Unverständlichkeit durch erschütterndes Weinen, und drückte nach beendigtem Bericht die Stirn in das Polster. —

Da lag nun das Schreckliche, das Unsühnbare vor der Seele des Sohnes. Wie klar er auch einen Theil des Bekenntnisses vorausgesehen, jetzt, da er es aus des Vaters eignem Munde vernommen, schien es ihm so fremdartig und ungeheuer, als wäre jeder Verdacht ihm fern gewesen. Er saß unbeweglich, schweigend, und niemand sah den Ausdruck seines Gesichtes.

Endlich erhob er sich langsam und schellte dem Diener. „Sie gehn nach meiner Wohnung, Franz, und sagen dort an, daß ich bei meinem Vater wohne.

Mein Diener soll die Rechnung berichtigen und mit dem Herschaffen meiner Sachen sofort beginnen. Was Sie betrifft, Franz: Der Oberst hat Grund über Sie zu klagen. Wenn Sie ohne Befehl oder Erlaubniß sich noch für eine Minute aus dem Vorzimmer ent= fernen, so kommen Sie am besten nicht mehr wieder."

Die Worte Erichs klangen dem Diener gewichtig wie Goldstücke. Er ging kleinlaut und mit krummem Rücken. Erich wandelte in kühler Ueberlegung auf und ab, bis sein Diener das vorläufig nothwendige Gepäck brachte. Dann schärfte er beiden Bedienten ein, des kränklichen Oberst wahrzunehmen und bat diesen, in seiner Angelegenheit keinen Finger zu rühren. Er solle Alles ihm, dem treuen Sohne, überlassen, der die Mittel finden werde, die Sache vor Ausbruch eines Gerüchtes abzuthun.

Sodann fuhr er nach dem Palast Kaschauer. Baron Jacob wurde in dringender Angelegenheit herausgerufen und versuchte den Freiherrn zu spielen, indem er Erich wegen des Festes abweisen ließ. Dieser aber wandte sich von dem grinsenden Frackbe= dienten kurzweg an einen schwarzbärtigen Herrn, den er seinem Aussehn gemäß behandelte. „Mein Herr, ich bitte dem Baron Jacob zu sagen, daß ich unbedenklich in seiner Gesellschaft erscheinen und mit ihm sprechen werde, wie es die Umstände erfordern, wenn er es nicht vorziehen sollte, mich ohne Zeugen anzuhören."

Der schwarzäugige Mann, ein wahres Musterbild guter Sitte, die er aus dem Benehmen guter Schauspieler und verschiedenen Lehrbüchern der Geselligkeit kannte und als Schablone verehrte, verdoppelte die Größe und Schärfe seiner Augen, trug aber die sonderbare Botschaft schweigend zu seinem Freunde, dem Baron Jacob. Es vergingen zwei Minuten, und derselbe Herr brachte mit einem zuvorkommenden Bückling die Einladung, der Herr Baron möchte in das Cabinet treten, zu dem er voranging.

Hier stellte der Herr sich vor als Herr Fuchs, Sohn des Geheimen Commerzienrath Fuchs, Chef der Firma Schwindler und Rädelsführer, und als Erich sagte, daß es ihn freue, verharrte er in stolzer Stellung und mit verlegenen Handbewegungen schweigend, bis Baron Jacob, der als Freiherr fünf Minuten, abgemessen nach seinem kostbaren englischen Chronometer, warten ließ, mit ausdrucksvollem Benehmen eintrat. Dann entfernte sich der Sohn des Geheimen Commerzienrath Fuchs mit dem auserlesensten aller armeschlotternden Bücklinge.

„Herr vom Ried, Ihr Betragen ist ungewöhnlich, muß ich gestehen —"

„Aber es stimmt zu der Art, in der ich mit Ihnen, Herr von Kaschauer, von jeher zu verkehren pflege," antwortete Erich, und Baron Jacob war bis auf das Bewußtsein einiger Witze, die er im sicheren Freundes= kreise vorzutragen hatte, zum Schweigen gebracht. „Ich habe Sie in einer Angelegenheit zu sprechen, die Ihnen nicht sehr befremdlich erscheinen wird, weil dergleichen in Ihrer Welt häufig vorkommen, in der meinigen aber die Empfindung, die wir Ehre zu nennen pflegen, nahe berührt."

Baron Jacob schwieg und drehte die eine Seite seines Schnurrbarts, die im Gegensatz zu der andren bereits hinlänglich gedreht war. Erich fuhr fort: „Es bedarf Ihnen gegenüber keinerlei Rücksicht. Kurz und gut also: Es sind in unsrer Familie gewisse Papiere vorhanden gewesen, sind zum Theil noch vorhanden, die von ge= wissen Verbrechen, begangen durch Herrn Baron Abra= ham Kaschauer gegen die Personen und den Besitz unsres Hauses, Zeugniß geben. Mein Vater, in Ver= zweiflung gebracht durch Verluste, die er sich an der für Männer seines Schlages schlüpfrigen Börse zuge= zogen hat, ist dadurch zu einem Geschäfte verleitet worden, das er selbst ein Verbrechen nennt."

Baron Jacob spannte die Augen, um tödtliche
Blicke abzuschießen. Er wollte sogleich seinen Vortheil
wahrnehmen, aber Erich ließ ihn nicht zu Worte
kommen. „Da ein Mann, der in Ehrlichkeit ergraut
ist, sich so leicht nicht zum Verbrechen erniedrigt, so
werden Sie wohl selbst voraussetzen, Herr von Kaschauer,
daß eine Büberei dabei im Spiele ist, und in der That
hat Herr Baron Abraham, Ihr angesehener Großvater,
der Reihe seiner Verbrechen eine solche Büberei hinzu-
gefügt. Er hat die Verlegenheit meines Vaters benutzt,
um ihn zu der Entwendung der betreffenden Papiere,
die sich in meinem Verwahrsam befanden, zu veranlassen, und hat ihm einen Geschäftsfreund, Dob Sternberger, an die Seite gestellt, der mir seine Freiheit und
Straflosigkeit verdankt, und der jene Papiere hinter dem
Rücken des Obersten im Namen und Auftrage des Herrn
Abraham von Kaschauer stahl. Ich fordere Sie nun
als den Hauptgeschäftsführer des Hauses Kaschauer auf,
mir jene Papiere, die eine Art Geschichte Ihres Hauses
enthalten, binnen zwölf Stunden wieder zuzustellen und
Ihrem Herrn Großvater mitzutheilen, daß eine dritte
Aufzeichnung seiner Helden- und Finanzthaten vorhanden
ist, die unter Beihilfe und Zeugniß glaubwürdiger
Männer zu Stande gekommen. Von dieser Aufzeichnung
würde ich besonders in dem Falle Gebrauch machen,

wenn auch nur ein einziges Wort über die Art ver=
lauten sollte, wie der Oberst vom Rieb jene Papiere
zu benutzen suchte. Ich darf erwarten, Herr von Ka=
schauer, daß Sie meiner Aufforderung noch in dieser
Stunde folgen werden."

Erich verließ das Zimmer, und mitten darin Baron
Jacob in einem Zustande, welcher der Versteinerung
ähnlich war. —

XVIII.

Baron Jacob säumte nicht, nach Erichs Auffor=
derung zu handeln. Noch an demselben Abende erschien
er bei seinem Großvater.

Baron Abraham ward kleinlaut vor der Zuver=
sicht, mit der Erich aufgetreten war, und vor der
Sicherheit, mit der er seinem Verdacht Ausdruck ge=
geben hatte. Er durfte sich von diesem Manne gefähr=
licher Dinge versehen, wenn er nicht mit Vorsicht zu
Werke ging. Er legte seinen Plan zurecht, während
Jacob sprach.

„Weißt Du, Junge,“ antwortete er ihm dann,
„wenn Du wärst gescheidt, hättest Du gesagt, es wird
sich zeigen vor den Gerichten, wer der Schuldige ist,
und also suchen sie einen Anwalt für ihren Vater
und lassen sie mich in Ruh.“

„Dazu hab' ich Lust gehabt, Großvater. Aber die
fatalen Papiere, von denen er spricht, und die schon

ein Mal ihre Rolle gespielt haben! Hättest Du mir
gesagt, wie die Sache steht, so wüßt' ich doch, wie weit
ich mit dem Herrn gehen darf."

„Werd' ich Dir sagen, Jacob: Was ich mit den
Herren vom Ried vorhabe, gehört's zum Geschäft oder
gehört's nicht zum Geschäft? Sag'."

„So viel ich übersehen kann —"

„Gehört's oder gehört's nicht?" keifte der Alte
hitzig.

„Nein — so viel ich übersehen kann."

„Also nein, und nun laß mich damit in Ruh.
Wenn es zwischen mir und den Herren vom Ried ein=
mal dahin kommen wird, daß es das Geschäft angeht,
so werd' ich Dich rufen und die Andren. Das hab' ich
Dir gesagt, wie Du mich hast gefragt zum ersten Mal,
und das sag' ich Dir jetzt."

„Aber der Mensch tritt so sicher auf, daß ich be=
sorgt sein mußte Deinetwegen und wegen der Familie.
Es muß doch etwas Unangenehmes dahinter sein."

Bist Du ein Kaschauer, Jacob? Oder bist Du
blos der Sohn von Deinem Vater Isaac? Wenn
ein Mensch tritt sicher auf, so trittst Du zehnmal
sicherer auf, und wenn er sagt: Ich weiß was von
dir, so sagst Du: Ich weiß was von dir. Dann bist
Du sicher, sag' ich. Wenn die Leute drohen, wollen sie

Geld, und der alte Oberst hat zuerst gedroht mit den Papieren, und dann hat er mich wollen erwürgen, und hat haben wollen Geld, und ich hab' ihm gesagt, er bekommt keins. Nun laß Dir nicht bange machen, Jacob, sonst hast Du's verloren gegen die Dummen."

„Was für einen Bescheid soll ich nun geben wegen der Papiere, die er wieder haben will?"

„Wenn ein Bescheid sein muß, sag' ihm, er soll sich wegen der Papiere wenden an den, der sie gestohlen hat, oder an die Polizei. Und ich werde der Polizei sagen, was ich zu sagen hab', und wenn er andre Papiere hat, so mag er ja zuschauen, was er damit ausrichten kann gegen uns, und wir wollen zuschauen, was wir ausrichten können gegen die Herren vom Ried vor Gericht und vor der Oeffentlichkeit."

„Du willst die Sache zur Anzeige bringen?"

„Wer sagt, ob ich will oder ob ich nicht will? Das sag' ich nicht, und das weiß ich nicht, das wird abhängen von den Herren vom Ried."

„Du willst Eschenheim haben?"

„Ich will Eschenheim haben, und sie sollen nichts haben, Jacob, nichts!" kreischte der Alte. „Kein Geld, kein Gut, keine Ehre, kein Recht! Sie sollen hinaus aus dem Thal, die Eschenheimer, sowie die Andren hinaus sind. Sie sollen keinen Credit haben bei den

Leuten und sollen betteln vor mir, wie der Alte gelegen hat vor mir auf den Knien und hat gebettelt um Gnade."

Ein zufriedenes Lächeln erhellte Jacobs verfinstertes Gesicht. Er begriff nun, daß der Alte zwar manches zu verhehlen habe, wie solches eben in jedem Geschäft vorkäme, daß er aber hinlänglich gedeckt und verschanzt sei, um sein Geschäft gegen die Herren vom Ried auch bei dem schlechtesten Gewissen fortzusetzen. Nunmehr bereute er, gegen Erich nicht als Freiherr aufgetreten zu sein und beschloß, sich im Laufe der Verhandlungen dafür schadlos zu halten. Er verließ den Alten, der bereits zu den Tfillin griff und schrieb noch an demselben Abende folgende Zeilen an Erich:

Herr Baron.

Mein Großvater, Baron Abraham Kaschauer, sagt mir, daß die Beweise der Erpressung und der gewaltthätigen Bedrohung, deren sich Ihr Herr Vater, Oberst Heinrich Edler vom Ried, gegen ihn schuldig gemacht, in unbestreitbarer Rechtsgiltigkeit vorhanden sind, und daß er davon vor Gericht und in der Oeffentlichkeit unbeschränkten Gebrauch zu machen gedenkt. Er hofft Ihnen und Ihrer Familie öffentlich zu beweisen, daß sie das Monopol der Ehre, die Sie so geschickt zu behaupten wissen, nicht erworben haben. Achtungsvoll

Jacob von Kaschauer.

Diesen Brief übersandte er durch einen Diener, um unter Entschuldigung dringender Eile dem verhaßten Edelmanne eine schlaflose Nacht mehr zu bereiten. Das wäre allerdings die Wirkung gewesen, wenn nicht ein Glücksfall, durch Thora veranlaßt, ihn dafür unempfänglich gemacht hätte.

Als er nämlich nach der Unterredung mit Jacob den Palast Kaschauer verließ, trat ihm an der untersten Stufe der Treppe ein Mädchen entgegen, das ihm haftig ein Blatt Papier abgab und um die Ecke hin, wie es Erich schien, im Palaste selbst verschwand. Erich las bei einer Gasflamme die hastigen Zeilen Thora's: „Ich vergaß Eins. Suchen Sie sich des Dob Sternberger zu bemächtigen, der noch heute Abend nach Amerika, also wahrscheinlich über Hamburg zu gehen gedenkt."

Erich begriff, daß dieser Rath an rechter Stelle sei und fuhr sofort zu dem Vater Sternberger, den er zwar nicht selbst traf, aber mit Hilfe der Frau, die zu Hause war und weinte, bald auffand. Er erzählte ihm, was sich zugetragen habe, und war erstaunt, keine Bestürzung zu verursachen. Aber Joseph Sternberger, darüber befragt, erklärte es ihm.

„Daß der Dob bei dem Afrom Kaschauer ist," sagte er, „weiß ich längst. Die Baronesse Goldine hat es mir gesagt, und ich bin oft vor des alten Afrom

feinem Haufe gewefen unb habe nach meinem Dob aus=
gefchaut. Unb baß er in ber Gefellfchaft tes Afrom
Kafchauer nichts Gutes thun wirb, bas wußt' ich, unb
baß er nach tem, was er gethan hat, nichts Schlim=
meres mehr thun fann, bas weiß ich auch. Ich hab'
ihn fortholen wollen, bamit er erhalte fein Recht; aber
ich fonnt' es nicht von meinetwegen unb meiner Frau,
bie mich gebeten hat zu warten. Aber ich habe gewußt,
baß er mir nicht lange Ruhe wirb geben. Unb nun
will ich gehen unb ihn aufhalten; benn nun ift fein
Maß voll, unb ich fehe, baß er immer fchlechter wirb.
Ihm muß bas Recht werben, bas ben Menfchen züch=
tigt; vielleicht wirb er baburch beffer in fünf ober zehn
Jahren."

Erich ermahnte ihn, in feiner Rechtlichfeit nicht zu
weit zu gehen unb nicht gegen fein eignes Blut zu
hanbeln. Aber Jofeph Sternberger feufzte: „Was foll
ich mit ihm? Er muß fühlen, baß es etwas Stärferes
giebt, als fein Unrecht; benn er hat zu viel Unrecht
in ber Pracht unb im Glücfe gefehn."

Doch fonnte Jofeph Sternberger Erichs Begleitung
nach bem Hamburger Bahnhofe nicht ablehnen. Es
war noch Zeit genug, vorher zu ber Mutter zurücfzu=
fehren unb fie, ohne baß man ihr Wefentliches anver=
traute, nach bem Potsbamer Bahnhofe zu fchicfen.

Joseph schärfte ihr ein, den Dob, der nach Amerika gehen wolle, unter keiner Bedingung fortzulassen, weil es sein Unglück wäre, und nöthigenfalls amtliche Hilfe in Anspruch zu nehmen. Schon das Wort Amerika vermochte die unglückliche Mutter zu heftigem Eifer anzutreiben.

Indessen stellte sich der Vater auf den wichtigeren Posten, weil es wahrscheinlicher war, daß Dob über Hamburg gehen werde. So aufmerksam aber Joseph Sternberger und Erich den Eingang und das Schalter beobachteten, der Gegenstand ihrer Aufmerksamkeit entging ihnen, bis kurz vor Abgang des Zuges ein Schaffner erschien, ein Billet löste und durch den Wartesaal nach dem Perron eilte. Joseph Sternberger folgte ihm eiligst und fand in dem Wagen, in welchem der Schaffner das Billet abgab, einen pelzvermummten Herrn, der sich bei seinem Anblick erschrocken zurückzog.

„Nun steig' mal aus, mein Junge," sagte Joseph Sternberger gelassen, und sah sich gleichzeitig nach Beistand um.

Dob Sternberger deutete diesen Umblick richtig. Er hielt es für besser, mit seinem Vater allein, anstatt noch mit der Polizei zu verhandeln, und folgte der Aufforderung. Kaum hatte einer der Reisenden ihm seinen Handkoffer zugereicht, als der Zug abging.

„Es wird Dir schlimm ergehen," sagte Joseph Sternberger; „denn dort steht der Herr, der Dich festnehmen läßt."

Dob erkannte Erich und begann aus Angst zu winseln und mit den Zähnen zu klappern.

Joseph Sternberger führte seinen Sohn vor Erich. „Befehlen Sie, was mit ihm geschehen soll," sagte er. „Er hat Ihnen viel Schlimmes gethan."

„Nehmen Sie ihn zu sich," antwortete Erich. „Wir wollen morgen über ihn berathen."

Er fuhr allein nach Hause und fand Baron Jacob's Brief, dessen verächtliche Worte nun wie Theaterdolche wirkten. Er hielt Thora's Zeilen dagegen, und sie wirkten mächtiger, als der hilfreichste Beistand vermocht hätte. Erich fühlte sich im Bunde mit guten Menschen, also mit Gott und seiner Allmacht.

In tröstlicher Stimmung entwarf er einen Brief an seine Mutter, die bereits durch den Drath benachrichtigt war. Sie wußte nun, daß ihre schlimmen Ahnungen eingetroffen, ihre Gegenwart und ihr Beistand nothwendig, und muthmaßlich Alles verloren wäre. Erich hatte eine tiefe Bitterkeit empfunden, daß ihm zu schreiben verwehrt war: „Alles, nur nicht die Ehre."

Der Brief gab nun ausführlichen Bericht. Aber die Mutter durfte nur wissen, was sie vorausgesehen.

Den Verlust ihres Vermögens konnte sie verschmerzen, vielleicht auch den ihres trauten Eschenheim, wenn sie nur den Sohn durch ergiebige Arbeit getröstet sah. Aber welche Einbuße das Haus über jene äußerliche hinaus erlitten, das durfte sie, wenn irgend möglich, niemals erfahren. Ihr das Geschehene mittheilen und sie zur Theilnehmerin an diesem Schicksal machen, hieß ihre Tage abkürzen. Erichs Brief enthielt also nur die Mittheilung über unglückliche Börsengeschäfte, die den Vater schnell an den Rand des Verderbens ge= bracht, und die bringende Einladung selbst zu erscheinen, um den gebeugten Vater durch ihre Verzeihung aufzu= richten.

Die schlaflose Nacht also, die Baron Jacob seinem Todfeinde zugedacht hatte, blieb für diesen aus. Erich schlief so ruhig wie jeder, selbst ein Unglücklicher, der das Mögliche zur Abwehr heute wohlanständig gethan hat und morgen zu thun gedenkt. Dagegen wurde die schlaflose Nacht den beiden Baronen zu Theil, welche ungeduldig waren, den Erfolg ihres Verfahrens und ihrer Rachepläne zu genießen, zumal sie dabei nicht ohne Sorge um die eigne Haut waren. Baron Abraham sagte sich zwar, daß er gegen die Eschenheimer im Vortheil wäre, insofern seine Unthaten dem Rechte gegenüber zum Theil verjährt, zum Theil nur durch den Ruf der Ehrlosigkeit zu strafen waren. Diese aber erschien ihm in der That mehr als Vortheil, denn als Nachtheil. Was schadete ihm, dem fast Hundertjährigen, die Verachtung der Leute? Er barg sich in seine Kissen, schloß sich in sein Haus, und wenn er nothgedrungen hervor mußte, kauerte er sich in seinem Wagen zusammen und brauchte keine Brille aufzusetzen, um ein unange= nehmes Gesicht zu sehn. Wagte Einer, ihm zuzurufen: „Du bist ein Schurke!" so warf er dem Rufer ein Goldstück zu, dann rief der nicht wieder. So leicht= besiegte Baron Abraham die Verachtung der Welt.

Anders wünschte er sich gegen seine Familie zu verhalten. Er wußte, daß sein Erbe Isaac den Ge= danken, eines Leichenräubers, eines Mordanstifters Sohn zu sein, nicht ertragen hätte, daß — nicht eben die Rechtmäßigkeit, doch die Straflosigkeit des erworbenen Reichthums ihm ein Trost, ein Stolz war bei der Demüthigung, die er in der Gesellschaft erfahren und mehr als mancher andre Jude empfunden hatte. Abraham wußte auch, daß seine Enkel und deren Frauen sich auf den ächten, judenblütigen Börsenadel etwas einbildeten, der sich aus vergessenem und ver= heimlichtem Schmutze, aus Börsenschlauheit und Wucher= glück selbst erschaffen und erhoben hat. Sohn und Enkel waren gegen die Meinung der Welt nicht so

abgeſtumpft, wie der Vater, der noch den ganzen
Schimpf des abgeſchloſſenen, unfreien Judenthums auf
ſeinen Schultern trug und aus vergangenen Jahrzehnten
in die nachmärzliche Zeit mitbrachte. Sein Erbe Iſaac
war in der Zeit der Befreiung zur Reife gediehen und
erfüllt von Dank und Pflichtbewußtſein gegen das Volk,
das jene Befreiung zuließ und erſtritt. Abrahams Enkel
aber waren bereits im Genuß und Mißbrauch der Ent=
feſſelung erzogen und aufgewachſen, die in ihnen kaum
beſſere Eigenſchaften als Erwerbsgier, Profanſinn und
Eitelkeit groß gezogen hatte. Schon dieſe Eitelkeit
mäßigte bei ihnen die Gleichgiltigkeit gegen das Urtheil
der Leute, und wenn gar das Geſchäft, der Credit
darunter leiden ſollte, ſo war das ein Schrecken, der
ſie ſelbſt da, wo ſie im Rechte geweſen wären, zur
Vorſicht beſtimmt hätte.

So gerne Abraham alſo den Oberſt und mit ihm
das Haus Eſchenheim, ja die ganze Familie vom Ried
an den Pranger geſtellt, ſie um den Reſt von Credit
gebracht und mit rückſichtsloſem Hohne über ſie triumphirt
hätte, er durfte ſich dieſes volle Maß, das er auszu=
trinken begierig war, noch nicht gönnen. Vielleicht
ſpäter, jetzt noch nicht. Vorläufig mußte er ſich be=
gnügen, durch Druck und Drohung zu wirken, wobei
er nach Vernichtung der geſtohlenen Urkunden freieres

Spiel als früher hatte. Das dritte Schriftstück, mit
dem Erich gegen Jacob gedroht hatte, schreckte ihn wenig;
denn hatte er auch nicht die ernste Absicht, den heiß=
blütigen jungen Mann durch Verfolgung seines Vaters
oder durch Veröffentlichung der Ereignisse zu reizen, so
gedachte er ihn doch durch Vorspiegelung dieser Absicht
in Schach zu halten. Sein Endziel war, Eschenheim,
die einzige Stütze der verhaßten jüngeren Linie, in
seine Gewalt zu bringen. Damit war den Eschenheimern
auch die Glaubwürdigkeit genommen, und die Beweise
gegen das Haus Kaschauer, die Erich im Rückhalt zu
haben behauptete, konnten nicht so überzeugend sein,
um sich gegen die hundert gewandten Federn des gol=
denen Hauses zu behaupten. Durchaus aber durfte von
dem Ursprunge und der Entwickelung des letzteren keine
Mittheilung in weitere Kreise bringen, als es jetzt
leider schon der Fall war.

In Baron Jacob arbeiteten dieselben ängstlichen
Gedanken. Daß sein Großvater bedeutsame Geheimnisse
verbarg, mußte er seit Erichs Auftreten im Garten=
hause von Rosenau. Er zweifelte nur, ob nicht jene
Geheimnisse, soweit sie übrigens in Erichs Gewalt
waren, die Schuld des Obersten, die in Baron Abrahams
Gewalt war, an Wichtigkeit überträfen, und ob nicht
bei schließlichem Vergleich der Nachtheil dennoch dem

Hause Kaschauer zur Last fallen werde. Sein Groll gegen Erich, durch dessen unverhohlene Geringschätzung neuerdings verschärft, jener natürliche Groll der Ge= meinheit gegen das Edle, hetzte ihn zu den wildesten Plänen, um Erich zu verderben und ihn ohne Glauben und Ehre in jene Welt hinaus zu stoßen, die jeden Scheingrund, Ehre abzusprechen, so hastig ergreift.

So harrten beide Barone dem Morgenlichte ent= gegen. Die Baronin Jacob erwachte und wunderte sich, daß ihr Mann nicht schnarchte. Sie schloß daraus auf etwas Ungewöhnliches und drang vergebens auf Ge= ständniß.

Der alte Abraham wurde von Stunde zu Stunde ungeduldiger. Schon als der Morgen graute, schrie er und schellte nach dem Kammerdiener. Bevor aber dieser erscheinen konnte, war er wieder eingeschlummert und schalt, daß man ihn störte. Gleichwohl erhob er sich früher als gewöhnlich, denn die Spannung; wie die Eschenheimer sich in der Klemme benehmen, ob sie mit dem früheren Muthe vorgehen, oder, durch die Miß= griffe des Obersten gelähmt, ihr Schicksal schweigend erwarten würden, ließ ihm keine Ruhe.

Kaum hatte er sich in den kostbaren Schlafrock ge= hüllt, der an seinen Gliedern lumpenhaft erschien, als man Erich vom Ried meldete.

„Was? Der Mensch wagt? Der Mensch denkt, jede Stund' ist für ihn? Er soll sich scheeren."

Aber im Ohre des Dieners klang noch der Ton, mit dem Erich Einlaß begehrt hatte. Unter diesem Eindruck zögerte er. „Der Herr Baron sehen so groß= artig aus —" sagte er.

„Großartig! Noch jetzt großartig!" lachte Abraham heiser. „Daß diese Art in solcher Klemme noch groß= artig aussieht! Es ist aus mit ihnen, und sie sehn großartig aus!" Seine Laune wandte sich. Ihm kam die Lust an, den bittenden Erich statt des tobenden zu sehen; denn als Bittender mußte er doch kommen. „Einlassen!" schnarrte er, und als die Diener sich ent= fernt hatten, schrie er für sich, und in der Absicht, daß der eintretende Erich es vernehmen möchte: „Groß= artig! Ich will ihn so großartig haben wie gestern seinen Vater!"

Erich, obwohl vom Schlafe erquickt, hatte sich mit schweren Gliedern erhoben. In einer bangen Viertel= stunde nach dem Erwachen war ihm klar geworden, was er mit einer Selbstüberwindung ohne Gleichen für seinen Vater und für Eschenheim zu thun habe. Er hatte die Waffen seines Feindes gegen die seinen abgeschätzt, und gefunden, daß er als der Ehrliche auch hier im Nach= theil geblieben war, und sein Vater ihm auch die

Vortheile, die noch übrig blieben, geschmälert hatte. Bei offenem Kampfe mußte die Schuld seines Vaters zum Vorschein kommen, deren er sich schämte, während Haus Kaschauer, ungehemmt durch Ehrgefühl und Scham, die Beweise über seine Vergangenheit abwarten und Erichs Glaubwürdigkeit der öffentlichen Meinung, die zum Theil sein Machwerk, überlassen konnte. Des= halb erschien gütliche Unterhandlung, so sehr sich Erich auch dagegen empören mochte, zuletzt als der beste Weg; denn vielleicht gelang es, aus den Schwächen des Feindes Vortheil zu ziehen, sobald man ihn nicht herausforderte, dieselben mit Aufbietung aller Mittel zu verdecken und zu vertheidigen. Wenigstens mußte dieser Versuch gemacht werden, bevor Erich den Rest seiner Waffen in Anwendung bringen durfte. So war vielleicht öffentliches Aergerniß, waren vielleicht die drohenden Verluste noch zu vermeiden.

Er erhob sich mit dem Vorsatze, das Widerwär= tige, weil es zweckmäßig schien, zu thun, aber sein Entschluß erlahmte, als mit wachsendem Morgen seine Regsamkeit, sein Selbstvertrauen zunahm. Nun schien es ihm wieder unmöglich, vor dem verächtlichen Alten zu erscheinen, den er nach Verdienst mißhandelt, und vollends, mit ihm in eine Unterhandlung zu treten, die der Bitte nahe verwandt, und deren Geheimniß

kaum jemandem anzuvertrauen war. Er, der stolze
Edle, dem es ohnehin schwer wurde, sich zu beugen,
er sollte sich vor der Gemeinheit, vor dem Verbrechen
demüthigen, vor einem Menschen, der sein greises
Haar ohne Ehre trug, vor dem Freibeuter, der seinen
verwundeten Großohm auf dem Schlachtfelde tödten und
berauben half, vor dem Einbrecher, der den Glanz
seines Hauses entwendet, vor dem Kuppler, der mit
den Reizen seines eignen Weibes den alten Stamm-
baum Derer vom Ried verfälscht, vor dem rücksichtslosen Rechner und Geldmacher, der in unerhörtem und
jahrzehntelangem Frevel die herrlichen Waldungen seiner
Heimat geschändet, ihre Felder durch entfesselte Wasser
ertränkt und die blühenden Wohngründe seiner Ahnen
in eine Industriewüste verwandelt — mehr noch! Der
durch den Zwang des Geldes und die tückische Vorspiegelung des Gewinnes sein Haus bethört, also seine
eigene Unlauterkeit in das Leben seiner Verwandten
übertragen hatte, daß sie, in Ehren geboren und ergraut, daran zu Grunde gingen! Vor ihm, der den
Sturz und die Schande des edlen Hauses, das Verbrechen des Vaters, den Gram der Mutter, Erichs
eigne Selbstdemüthigung verschuldet, sollte dieser mit
einem Worte hintreten, das auch nur den leisesten
Anklang einer Bitte hören ließ! Eine Bitte hatte wenig

Aussicht auf Gewährung, Drohungen fruchteten vielleicht
mehr; aber seit Entwendung der Papiere, die vielleicht
schon vernichtet waren, fehlte ihnen der Nachdruck, und
Drohungen waren auch auf feindlicher Seite die Haupt=
waffe. Und selbst wenn Nachsicht und billiger Aus=
gleich in Abrahams Vortheil lag, was verlieh Sicher=
heit, daß nicht die Rachelust dennoch überwog und sich
selbst um den Preis der Ehrlosigkeit genügte?

Erich kämpfte lange gegen seinen berechtigten Stolz;
aber ein Blick auf seinen schlummernden Vater belehrte
ihn, er müsse sich überwinden, wie wenig er's auch
gelernt. Eine gewaltsame Lösung der Dinge, Oeffent=
lichkeit, Schande mußten dem alten Manne, mußten
der edlen Mutter erspart bleiben, sollte auch Glück und
Besitz darüber zu Grunde gehen. Freilich — waren sie
hin, hielt erst der Geier Kaschauer sie in seinen Fän=
gen — wer bürgte dafür, daß er nicht auch in die
beschädigte Ehre von Eschenheim seine Fänge schlug?

Dann kam eine Angst über Erich, er möchte den
entscheidenden Schritt verspäten; denn da er allein an
seines Vaters Vergehen und an die gefährdete Ehre
seines Hauses dachte und sie für ungleich wichtiger als
die Frevelthaten eines Juden erkannte, so übersah er,
daß Baron Abraham auch um seiner selbst willen sich
mit einer Anzeige bei den Behörden nicht übereilen

werde. Hurtiger kleidete er sich an und war bereit, ehe es noch hell geworden, als schon Emanuel Oswald ihn aufsuchte.

„Wer könnte den Tag abwarten, der die Nacht hindurch seinen Freund im Traume leiden sah!" — Mit diesen Worten trat der wackere Rabbiner ein und forschte mit bangem Blick in Erichs Antlitz.

„Sie wissen?"

„Thora hat mir nur geschrieben, daß Erich vom Rieb schnellen Beistandes, und sie selbst schleuniger Nach= richt bedürfe, noch vor heute Abend, da wir uns im Rath der Freunde zusammenfinden sollen."

Erich erwog einen Augenblick, ob er sich diesem Manne anvertrauen solle. Ein Rest von Widerwillen gegen den Stamm kämpfte in ihm gegen den besseren Gedanken, daß er einem Freunde Thora's selbst seines Vaters Vergehen und die eignen stolzen Leiden anver= trauen dürfe. So unüberwindlich war bereits die Macht seines Gedankens an Thora, daß er dem Ver= langen, sich einem guten Menschen mitzutheilen, nicht mehr widerstrebte.

„Sie und Thora, vielleicht auch andre Freunde, wenn es rathsam scheint, sollen meine Sorgen erfah= ren," sagte Erich, und schloß die Thür, hinter der sein Vater schlummerte. Flüsternd berichtete er dann, was geschehen war und schloß mit seiner Absicht, bei Baron Abraham den letzten Versuch einer Verständigung zu unternehmen.

Emanuel Oswald schlug die Augen nieder, während Erich sprach. Er wehklagte in seinem Herzen, daß dieser Mann aussprechen mußte, was der menschlichen Lippe am meisten widerstrebt, die Schuld seines Vaters. Er fühlte sich in seinem Gemüthe dankbar, daß Erich ihm Vertrauen gewährte, und stolz, es zu verdienen. Als ein Mensch, in welchem die wissende und verzeihende Gottheit waltete, hörte er das schwere Bekenntniß gelassen an, ohne eine Miene anzunehmen, als meldete man ihm Unerhörtes. Nur als Erich seinen Vater mit den naheliegenden Gründen entschuldigte, gab er ein Zeichen seiner Zustimmung.

Als die Beiden dann hinausgingen, rieth Emanuel nach einigem Bedenken: „Daß Sie den schweren Gang antreten, rechne ich Ihnen zur Ehre an. Eine andre Frage ist, welche Vortheile Sie dem Baron Abraham einräumen sollen. Ich bitte Sie, in der Sorge um Ihren Vater nicht blindlings zu bewilligen, was Baron Abraham unmäßig und rücksichtslos von Ihnen verlangen wird. Ueberlassen Sie sich dem Rathe Derer, welche mit der Art der Herren von Kaschauer vertraut sind, und benutzen Sie Ihren heutigen Besuch zu nichts

Andrem, als die Bedingungen zu erfahren, die Baron Abraham etwa im Sinne hat. Durch Berathung mit den Freunden muß dann entschieden werden, wie weit nachzugeben für Sie nothwendig und nützlich sein wird."

Erich empfand die Wirkung eines besonnenen Wortes, und gelobte sich, die Stimmung, in welche dasselbe ihn versetzt hatte, festzuhalten. Auch dies war also eine Einwirkung, die er den um Thora versammelten Freunden dankte. Emanuel verließ ihn nicht. Er begleitete ihn durch den Park bis zu des Barons Hause und bestand darauf, Erich zu erwarten, sollte dieser auch noch so lange ausbleiben.

Durch diese Zwiesprach aufgerichtet, vermochte Erich würdevoll vor dem Alten zu erscheinen, und selbst dessen Empfangsworte beirrten ihn nicht in dem Entschlusse, Ruhe zu bewahren. Der Baron warf von unten her einen flüchtigen Blick nach dem Eintretenden und that, als würdigte er denselben keiner Aufmerksamkeit.

„Herr Baron, Sie wissen, was vorgefallen ist?"

„Freilich weiß ich."

„Ich komme zu erfahren, was Sie thun werden."

„Ich werde ein vernünftiges Geschäft machen."

„Und was für eins nennen Sie so?"

„Ich werd' es Ihnen kurz sagen; denn dumm zu sein brauch' ich nicht. Der Oberst hat schlechte Geschäfte

gemacht, hat Eschenheim verloren. Ich werde kaufen
die Forderungen an Ihren Vater, und Sie sichern mir
das Vorkaufsrecht für Eschenheim. Sie wollen auch
noch Papiere besitzen, auf die ich keinen Werth lege.
Sie geben die heraus, damit jeder Mißbrauch verhindert
wird. Dann verlassen Sie Eschenheim, und wir sind
fertig.“

Erichs Stolz begann zu erwachen. Die Gemeinheit
weiß, daß der ehrliche Mann ihren Anblick nicht lange
erträgt, und es wird ihr nur zu leicht, ihn zu reizen.

„Ich bemerke, Herr von Kaschauer, daß Sie die
Ehre meines Hauses sehr hoch anschlagen.“

Abraham brauste auf: „Ich will nicht sprechen von
Ihrer Ehre, sondern vom Geschäft. Haben Sie meine
Bedingungen gehört, so nehmen Sie sie an, oder
nehmen sie nicht an. Ich weiß, was ich zu thun habe.“

„Ich habe noch eine Mittheilung zu machen: Die
Geschichte des Hauses Kaschauer liegt noch sicher ver-
bürgt in meinen Händen, und Dob Sternberger ist in
der Gewalt seines Vaters.“

Ein leiser Schreck zuckte durch alle Glieder des
alten Juden; aber er antwortete nach einem heiseren
Räuspern unbedenklich: „So? Also wird der Spitz-
bube auch seinen Lohn haben? Mir kann's recht sein.
Und was Sie in Händen haben, das halten Sie fest.

Ich will nur wissen, ob Sie meine Bedingungen an=
nehmen."

„Ich nehme sie nicht an," schloß Erich und ging.
Der Alte sah ihm verbutzt nach. Sollte er ihn zurück=
rufen? Er that es nicht. Er hoffte, der Käufer werde
zurückkehren und ein Angebot machen.

———————

XIX.

Erich beeilte sich, sobald er Christian erblickte, ihm mitzutheilen, daß die Umstände, unter denen die Ent= wendung der Papiere stattgefunden habe, zur Aufklärung gekommen seien, und daß er keinerlei Verdacht mehr gegen ihn hegte. Zwar sei ihm durch die Bereitwillig= keit, mit der Christian in seines Herrn Abwesenheit dessen Zimmer geöffnet habe, ein unersetzlicher Verlust erwachsen, der vielleicht sein Unglück herbeiführen oder verschlimmern werde; indessen wäre vielleicht jeder Andere gleich Christian so zum Werkzeuge eines widri= gen Schicksals geworden.

Christian klagte fast eben so, als wäre er allein der Schuldige. Seine Tochter schwieg, als er ihr er= zählte, daß Erich ihn von allem Verdachte freigesprochen. Erst nach einer Stunde äußerte sie: „Was hilft es, wenn doch ein Unglück geschehen ist, das wir nicht gut machen können?" —

Gegen Abend fand Erich Anna Wobianer und
ihre Eltern, sowie den alten Sternberger, Emanuel und
Thora in lebhaftem Gespräche beisammen. Man schwieg,
als er eintrat, aber das war kein Schweigen der Ver=
legenheit, die sich vor dem Unglücklichen versteckte, son=
dern der Theilnahme, die sich durch dessen Prüfungen
zur Thätigkeit aufgefordert fühlte. Der Hausvater, die
Hausfrau, nicht zuletzt Joseph Sternberger, alle wett=
eiferten sie, dem Gaste ihr Mitgefühl auch ohne Worte
zu zeigen und ihm durch verdoppelte Ehrerbietung zu
beweisen, wie wenig er Recht habe, wenn er seine Ehre
für gemindert erachtete.

Thora zog sich zurück. Erich erkannte, daß sie viel
gelitten hatte, und ihr Auge grüßte ihn mit einem Aus=
drucke, dem er nur mit der tiefsten Innigkeit zu erwie=
dern hatte. Er fühlte sich zufrieden, daß er die Bot=
schaft, die er Thora mitzutheilen verpflichtet war, be=
reits an Oswald übertragen; zur Mittheilung einer
solchen hätte er keinen Mann von besserem Zartgefühl
gefunden.

Oswald bestätigte ihm denn auch alsbald, daß die
Freunde unterrichtet wären und ihre Meinung geäußert
hätten. Er, Oswald, habe auf das Vertrauen Erichs
gerechnet, wenn er seine Verhältnisse dem engsten Kreise
der Freunde, gewissermaßen ihrem berathenden Aus=

schusse, preisgegeben, und es werde nur vom Zwange
der Umstände abhängen, ob weitere Kreise zur Mit=
wissenschaft, dann aber auch zur Mitwirkung, herange=
zogen werden sollten.

„Aber wie käme ich,“ fragte Erich, „zu dieser um=
fassenden Theilnahme?“

„So erfahren Sie,“ erklärte Oswald, „daß Sie
Mitglied, jetzt hilfebedürftiges, gelegentlich aber auch
zur Hilfe verpflichtetes Mitglied eines Bundes sind,
dessen Zweck mir schwer fällt mit knappen Worten an=
zugeben. Derselbe wurde in Anbetracht der Verwahr=
losung, die in Israel mit der Emancipation und dem
zunehmenden Wohlstande um sich greift, ins Leben ge=
rufen und gewann Baronesse Goldine und durch sie den
Baron Isaac Kaschauer, dann die Familie Wobianer
als erste Mitglieder. Allmählich ist dann noch eine An=
zahl hinzugekommen, die vielleicht bedeutender wäre, wenn
wir mehr das Capital als die Arbeit herangezogen
hätten. Wir bilden keinen Verein mit verbindlichen
Formen, um unsern Bestrebungen für einen guten Zweck
nicht den Stempel des Zwanges aufzudrücken, sondern
wir wissen, daß wer sich zu unserem Bunde findet, die
Pflichten, die derselbe auferlegt, gerne übernehmen wird.
Wir haben den Bund gegründet auf jene Stelle des
Buches Josua, wo erzählt worden ist, daß die Juden

sich zu gegenseitiger Sühne ihrer Schuld verpflichtet haben, und wir erstreben, soviel es in unsrem engen Kreise möglich ist, die Verwirklichung dieser idealen An= forderung unserer Religionslehre. Wir setzen diese Ab= sicht dadurch ins Werk, daß wir überall, wo durch unsere Stammesgenossen ein offenbares Unrecht verübt wird, entweder hindernd oder abhelfend, wenn es sein muß auch strafend eintreten, indem wir dabei die gering= fügigen Fälle, in denen sich der Geschädigte leicht selber hilft, außer Acht lassen, und denjenigen den Vorzug geben, wo das Unrecht mehr auf das sittliche denn auf das stoffliche Gebiet hinübergreift. Wir haben die Freude, daß unser Bund, so verborgen er sich hält, schon nicht mehr auf diese Hauptstadt beschränkt ist, die seiner Thätigkeit und seiner Opfer allerdings vor= züglich bedarf, sondern daß er Dank der Wanderlust unseres Stammes überall in Deutschland, ja im Aus= lande, in den entferntesten Weltgegenden Genossen hat, wie denn auch Joseph Sternberger, durch einen reisen= den Kaufmann aufgefunden und gewonnen, uns beinahe seit der Stiftung des Bundes angehört."

„Ein Wunder in dieser Zeit!" rief Erich. „Und Sie schließen Andersgläubige nicht aus?"

„Es giebt kein Gesetz, daher ist über diesen Punkt nie gesprochen worden. Indessen zwingt uns wohl die

Aufgabe des Bundes, der zu seiner besseren Wirkung sich Grenzen abstecken muß und den göttlichen Vorzug der Allgegenwart, Allgüte und Allweisheit nicht beanspruchen darf, uns vorläufig auf die Glaubensgenossen zu beschränken. Dennoch ergreifen wir die Gelegenheit gern, auch Andersgesonnene, die sich besonders werth oder nützlich erweisen, zu den Unsrigen zu machen. Bei Ihnen wirkt außer dieser Anforderung noch der Umstand, daß Ihr Schicksal unsre Thätigkeit mehr als jemals ein anderes herausforderт, und daß die Wichtigkeit Ihrer Sache uns veranlaßt, die Opferfähigkeit unseres Bundes zu prüfen. Sie sind uns also eine doppelt wichtige Person, und da wir voraussetzen, daß Sie in jedem erforderlichen Falle auch Ihre Hand zur Hilfe bewegen werden, so habe ich Sie ohne Vorfrage als Mitglied unseres Bundes behandelt."

Hier wandte sich Oswald an die Uebrigen, die sich während seiner Mittheilungen um ein Kupferwerk versammelt hatten. „Herr vom Rieb ist nun in voller Kenntniß," sagte er.

„Und Sie wollen zu uns gehören?" fragte nun Thora und trat zu ihm.

Erich, an der eignen Kraft beinahe verzweifelnd, fühlte sich in dieser hilfreichen Gesellschaft so erstarkt und begeistert, daß er sich ihr ohne Rückhalt hingab.

„Wie sollt' ich ferne sein wo Thora ist!" sagte er und reichte ihr die Hand entgegen. Anna, die Freundin, warf den Beiden ein mädchenhaftes Lächeln zu, welches sagen wollte: „Nun ist's doch richtig?"

„Wer Einem von uns die Hand reicht, gehört Allen an," fuhr Oswald fort.

„Aber eine Bedingung giebt es doch," nahm nun, bescheiden vortretend, Joseph Sternberger das Wort, eine Bedingung, die nicht geschrieben ist, die wir aber nach den Erfahrungen, die ich gemacht habe an dem Herrn vom Ried, schreiben sollten als die erste und einzige Bedingung, die jeder zu erfüllen hat: Nämlich daß Keiner aus dem Bunde, wenn er unseres Beistandes bedarf, sich entziehen soll den Maßregeln, die der Verein anordnet zu seinem Beistande."

„Das ist allerdings sehr wahr!" rief die fröhliche Baßstimme des Hausherrn, und die Frauen stimmten ein.'

„Herr vom Ried," sagte aber Thora mit fester leiser Stimme, „wird sich uns gegenüber jener Bedingung, auch wenn sie ungeschrieben ist, nicht entziehen."

„Ich gehöre Ihnen an, selbst auf die Gefahr beschämt zu werden," antwortete Erich zu Thora hinüber.

„Nun, so hoffe ich, es wird Alles gut," sagte Emanuel Oswald, und Thora athmete auf, als wäre sie eben von einer Beklommenheit erlöst worden.

„Es wird nunmehr nöthig sein," fuhr Emanuel fort, „daß Sie uns das Ergebniß der Unterredung mit= theilen, die Sie heute früh mit dem alten Manne ge= habt haben."

Erich that das mit kurzen Worten, und ein Ruf der Entrüstung folgte, in den besonders Thora nach= drücklich einstimmte. Sie sprang auf und warf den Mantel um. „Das wird nie geschehen!" rief sie.

„Ja," sagte Emanuel, „es bleibt also bei der Maßregel, die wir für den Fall der Unzugänglichkeit des Baron Abraham beschlossen haben. Thora eilt zu ihrem Großvater, dem Baron Isaac, und setzt ihn in Kenntniß. Wir dürfen ihn nicht mehr unkundig lassen, weil die Nachricht von den Dingen ohnehin schnell zu ihm vordringen wird. Herr vom Ried wird noch die= sen Abend eingeladen werden, den Inhalt der Schriften, die in seinem Besitze waren, mitzutheilen und möglichst zu bezeugen, damit Baron Isaac wisse, welche Rechte er beiderseitig zu wahren habe. Denn er ist einer von den Gerechten und verlangt nicht fremdes Recht als das seinige."

„Um Gottes willen! Was wollen Sie thun! Wüßten Sie nur das Mindeste von dem Inhalt jener Schriftstücke!"

„Wir wissen, daß Joseph Sternberger den ganzen Inhalt kennt. Aber er hat Ihnen versprochen, darüber zu schweigen, und wir haben von ihm nicht verlangt, sein Wort zu brechen. Wir vermuthen auch ohne ihn, daß die Papiere etwas Abschreckendes, vielleicht für das Haus Kaschauer Gefährliches enthalten; aber das Gute muß geschehen auf einer Hälfte der Welt, und sollte die andre drüber untergehen. Auch haben wir gezweifelt, ob wir dem Baron Isaac Herzeleib bereiten sollen; aber wir trösten uns damit, daß er in seiner stillen Klugheit und Macht Abhilfe kennen wird, wenn er über Alles klar geworden ist. Außerdem sind wir verpflichtet, ihn auch sein Herzeleib wissen zu lassen, wenn dadurch ein Unrecht unserer Glaubensgenossen zu hindern oder gut zu machen ist; denn er ist einer von den Unseren."

Nun ward es Erich zu Muthe, als tauchte er endlich aus den Fluten des Schmerzes auf und erlangte die Gewißheit der Rettung zur Lebensluft und zum Lichte der Sonne. Er ließ Thora gewähren, die mit düsterem Antlitz, ohne Gruß fortging und in den bereitstehenden Wagen stieg.

„Noch Eins ist nothwendig," fügte Emanuel Os-

wald hinzu. „Die Geldmittel, die Sie zur Verfügung
haben, werden Sie dem Bunde übergeben, der sich ver=
pflichtet, die Capitalien bis zu dem Tage, da Sie deren
benöthigt sein werden, möglichst ergiebig zu machen."

Erich warf einen Blick auf Joseph Sternberger,
der mit verlegenem Lächeln zur Seite sah. „An diesem
Vorschlage erkenne ich Einen, der gegenwärtig ist," sagte
jener, „aber es wird geschehen." Er dachte an das
Vermögen seiner Mutter, das vielleicht nicht ausreichte,
um allen auf den Vater einstürmenden Forderungen ge=
recht zu werden, geschweige Eschenheim zu retten.

Joseph Sternbergers Augen blitzten freudig auf.
„Dann werd' ich Geschäfte machen," sagte er, „Geschäfte
zu meinem Vergnügen."

„Nun aber nach Hause!" mahnte Vater Wodianer.
„Es ist nicht mein Brauch, Gäste fortzuschicken; aber
unser Fräulein geht rasch zu Werke, und wir wissen
nicht, was noch diese Stunde bringt. Halten Sie sich
mit Ihrer Schrift bereit, Herr vom Ried; denn wie wir
die Sachen anfangen, geht Alles schnell." —

Man entließ Erich mit freundlichen Wünschen,
die Emanuel durch die Worte bekräftigte: „Sein Sie
ruhig. Seit Sie uns angehören, stehn Sie in den
Händen Gottes, und es wird Ihnen besser gehen, wenn
auch noch Vieles zu überwinden ist." —

Erich war kaum eine Viertelstunde zu Hause, als ein ältlicher Herr bei ihm erschien, sich als ' den Secretär des Baron Isaac Kaschauer vorstellte und ihn mit der Erinnerung an wichtige Papiere zu demselben einlud. Der Wagen des Barons stand vor der Thür, man gelangte schnell zu dem schönen, stillen Landhause.

Im halbdunklen Gemach stand Erich, als man seine Ankunft meldete. Wenig Geräth, desto werthvolleres, stand umher und gewährte nur dem kundigen Auge den Eindruck des Reichthums und guten Geschmacks. Verhängte Schränke bargen kostbare Bücher, und waren alle gefüllt, und alle Bände wie die einzelnen, die hervorschauten, so war das eine werthvolle und wohlgepflegte Sammlung. Das Muster eines Pfluges stand auf einem der Schränke.

Als der Mann, der Erich eingeführt und gemeldet hatte, den Vorhang zur Seite schob, um für Erich den Eintritt frei zu machen, erschien diesem ein überraschendes Bild im Lichte einer Flamme, die hoch darüber stand. Der Strahl fiel kräftig auf einen blassen, schönen Greisenkopf, der von weißem Haar und mächtigem Barte ehrwürdig war, wie das Haupt jenes Moses von Michel Angelo. Am Knie des Alten aber saß, das Angesicht aufwärts gewendet, Thora.

Nur für einen Augenblick erschien dem Gaste die-

fes Bild. Denn als er eintrat, hatte Thora sich be=
reits erhoben und kam ihm mit leisem Gruß ent=
gegen. „Der Großvater läßt Sie durch mich will=
kommen heißen. Gönnen Sie ihm die Ruhe in
seinem Sessel. Meine Nachricht hat ihn hart ange=
griffen."

Der Alte sah nun auf. Ein großes, braunes
Auge erschien, durch Geistesarbeit und die Freude
manches Erfolges gereinigt von dem schlau lauernden
Ausdruck, der in den übrigen Augen des Hauses Kaschauer
liegt. Er streckte Erich die Hand entgegen und bewill=
kommnete ihn mit einer Stimme, deren ruhiger Glocken=
ton Erich durchdrang.

„Wir haben uns nie gesehen," setzte er hinzu.

„Noch niemals, was ich bedaure."

„Unsere Sache leidet keine Vorrede," fuhr jener
fort. „Es scheint sonst, als fehlte uns der Muth, ihr
ins Angesicht zu sehen, und ich denke, wir drei dürfen
das mit gutem Gewissen. Sie haben das Schriftstück
bei sich, Herr vom Ried?"

„Ich trage Bedenken, es Ihnen zu übergeben.
Ich wollte um keinen Preis den letzten Lebensabschnitt
eines ehrwürdigen Mannes trüben."

„O mein Herr," lächelte Isaac mit mehr als mensch=

licher Gelassenheit, „es wäre ja doch der letzte nur gleich den übrigen."

Er nahm die Papiere, die Erich mit Zittern und Zagen überreichte. Der Greis prüfte das Aeußere mit flüchtigem Blick und ließ sich von Thora die Brille reichen. „Dies ist also — was?" fragte er.

„Eine Zusammenstellung und gegenseitige Ergän= zung des Inhalts von zwei halbzerstörten Schriftstücken, eines deutschen und eines jüdischen, das letztere über= tragen durch Herrn Joseph Sternberger —"

„Den Du kennst, Großvater," fiel Thora ein.

„Ein Zeuge soviel werth wie zehn. Und jene halb= zerstörten Schriftstücke waren — was?"

„Das eine bestand aus Aufzeichnungen meines Großvaters Heinrich vom Ried nebst Briefen von dessen Bruder, der bei Aspern blieb, das andere Auf= zeichnungen des Moses Gurwitz, Vaters von Marbo= chai Gurwitz, des Vorstehers der chasidäischen Gemeinde in Riedheim."

Baron Isaac richtete sich erschrocken auf. „Des Mausche Gurwitz, sagen Sie? Woher wissen Sie das?"

„Eine Stelle in der Schrift nannte den Schreiber, der zugleich bei der Begebenheit betheiligt war."

„Das weiß ich —"

Baron Isaac hatte begonnen zu lesen, und Thora winkte Erich, ihn ungestört zu lassen. Er trat zu ihr an's Fenster, und sie flüsterte: „Der Großvater bewahrt in seinem Gedächtniß manche Begebenheit, die ihm räthselhaft erschienen ist, und wenn er auch einige dieser Räthsel zu lösen wagte, so hatte er doch niemals Gewißheit, ob die Lösung richtig wäre. Er sagt, wenn die Schriftstücke getreu sind, so wird einer und der andere Punkt mit seinen Erinnerungen zusammentreffen, und das soll der Prüfstein für die Aechtheit sein und seine Maßregeln bestimmen. Hätte er allein mit seinen Söhnen zu thun, sagt er, so wäre die Aufgabe leicht. Aber auch er hat einen Vater —"

„Dacht' ich's doch," murmelte hier der Baron und las weiter.

„Er findet das Richtige," flüsterte Thora noch leiser. „Mir ist bange vor dem Inhalt; denn was so geheimnißvoll bewahrt wird, muß etwas Außergewöhnliches sein."

„Könnte ich Sie dieser Kunde für immer entziehen, Thora!"

„Ich glaube, ich würde sie mit Ihnen tragen können —"

Da schrie Isaac auf: „Gerechter Gott!" Er stand auf und sank wieder zurück. Er versuchte weiter zu lesen und ließ ab. „Thora nimm das!" rief er und reichte ihr mit flatternder Hand Erichs Schrift hinüber, deren letzte Blätter er weiter las.

Thora sprang unter die Lampe und las begierig. Mit gepreßtem Herzen beobachtete Erich den Eindruck. Sie las mit hastig hin und her zuckendem Auge. Ihr Athem ging immer schneller. Bisweilen brach von ihrer Lippe ein Laut des Schreckens, wie von einer Saite, die zerreißt, und als sie Blatt für Blatt gewendet und alle die Zeilen bittersten Inhalts in sich aufgenommen, ließ sie das Papier sinken und eilte auf Erich zu.

„Erich!" sagte sie mit röchelnder Stimme und preßte die Brust mit gerungenen Händen. „Erich —" Sie vermochte nicht zu sprechen.

Er, den sie anrief, er nahm sie still an seine Brust. —

Der Alte las.

Lautes Weinen brach aus der krampferfüllten Brust des Mädchens. Erich streichelte ihr sanft den Scheitel und die Wange.

„Ruhig, ruhig!" stöhnte der Alte, ohne den Blick

zu erheben. „Will Alles gewußt sein — will Alles ertragen sein — Alles — Alles —"

„Wenn nun Gott richtet," so weinte Thora still an der Brust des geliebten Mannes, „was wird er uns laffen von dem Glanze, in dem ich erwuchs? Alles wird er Ihnen wiedergeben — mich und mein Haus in Deine Hand —"

Da war es in Erichs Herzen beschlossen. Auf der Lippe Thora's zitterte sein Wort: „Ich spreche zum Richter: Laß ihnen Alles, gieb mir Thora!"

„Erich! Erich!" klang es mit einem Freudenruf, als müßte sie daran sterben. Und als der Alte sich erhob und mit verstörtem Gesicht über die Brille fort= sah, da hing Thora an dem Munde des Mannes, und die schönen Gestalten waren mit den Armen zusammen= geschlossen.

„Gott ist der Gute!" sagte gelassen der Greis, und ein beruhigtes Lächeln bewegte den weißgrauen Bart. „Da ist die Versöhnung!"

Erich wandte sich zu ihm. „Dieser Augenblick hat nur vollendet was in bittrer Stunde entstan= den ist."

„Und was bittre Stunden reifen werden," sagte Baron Isaac. „Mag es guter Anfang sein einer schlimmen Zeit, die eure Herzen sich gut zu gestalten wissen!"

Thora küßte ihren Großvater unter Thränen.

„Gut, mein Kind," sagte dieser, „wir fahren so= gleich zu Deinem Vater." —

————

XX.

Erichs Mutter traf so schnell ein, wie sie erwartet worden, und der Ausbruch der Verzweiflung, den ihre Erscheinung bei dem Gemahl verursachte, hätte ihr beinahe den schlimmsten Theil der Geheimnisse verrathen. Erich wußte jedoch ihre Theilnahme bald von dem Unheil auf das Glück seines Herzens abzulenken, das er gegen seine Mutter zu verschließen nicht vermochte. Zwar fand sich die edle Frau durch dieses Zusammenspiel von Unheil und Herzensglück, sowie über die Neigung ihres Sohnes zu einer Jüdin anfangs hart betroffen, sogar zum Widerspruch geneigt, zumal Erich ihr die Geschichte seiner Liebe, die volle Erklärung seines Verhältnisses zu Thora nicht geben durfte. Allein zuletzt genügten auch Andeutungen, um sie zur Ergebung in den Willen ihres Sohnes und in die Umstände zu stimmen, deren Enträthselung und glückliche Wendung Erich verhieß.

Die Werthe, die zur Begleichung der Verpflich=

tungen des Obersten dienen sollten, übergab die Mutter
an Erich mit der Befürchtung, dieselben möchten nicht
ausreichen, und was sie selbst und die jüngeren Ge=
schwister angehe, so vertraue sie ganz auf die Kraft
ihres Sohnes.

Mit diesem Worte auf dem Gewissen, begab sich
Erich zuerst zu Joseph Sternberger, um ihm die Werthe
nach Verabredung zu überreichen. Dieser aber nahm
sie nicht an, sondern führte den Bundesgenossen einige
Straßen weit zu einer unscheinbaren Bank, als deren
Stifter und Haupttheilhaber er den Baron Isaac be=
zeichnete. Hier wurden die Werthe geschäftsmäßig
niedergelegt, und Sternberger versicherte, daß es den
Herrn Baron nicht gereuen werde.

Und die vertrauenden Worte seiner Mutter klangen
noch immer nach, als er seine Schritte zu dem Hause
Bonhard richtete. Der Fabrikant empfing ihn zwar
herzlich wie immer; doch lag ein Schatten auf seinem
sonst so offenen, heiteren Gesichte.

Erich trug kein Bedenken, diese Bemerkung aus=
zusprechen. „Gut, daß Sie davon beginnen,“ erwiederte
Herr Bonhard. „Ich bin mißgestimmt mehr um Ihret=
willen, als meinetwegen.“ Dabei griff er nach einem
Zeitungsblatt und wies Erich auf eine überschwängliche
Schmähung der Webereigesellschaft und ihrer Geschäfts=

pläne. Es war ein Aufsatz, der aus dem Riedheimer
Boten auch in dieses Börsenblatt übergegangen war.
Es war ein Giftartikel, aus dem jeder Kundige die
persönliche Feindschaft und den Erwerbsneid heraus=
las, der aber mit jenem Griffel geschrieben war,
welchen man übereingekommen ist, brillant und pikant
zu nennen. Da der Verfasser wenig Fachkenntniß besaß,
und über die neue Unternehmung kaum unterrichtet war,
so vermochte er Wesentliches und Sachgemäßes nicht
beizubringen. Aber er sah sich die Personen an, die
bei dem Unternehmen betheiligt waren, und da er als
Chefredacteur des Riedheimer Boten eine Unfehlbarkeit
besaß, wie er sie dem Papste bestritt, und ein Herzens=
kundiger war, vor dem sich die geheimsten Falten irgend
eines unbekannten Gehirnes glätteten, so erklärte er,
daß jenes Unternehmen schon wegen der betheiligten
und beschäftigten Persönlichkeiten ein ersprießliches nicht
werden könne, sondern daß es auch hier, wie bei so vielen
Unternehmungen der „Jetztzeit“ — das ist der he=
bräische Ausdruck für Gegenwart — auf Täuschung und
Ausbeutung des Publikums abgesehen wäre. Der
Schreiber verdächtigte das Haupt des leitenden Hauses
als einen Geschäftsmann, der bei den Lieferungen
während des Krieges seinen Vortheil übermäßig wahr=
genommen habe; doch erfuhr Herr Bonhard noch eine

20*

glimpfliche Behandlung im Verhältniß zu einem ge=
wissen Herrn vom Ried, der seinen ehrwürdigen Stamm=
baum nächstens benutzen werde, um Proben des ver=
heißungsvollen Gespinnstes einzuwickeln. Charakter und
Ehre dieses Cavaliers wurden auf's Gröblichste ver=
dächtigt, und unzweideutig waren die Fingerzeige über
dessen Familie, deren beide Zweige, einst begütert,
durch Mißwirthschaft herabgekommen, in Gründungen
und Börsenschwindel ihr Heil gesucht und ihr Verderben
gefunden hätten. „Und so völlig," schloß der Aufsatz,
„hat diese Familie bei dem Geschäft die Ehre eingebüßt,
daß, wie wir aus zuverlässiger Quelle erfahren, ein
hervorragendes Mitglied derselben demnächst wegen ge=
waltthätiger Erpressung und Bedrohung der Gerechtig=
keit anheimfallen wird." —

Da war Erich aus seinen Hoffnungen von begin=
nendem Glück wieder in die Realität der Gemeinheit
zurückgesunken, gegen welche jeder Ehrenmann, so lang
es diese feilen, unreinen Federn giebt, machtlos bleibt.
Erich vermochte den Kampf gegen die Ehrlosigkeit, hinter
welcher der Riedheimer Bote verschanzt war, nicht auf=
zunehmen, und hätte der Lügenbericht jene eine auf
Wahrheit beruhende Thatsache nicht wie eine Stütze
an seinen Schluß angestemmt, er hätte für das geist=
reiche Machwerk nur Geringschätzung gehabt. Dieser

eine Umstand aber bewirkte, daß er die Augen wie ein Schuldbewußter niederschlug.

„Nun, was sagen Sie zu diesem Giftartikel?" fragte der Fabrikant.

„Sie werden ihn am besten zu beurtheilen wissen."

„Ich wohl, ich kenne die Quellen. Aber was hat das mit der Schlußbemerkung auf sich? Sie brauchen nur ein Wort zu sagen."

Erich konnte nicht anders, er gab der Wahrheit die Ehre. „Der Schreiber ist schlau genug," sagte er, „zehn Lügen auf eine Thatsache zu stützen, die jedoch der Untersuchung noch bedarf."

„Wie? Auf eine Thatsache?"

Erich mußte das Vergehen seines Vaters preis=geben. Die Qual, mit der er's that, und die Wahr=haftigkeit, die nichts zu beschönigen suchte, erschütterte den Fabrikherrn, und als Erich mit einer Wendung, die er der Wahrhaftigkeit gleichfalls schuldete, den Ver=dacht aussprach, daß Baron Kaschauer die Vergehen des Obersten selbst veranstaltet habe, griff der brave Mann hastig nach dieser Möglichkeit, um Erich seiner Pein zu entlasten.

„Das ist auch der Fall!" rief er. „Ich gebe meinen Kopf darum, es ist wie Sie sagen, und dem alten Juden scheint es in seinen letzten Tagen mehr

auf die Rache als auf das Geld anzukommen. Es ist
wahr, Sie haben ihn schwer gereizt, und wie völlig
er es auch verdient haben mag, Sie haben nicht klug
gehandelt. Nun, euch Edelleuten, die ihr wahrhaft
solche seid, wird man unsre Kaufmannsmoral immer
vergebens predigen. Aber glauben Sie mir, Schlangen-
klugheit ist besser, als jene Offenheit und Falschlosigkeit,
mit der man sich und Andre in's Verderben stürzt.
Sehen Sie, lieber Baron, ich persönlich lege auf das
Geschreibsel da nicht das mindeste Gewicht, aber außer
mir sind noch andre Theilnehmer, ich sag's im Vertrauen, etwas enge Köpfe und Herzen, die sich mit
solchen Sorgen quälen, weil sie sonst keine auftreiben
können. Ich habe schon heute ein ängstliches Aber
hören müssen, und mache mich auf noch mehr gefaßt.
Wie nun die Geschäfte heute gehen, können wir diese
Herren nicht entbehren, und wenn sie auch durch ihre
Verpflichtungen noch mehr als durch die eingezahlten
Capitalien gebunden sind, so erwächst uns doch eine
Menge von Schwierigkeiten, denen wir vorbeugen müssen.
Das Bedenklichste ist, daß unsre Geschäftsfreunde jenseits
über solche Artikel stutzig werden, und ein Börsenblatt
wie das da wird in der ganzen Geschäftswelt gelesen.
Bestätigt sich nur ein Gramm als Wahrheit, so wird
das ganze Kilo Lüge für Wahrheit genommen, und mit

unjrem Geſchäft iſt's aus. Ich habe aber einmal ein Stück Willen daran geſetzt, und ich wäre ein Narr, wenn ich mich durch den Artikel eines jungen geiſtreichen Juden beirren ließe."

„Ich bin glücklich, daß Sie ſo denken," antwortete Erich.

„Auch um Ihretwillen, beſter Freund, werde ich nicht ſo bald loslaſſen. Denn ich habe Ihnen Hoff= nungen erweckt und fühle mich dadurch mehr als durch alle Schriften und Unterſchriften verpflichtet. Ich per= ſönlich — mir könnt' es gleich ſein. Ich habe größere Verluſte gehabt und könnte dieſen verſchmerzen. Ich habe mein Schiff im Trockenen. Ich gebe jedem meiner Kinder eine halbe Million, meinen Töchtern etwas mehr, und habe doch noch genug, um zu verſuchen, ob ich der Menſchheit nützen kann. Alſo drauf los! Ich will Ihnen einen Rath geben.*

„Ich darf ſagen, daß mir ein ſolcher nützlich ſein wird."

„Gehn Sie hinüber. Ich will nicht ſagen, wandern Sie aus, ſondern gehn Sie für unſer Geſchäft. Stellen Sie ſich unſern Geſchäftsfreunden vor, ſuchen Sie neue, werben Sie Agenten, beſuchen Sie die Felder der Aus= beute, beſtimmen Sie die Stapelplätze, und wenn man Sie drüben kennt, ſo ſchreibt dieſer Herr ſich eher die

Hand lahm, als ein deutscher Kaufmann drüben sich
nur ein Wort von seinem Geschreibsel merkt. Gehen
Sie also. Sie wissen dort Bescheid, das kürzt die
Reise ab. In wenigen Monaten kommen Sie zurück
und finden hier Vieles besser." —

Ueber das Meer! Sich von den lieblichen Banden
lösen, die er noch so warm und frisch um sich gelegt
fühlte! Seine Mutter in entscheidungsvoller Zeit,
seinen Vater in der Bedrängniß unter Todfeinden
zurücklassen? Es war schwer. ˙Aber er ließ ja auch
Freunde zurück, und ein Gedanke kam ihm: „Wendet
sich Alles zum Unheil, so ist es unmöglich, hier mit
Ehren zu leben, und es ist besser, ich sterbe drüben."

„Nun, Sie Weltumsegler?" mahnte Bonhard,
„Sie besinnen sich, einmal nach Amerika hinüber zu
springen? Was giebt's? Doch nicht Herzenssachen?"

„Mein Vater — meine Mutter —" sagte Erich
verlegen.

„Und ich? Und noch Andre?"

„Sonst wüßte ich nicht, warum ich Ihren Rath
unbefolgt lassen sollte."

„Abgemacht. Stecken Sie Geld zu sich, nicht zu
wenig, gehen Sie nach Amerika und botanisiren Sie
dort unter den Kaufleuten. Sie werden manche son=
derbare Species finden. Fort! Gehen Sie lieber heute

als morgen. Wir sehen uns noch. Jetzt kommt der alte Groschenhofer. Sie kennen ihn, und es ist besser, Sie treffen heute nicht mit ihm zusammen." —

Was hatte Erich auch hüben zu thun? War ein Verweilen in Thora's Nähe Beiden heilsam? Bis jetzt erschien dieser Herzensbund mehr als ein Ver= hängniß denn ein Glück. Wie viel war zu ebnen, bis er verheißungsvoll würde! Wenig Hoffnung schien vorhanden, daß es so weit sich jemals ebnen werde. Verloren war durch die Trennung nichts als einige glückliche Stunden, gewonnen vielleicht eine Rast für die gepeinigten Herzen und größere Ruhe bei kommen= den Prüfungen. Dazu das Werk, auf welches Erich seine und der Seinigen Zukunft baute, und das viel= leicht auf dem Spiele stand! Wahrlich, der Rath des Fabrikanten war gut; Erich durfte ihn nicht in den Wind schlagen.

Daher säumte Erich mit den Vorbereitungen nicht. Seine Mutter erfuhr zuerst von dem Vorhaben, und wie betroffen sie war, daß sie den Sohn, der nach so vielen Jahren der Weltreise auf wenige Mo= nate zurückgekehrt war, wieder entlassen sollte, sie tröstete sich doch mit denselben Vernunftgründen, die dem Sohne zur Seite standen.

Von Thora vernahm Erich einige Tage lang
nichts, fand auch Joseph Sternberger, als er Erkun=
digung einziehen wollte, nicht daheim. Hinter Täubele's
rothverweintem Gesicht erschien Dob Sternbergers un=
gekämmter Kopf, und sein ärmlicher Anzug ließ ver=
muthen, daß sein Vater, um seine Fluchtversuche zu
verhindern, ihm Geld und Reisezeug abgenommen habe.
Beim Anblick Erichs zog er sich schnell zurück, und die
Frau bestätigte auf Befragen, daß sie ihrem Manne
für Dob verantwortlich sei. Derselbe dürfe die Woh=
nung nicht verlassen und solle in Ruhe abwarten, was
man über ihn beschließen werde. Die arme Frau war
untröstlich über die Ungewißheit, in der man sie ließ;
denn auch Dob hatte auf ihre bringenden Fragen keine
Antwort, als: „Sei still Mutter, sie werden mich nicht
fressen." Der schlaue Jüngling wußte wohl, daß er
wegen gewisser Familiengeheimnisse vor den Gerichten
sicher war.

Vater Wodianer, welchen Erich demnächst über
Thora befragte, vermochte ihm wenigstens mitzutheilen,
daß seine Tochter Anna, über das Schweigen der
Freundin besorgt, den Versuch gemacht habe, sie zu
sprechen, daß sie zwar abgewiesen worden sei, aber
wenigstens durch den abweisenden Diener das Ver=
sprechen baldiger Nachricht empfangen habe.

Erich vertröstete sich auf den Freitag. Zu seinem Herzeleide erschien Thora auch da nicht; doch war es der Freundin bei einem zweiten Besuche, als die Baronin abwesend war, gelungen, zu Thora vorzubringen. Sie hatte die Arme in trauriger Lage gefunden. Seit dem Abende, als Erich ihren Großvater Isaac gesprochen, waren Lieblosigkeit und Verwünschung unablässig auf sie eingedrungen.

Der Großvater war mit ihr nach Hause gefahren, und da zwar Baronin Jacob anwesend, Thora's Vater aber zu deren Gemahl gefahren war, so wurde ernstliche Einladung an Beide, sowie an Baron Joseph, den unbedeutendsten und lenksamsten der drei Brüder, geschickt. Man fand sie nicht sofort.

Baron Jacob zeigte an diesem Abende seinen Freunden eine neue Zuhälterin, eine Dame von großer Schönheit und gemeiner Sprache. Ihre kostbare Wohnung und Kleidung erregten den Beifall der Freunde und gaben von dem ungeschwächten Wohlstande des Hauses selbst während des Börsenschreckens Zeugniß. —

Als die Männer beisammen waren, schloß Baron Isaac sich mit seinen Söhnen in ein entferntes Gemach, von dem gleichwohl zum Entsetzen der versammelten

Frauen laute Rede herüberbröhnte. Zum Schlusse
tobten die Männer mit entstellten Gesichtern herein
und warfen sich gegen Thora, die sie mit erhobenen
Fäusten bedrohten. Baron Isaac setzte sein väterliches
Ansehn anfangs vergeblich ein, die Damen forderten
ihren Theil an der entsetzlichen Kunde und fügten
die Ausbrüche ihrer wüthenden Ueberraschung zu der
Raserei ihrer Männer. Man überhäufte Thora mit
lärmenden Verwünschungen, und bei diesen Auftritten
ermüdete und erholte man sich abwechselnd, bis es
nach Mitternacht dem Vater gelang, die Söhne zur
Berathung in sein Haus fortzuführen. Die Damen
setzten die Feindschaft gegen Thora mit kaum geschwächten
Kräften fort.

Den größten Sturm, so hatte Thora der Freundin
erzählt und an Erich zu berichten aufgetragen, war
durch dessen Aufzeichnungen erregt worden, die Baron
Isaac herauszugeben oder zu vernichten sich geweigert.
Dabei wären Zerwürfnisse zwischen Abraham und
seinem Sohne zur Erwähnung gekommen, von denen
Thora nichts verstanden habe. Seit jenem Abende
aber werde sie strenge beobachtet und sei durch die
Lieblosigkeit und Rachbegier ihrer Verwandten zur
Verzweiflung gebracht. Hätte schon die Kunde von

dem Inhalt jener Papiere die Kluft zwischen ihr und
der Familie erweitert, so fühlte sie sich durch die Behandlung, welcher sie während der verflossenen Tage
ausgesetzt gewesen sei, vollends von ihnen abgelöst.
Unter diesen Umständen traf die Nachricht von Erich's
bevorstehender Abreise sie doppelt schmerzlich. Sie
ließ ihm glückliche Fahrt und frohe Wiederkehr
wünschen, vor Allem zurufen, er möge sie nicht ganz
vergessen.

Als Anna sich dieser letzten Nachricht entledigte,
wandte sie sich plötzlich ab, um ein Lächeln zu verbergen, und that das so geschickt, daß es Erich nicht
auffiel. Dann wurde sie wieder ernsthaft und beschloß
die Reihe ihrer Aufträge mit der bringenden Bitte
Thora's, den Abschied bei Baron Isaac nicht zu ver-
säumen.

Erich hatte denselben Abend bereits dafür bestimmt. Er wartete nur Sternberger und Emanuel
ab, die spät, aber mit guten Nachrichten eintraten.
Der Erste meldete, daß mit den Werthen, die Erich
ihm übergeben, bereits ein gutes Geschäft begonnen
wäre, und der Andre, daß Baron Isaac, den er
besucht, die Sache Erichs mit einer Thatkraft erfasse,
die ihn jugendlich belebe, und daß er erklärt habe,

Gottes Recht sei heiliger als die Pflichten des Sohnes. Auch er begrüßte Erichs Vorhaben, den Schauplatz seiner Leiden für eine Zeitlang zu verlassen, und hoffte, daß nach seiner Rückkehr Vieles vollendet oder der Vollendung nahe sein werde, was jetzt in Vorbereitung stände.

Nachdem Erich sich von den Freunden verabschiedet und dem Fräulein vom Hause ein Wort für Thora aufgetragen hatte, fuhr er bei Baron Isaac vor, wurde jedoch nicht empfangen, weil derselbe durch die Aufregung der letzten Tage niedergeworfen war. Er lag zu Bette und ließ an Erich seinen Dank dafür herausbringen, daß er den Alten nicht vergessen habe. Um der wichtigen Dinge willen, die Erich ihm anvertraut, möge derselbe ohne Sorge sein; dieselben wären in sicherem Verwahrsam.

Als der Beamte des Barons seine Aufträge ausgerichtet hatte, und Erich schon im Begriffe war, das Haus zu verlassen, eilte noch ein Diener mit einem Blatte für Erich herbei, auf den mit kräftigen Zügen geschrieben war: „Gehn Sie mit Gott und meinem besten Segen."

Erich steckte das Blatt zu sich, und als er den Fuß hinaussetzte, spürte er die Wirkung der Worte

wie einen Talisman. Wenig war ihm vorzubereiten
übrig; der Abend gehörte noch den Seinen, oder vielmehr seiner Mutter allein, da sein Vater in stumpfem
Hinbrüten die Mittheilung über seine Abreise zwar erfaßte, aber unter dem Drucke seiner Leiden und Sorgen
vergaß. ——

. Gegen Mitternacht ging der Zug nach Hamburg,
und in den späteren Morgenstunden des folgenden
Tages sollte der Dampfer die Anker lichten. Der
Reisende hatte eben noch Zeit, sich den Hamburger
Geschäftsfreunden zu empfehlen und ihre Rathschläge
zu sammeln. Dann begab er sich auf den Lichter, der
ihn an Bord brachte.

Nachdem er sein Gepäck untergebracht und den
Schwarm der Mitreisenden, wie er allgemach an
seine Plätze und zur Ordnung kam, beobachtet hatte,
erhob er sich, um das Schiff, dem er sein Leben anvertraut, in Augenschein zu nehmen.

Bei dem klaren, mäßig kalten Wetter befanden
sich fast sämmtliche Reisende auf Deck, um vom Fest-
lande Abschied zu nehmen. Die unteren Schiffsräume
waren fast leer. Als Erich einen Blick in die Saal-
cajüte that, bemerkte er ein junges Fräulein, hinter
Gepäckstücken und im Schatten halb verborgen, ihr zur

Seite eine ältere Person, anscheinend dienenden Standes.
Schon zog Erich den Fuß von der Schwelle —

Da erhob sich die anmuthige Gestalt, schlug den
Schleier über den Hut, und vor Erich stand Thora.

· „Ich bin nirgend zu Hause als bei Dir," flüsterte
sie, und die Gestade schwanden unbemerkt hinter den
Glücklichen. —

Leipzig, Walter Wigand's Buchdruckerei.